U0093394

國際學術研討會

古龍武俠小說 領先時代半世紀

【記者賴素鈴／報導】江湖代有才人出，這廂古龍凋零二十載，那廂今朝懸賞百萬獎新秀，浪淘不盡，唯有武俠熱愛，不隨時間變易，在學術研討會上更見分明。以「一代鬼才：古龍與武俠小說」爲主題，淡江大學第九屆文學與美學國際學術研討會昨起在國家圖書館，展開爲期兩天的議程，紀念武俠小說家古龍逝世二十周年，新生代學者與古龍故舊齊聚一堂，以文論劍話武俠。

日前與淡大中文系教授林保淳共同發表《台灣武俠小說發展史》，武俠小說評論家葉洪生昨天在專題演講中，直批胡適1959年底發表「武俠小說下流論」是「胡說」，學界泰斗的不當發言以及隨即展開的「暴雨專案」，反而促成1960年起台灣武俠新秀的繁興，「武俠小說迷人的地方，恰恰在門道之上。」，葉洪生認定，武俠小說審美四原則在文筆、意構、雜學、原創性，他強調：「武俠小說，是一種『上流美』。」

集多年心血完成《台灣武俠小說發展史》，葉洪生認爲他已爲從十歲起迷上武俠小說的半世紀畫上完美句點，並且宣布他「以後決心退出武俠論壇，封劍退隱江湖」。

雖然葉洪生回顧武俠小說名家此起彼落，套太史公名言「固一世之雄也，而今安在哉？」，認爲這是值得深思的嚴肅課題，昨天意外現身研討會而備受矚目的溫世禮，則爲了紀念同是武俠迷的哥哥溫世仁，推出第一屆「溫世仁武俠小說百萬大賞」，即日起至今年10月3日截止收件，經兩階段評選後於明年12月7日公布首獎得主，預料將會是一場武林新秀的龍虎爭霸戰。

看明日誰領風騷？風雲時代出版社發行人陳曉林眼中的古龍，其實領先他的時代半世紀，以致如今雖然古龍逝世20年，陳曉林認爲大家對古龍的了解仍然有限，預言未來世代更能和古龍的後設風格共鳴。

昨天這場研討會，也凸顯武俠小說作為一項文學研究門類，仍有待開發學習空間。多位與會者都指出，武俠小說的發表、出版方式和管道具考證難度，學術理論與論文格式的建立待加強。而武俠名家的版權之爭、市場競爭力，也增加出版推廣困難，古龍武俠小說的版權糾紛、司馬翎作品的版權官司也成爲研討會的場外話題。

與

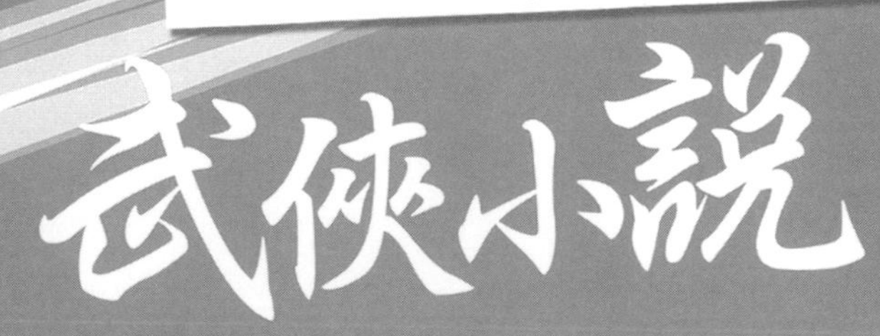

第九屆文學與美

古龍兄為人慷慨豪邁、跌蕩自如，變化多端，文如其人，且復多奇氣，惜英年早逝，余與古兄當年交好，且喜讀其書，今既不見其人，又無新作可讀，深自嘆惜。

金庸

一九九六、十、十一、香港

金庸

絕代雙驕（二）

古龍精品集 7

絕代雙驕(二)

目錄

目錄

廿一 爾奸我詐

小魚兒中了黃牛、白羊在酒中放的迷藥，身子無法動彈，只得嘆口氣，苦笑道：「看來當真是人不可貌相，你這條笨牛居然也有一肚子鬼主意，我可真做夢也未想到。」

白羊咯咯笑道：「江湖中上過他當的人，真是數也數不清了，你這小雜種又不是頭一個，你嘆的什麼鳥氣？」

小魚兒道：「但你又怎知我……」

黃牛道：「你和『狂獅』鐵戰的女兒走在一起，自然和『十大惡人』有關係，我隨意說了『十大惡人』中一個名字，你果然打蛇隨棍上，自己往坑裡跳。」

小魚兒苦笑道：「這才叫歪打正著，算你走運就是。」

黃牛道：「我知道你一瞧我兩人如此容易上當，必定不會輕易放過的，必定要叫咱們跟著你做牛做馬，你這小鬼若是良心好些，咱們反倒要想別的法子了。」

小魚兒嘆道：「我正也有些奇怪，『十二星相』是出名的壞蛋，怎會突然變得如此老實聽話……唉！不想我竟也有陰溝裡翻船的時候。」

黃牛大笑道：「你這小鬼自以爲已經很聰明了，是麼？告訴你，你若在江湖中混，你還差得遠呢！」

白羊道：「咱們『十二星相』是何等人物，若不是騙著你玩，又怎會對你這樣？哼！就算李大嘴自己來了，咱們也不過只是拿他當做個屁。」

黃牛道：「咱們本想等你找著那藏寶之地後，再拿你開刀，哪知你這小鬼果然滑溜，咱們竟看不住你，所以只好請你喝兩杯迷魂湯了。」

白羊道：「反正咱們此刻已知道那藏寶必定就在峨嵋山，距離已不遠了，也不怕你這小鬼再玩花樣。」

黃牛獰笑道：「你若是好生說出那藏寶之地，說不定大爺一開恩，或許饒了你，你不是個笨人，想必不會自找麻煩，冤枉多受些活罪。」

小魚兒眼睜睜瞧著他們，突然大笑起來，笑得居然開心得很，得意得很。白羊大怒道：「小雜種，你只道咱們沒有叫你說實話的本事麼！」

小魚兒笑道：「老雜種，你只道我真的上了你們的當麼！」

黃牛笑道：「你還有什麼鬼主意，說吧！」

小魚兒嘆了口氣，道：「我說是願意說的，只怕你們還未聽完，就嗚呼哀哉了。」

黃牛還是笑嘻嘻道：「真的麼？」

小魚兒也笑嘻嘻道：「假的，那包牛肉裡沒有毒藥，一點毒藥也沒有。」

他話未說完，黃牛、白羊已再也笑不出來。

黃牛一把拉住他衣襟，變色道：「小雜種，你說什麼？」

小魚兒笑道：「我說我是個呆子，雖然明天就要去尋寶了，雖然不能讓你們跟著，但我還是捨不得毒死你們，所以沒有在牛肉蹄筋裡下毒。」

他愈說沒有，白羊面色愈是害怕，嘶聲道：「你……你快將解藥拿來！」

小魚兒笑道：「是是是，我應當將解藥拿給你們，然後等你們來害我……哈哈，莫要忘了，你們要我尋寶，不敢毒我，但我可沒有要你們尋寶，難道也不敢毒死你們？哈哈，莫忘了迷藥是會醒的，毒藥卻要人的命。」

黃牛居然又笑了，笑嘻嘻拉開白羊的手，道：「是是是，咱們是呆子，什麼都不懂，你說咱們中了毒，咱們就真的以爲自己中了毒了。」

小魚兒笑道：「當然當然，你們千萬莫要相信，現在你們若是摸一摸第五根肋骨下的『乳根穴』旁邊，那裡包險一點毛病都沒有，你們也不必摸吧！」

他「不必摸」三個字還未說完，黃牛、白羊兩個人的手已不由自主往第五根肋骨下「乳根穴」旁摸了過去。

兩人不摸還罷，一摸之下臉色登時變得比牆還白，兩人你望著我，我望著你，再也動彈不得。

小魚兒笑道：「沒關係，那裡雖有些發麻，但兩三盞功夫裡，你們還是死不了的，你們還來得及先殺了我。」

他雖然叫他們殺他，但此刻就算再給他們個膽子，他們也不敢動，小魚兒死了，誰給他們解藥！

白羊道：「你……你究竟要怎麼樣？」

小魚兒笑道：「我若是你們，此刻就該乖乖地先將我老人家中的迷藥先解了，再拍拍我老人家的馬屁，讓我老人家出出氣，然後再發下個金誓，從此永遠聽我老人家的話，絕不敢絲毫違背……」

黃牛嗄聲道：「我若解你的迷藥，你不解咱們的毒又如何？」

小魚兒道：「是是是，你不解我中的迷藥，我反會替你們解毒了。」

白羊、黃牛對望一眼，突然向小魚兒走過去。

小魚兒悠悠道：「世上有些毒藥，是沒有現成的藥可解的，而且，除了下毒的人之外，誰也不知道那毒性究竟如何，但你們若是不信，不妨試試也可以。」

黃牛、白羊停住了腳，再也不敢走一步，叫他們拿別的來試都可以，叫他們拿自己性命來試，他們可沒這麼大的膽子。

兩人心中同時忖道：「咱們發過誓，服下解藥後，難道就不能宰了他麼？發誓在咱們說來，豈非比吃白菜還容易？」

兩人再不說話，一起跪了下去，發了個又重又毒的誓，恭恭敬敬，將解藥餵入了小魚兒的嘴裡。

別的事都可以等，要命的事是等不得的。

過了半晌，小魚兒果然已能站起，拍了拍衣服的土，笑道：「十二星相的解藥果然都靈得很。」

黃牛乾笑道：「你老人家的解藥想必更靈。」

小魚兒道：「什麼解藥？」

白羊、黃牛好像被人在肚子踢了一腳，失聲道：「你……你……」

小魚兒大笑道：「莫要著急，我是騙著你們玩的。」

他笑嘻嘻自懷中摸出個小瓶子，道：「解藥其實在我身上，你們方才爲什麼不來搜搜……唉，人有時的確不該太相信別人的話。」

白羊、黃牛又氣又恨，恨不得一手把這小鬼捏死，但還是救命要緊，黃牛搶過解藥，一下子就倒進嘴一大半。

白羊變色道：「你……你爲何吃這麼多？」

黃牛笑嘻嘻道：「我塊頭大些，理當多吃些。」

白羊恨恨奪過瓶子，將瓶裡的藥全吃了下去，然後兩人瞧著小魚兒，心裡卻在想：小雜種，瞧你再往哪裡跑！

小魚兒也瞧著他們，道：「再摸摸那裡還疼不疼？」

兩人一摸，果然不疼了。

白羊笑道：「這毒藥解得好快！」

黃牛獰笑道：「現在你……」

「往哪裡跑」四個字還未說出，小魚兒突又大笑起來，道：「方才我叫你們摸時，那裡正是你們氣血交流處，縱然輕輕一觸，也會又麻又疼，現在氣血已流過那裡，自然不疼了！」

這下子兩人又被氣得目直口呆，肚子都快被氣破了。

白羊嘶聲道：「小雜種，原來你在騙人。」

小魚兒笑嘻嘻道：「不錯，我正是在騙你這老雜種，你們也不想想，牛肉又不是我煮的，我怎麼下毒？何況，我若真下了毒，爲何不將你們毒死！」

黃牛突也大笑道：「算你聰明，但咱們可也不是呆子，告訴你，那迷藥雖解，但半個時辰內，你還是無法動用真氣，我舉手便可取你性命。」

小魚兒道：「哦，真的麼？」

黃牛獰笑道：「假的，我怎捨得宰了你？我只不過要割下你一隻耳朵、半個鼻子，砍斷你一隻手、一條腿。」

小魚兒道：「哎呀，我好怕呀！」

黃牛道：「你不必害怕，我不是李大嘴，不會吃你的，我只不過要把你的肉拿去餵狗。」口中說話，一步步向小魚兒走了過去。

小魚兒瞧也不瞧他，口中低低唸道：「一、二、三、四、五、六、七……」

他唸到「七」字，黃牛巨靈般的手掌已劈過來，小魚兒還是動也不動，根本不睬他。黃牛一掌劈出，也不知怎地，身子竟然搖了起來，面色也變了，突然一個倒栽蔥，直挺挺倒了下去。只見他眼睛發直，口吐白沫，宛如中了邪一般。

白羊大驚道：「這……這是怎麼回事？」

小魚兒笑道：「也沒什麼，只不過牛肉裡雖然無毒，但那解藥卻是有毒的，他搶著要多吃些，自然就先倒下去。」

白羊怒吼一聲，飛撲而起，但身子方自撲到空中，就像是根木頭似的掉了下去，腦袋立刻腫起了一塊。

小魚兒拍掌笑道：「這下子可變成獨角山羊……」

笑聲未了，突然窗外一人嘆道：「活了這麼大年紀，卻被個小孩子玩弄於股掌之上，你們這一條羊、一條牛以後還能再見人麼？」

小魚兒驚道：「什麼人？」

只見窗子開了一線，一個人蛇一般自窗縫裡滑了進來，全身碧油油的又膩又滑，赫然正是那碧蛇神君！

小魚兒眼珠子一轉，笑道：「好久不見呀！你好嗎？坐下來喝杯酒吧！」

碧蛇神君陰惻惻笑道：「告訴你，他們在酒中所下的迷藥，乃是我獨門煉製，這迷藥的藥性，天下再無一人比我清楚，你縱然想拿話來拖延時間，也是無用的，我就算再讓你說一百句話，你還是休想動用真氣。」

小魚兒嘆了口氣道：「如此說來，我今天總是劫數難逃，是倒楣定了。」

碧蛇神君道：「正是！」

只聽白羊、黃牛兩人同時哼了起來，他兩人眼睛還瞧得見，怎奈全身肉都硬了，四肢既不能動，想張嘴說話都不行，這毒藥可要比碧蛇神君煉製的厲害十倍，碧蛇神君瞧了一眼，也不禁微微變色道：「半人半鬼的『殭屍散』！」

小魚兒笑道：「算你還有些眼力，這兩位仁兄吃得還生怕不夠多，半個時辰中，只怕就要變成殭屍，雖然死不了，但以後也只能跳著走路了……哈哈，一隻羊一隻牛滿街亂跳，想必好看得很。」

黃牛、白羊聽了這話，頭上已往外直冒冷汗，哼的聲音更大。碧蛇神君轉首瞧了他們一眼，道：「兩位仁兄可是要小弟先救你們？」

黃牛、白羊拚命點頭，頭也不過只是微微動了動。

碧蛇神君陰惻惻笑道：「一份藏寶，三個人分不嫌太少了麼？何況兩位本說好這一路上要給小弟留下標記，但標記又在哪裡？若非小弟早已知道兩位的爲人，早已令人混在那些『孝子賢孫』中跟來，此刻又怎找得到兩位？」

黃牛、白羊額上的冷汗已比黃豆還大，目中已露出驚恐之色。碧蛇神君目光閃動，縱聲長笑道：「兩位就喜歡裝神弄鬼，如今真的變作殭屍，豈非更是有趣！」突然頓住笑聲，向小魚兒走了過去。

小魚兒笑道：「你若要點我穴道，下手可要輕些，我現在既不能運氣相抗，你若一指將我點死，可就沒戲唱了。」

碧蛇神君獰笑道：「那麼，我不點你穴道就是，我只叫『碧絲』輕輕咬你一口，你非但不會覺得疼，還會覺得癢癢的，痠痠的，那滋味可比抱著女人還舒服。」語聲中，只見一條碧光閃閃的小蛇，自他衣袖中滑了出來，蛇身雖只有蚯蚓般大小，但紅信閃縮，滑行如風，卻足以懾人魂魄！

小魚兒縱是膽大，此刻面色也不禁變了。

那碧蛇神君衣袖中竟似有個蛇窟，瞬息之間，便有十幾條細如蚯蚓，長如筷子的碧絲蛇，接連滑了出來，有的滑上小魚兒的臉，有的滑上他的脖子，有的滑進他靴子裡，還有的竟滑入他衣襟——十幾條又冷、又滑、又膩的小蛇，在自己身上亂爬，那滋味可真不是人受的。

小魚兒全身都麻了，縱有力氣，也不敢動一動。

碧蛇神君伸出拇、中兩指，道：「我手指只要輕輕一彈，你便立刻跌入溫柔鄉裡，嘿嘿，十幾個女人一起抱著你，那種銷魂蝕骨的滋味，除了別人也無福消受。」

小魚兒嘆道：「抱女人若是這樣的滋味，就難怪聰明人都要去當和尚了。」

碧蛇神君獰笑道：「你此刻還未嚐著，怎知……」

小魚兒大叫道：「拜託拜託，這滋味我也無福消受。」

碧蛇神君道：「你可是告饒了？」

小魚兒苦笑道：「你要去哪裡，我帶你去就是。」

碧蛇神君目光閃動，歡喜得連聲音都啞了，道：「那藏寶之地可是真的就在這峨嵋山上？」

小魚兒道：「半點也不假。」

碧蛇神君嚥了口口水，道：「如此說來，今夜我便可瞧見那批寶藏了？」

小魚兒道：「你不但可以瞧見，還可以帶走。」

碧蛇神君一躍而起，道：「既然如此，走吧！」

小魚兒道：「走？……這……這些蛇……」

碧蛇神君大笑道：「我肯讓這些蛇美人抱住你，你真是天大的福氣。」

小魚兒苦著臉道：「但有這些小美人兒抱住我，我哪裡還有走路的力氣？」

碧蛇神君道：「我自知看不住你，只有請她們代勞，只要你乖乖的，她們也必定溫柔得很，但你的手若是亂動，她們的櫻桃小口只要輕輕咬上你一口，嘿嘿，哈哈……」

突然又大笑起來，笑得也不知有多麼難聽。

小魚兒只有乖乖地站起來就走，非但不敢亂動，簡直連咳嗽也不敢咳嗽一聲，他平生也沒有如此聽話過。

走出門，還可以聽見黃牛、白羊兩人在地上哼哼，那聲音像是哀呼、求饒，又像是在咒罵，縱是鐵石人聽了，也難免要動心。怎奈碧蛇神君的心竟比鐵還硬，根本像是沒有聽見，小魚兒更是泥菩薩過江，自身難保，哪裡還管得了別人？

對面一個店伙走過來，躬身笑道：「少爺你……」

話未說完，瞧見小魚兒的臉，大叫一聲，登時被駭得暈了過去，就像是瞧見了活鬼似的。

小魚兒苦笑道：「我現在模樣想必好看得很，耳朵上掛著兩條蛇，脖子裡繞著兩條蛇，手腕上盤著兩條蛇，還有條蛇塞在鼻孔裡，耳環、項鍊、手鐲，都全了，他日若有機會，我倒要將這副首飾送給慕容九妹。」

他一個人自言自語，碧蛇神君也不理他。

小魚兒又道：「其實那幅藏寶圖畫得並不十分詳細，我花了整整兩個晚上，才算將地方摸清，不想卻被你撿了便宜。」

碧蛇神君道：「那入口是在前山？還是後山？」

小魚兒道：「後山……」

話未說完，已有一塊黑布蒙住了他的頭。

碧蛇神君冷冷道：「從這裡到後山，用不著你領路，你若聰明，你乖乖的跟我走，若想故意招搖過市，引起別人的注意，這心思就白費了。」

小魚兒暗中嘆了口氣，口中卻笑道：「我爲何要引起別人的注意？這世上我只有仇人，哪有朋友？」

碧蛇神君叱道：「閉嘴！」

小魚兒嘆道：「連話都不能說麼？……」他就像是個瞎子似的，被人牽著走，此刻又變成了個啞巴。

碧蛇神君走得快，他只有走快，碧蛇神君走得慢，他也只有走慢，至於已走過什麼地方，他全不知道。

走了頓飯功夫，人聲漸寂，風漸涼，小魚的手突然被人一拉，像是被拉入一個草堆樹叢裡。

小魚兒心念一轉，暗道：「這廝莫非瞧見了什麼他害怕的人……」

碧蛇神君湊在他耳旁沉聲道：「一出聲就要你的命！」

這句話才說完，約莫六、七丈外已有個語聲響起：「鐵心蘭這丫頭怎地到了這裡就突然不見了！」

嬌脆的語聲，每說一個字，小魚兒的心就跳一下——這竟是小仙女的聲音，她怎會也到了這裡！

接著，就聽得另一人道：「只怕她已發覺了我們。」

這語聲冷漠優美，竟是慕容九妹的。

小魚兒的心立刻像是打鼓般跳了起來，平時他若知道這兩人就在附近，逃得生怕不夠快。

但此刻，他卻只希望這兩人快些走過來，愈快愈好，他忽然發現這兩人雖是他的仇人，卻也可算是他的親人。

只聽小仙女道：「咱們一路跟著她，她半點也沒發覺，到了此地又怎會突然發覺？瞧她那副癡癡迷迷的模樣，心裡只有那小鬼，眼裡也只知去找那小鬼，就算有一隊人馬跟在她後面，她也不會發覺的。」

慕容九妹淡淡道：「既是如此，你還怕找不著她？」

小仙女道：「我只怕……只怕……」

慕容九妹冷笑道：「你只怕找不著那小鬼，是麼？」

小仙女道：「對了，我真怕找不著那小鬼……真怕不能將他的心挖出來，瞧瞧那究竟是什麼顏色。」

慕容九妹道：「不用瞧你也該知道……黑的……」

語聲非但沒有走近，反而漸漸遠了。

小魚兒真恨不得大聲叫她們回來，但他也知道自己只要一出聲，那些蛇美人的「櫻桃小嘴」就要一起咬下來，他可吃不消。

他只有忍著，只要留著命在，什麼事都有法子的。

聽了她們的話，他已猜出慕容九妹與小仙女必定是先故意將鐵心蘭放了，然後再一路悄悄的跟蹤而來。

這是個又簡單，又古老的計謀，而這種計謀卻偏偏最容易令人上當——但鐵心蘭，她此刻又到哪裡去了？鐵心蘭到這裡自然不是爲了那寶藏，她只不過要在這裡等小魚兒，她知道寶藏就在峨嵋山，也知道小魚兒必定會來的，但慕容九妹親手將小魚兒關入石牢，自然認爲小魚兒絕對來不了，那麼，她爲何要來這裡？難道這冷漠無情的女人，對這寶藏也有貪念不成？

小魚兒眼珠子直轉，怎奈什麼也瞧不見，什麼也猜不出，只覺碧蛇神君又湊了過來。小魚兒眼前一亮，黑布已被掀了起來，雖然是深夜，但這一夜的星光夜色好似分外明亮，分外可愛。

小魚兒不覺也長長鬆了口氣，道：「我現在才知道，做瞎子的滋味可真不好受。」

廿二 陰錯陽差

峨嵋山勢險峻，正是「高出五嶽，秀甲九州」，尤其在後山，抬頭望去，只覺萬丈危崖似將臨面壓下，令人神魄俱爲之飛越。

這裡正是峨嵋山景最最荒涼的一環，上山不久，但有濃濃的煙霞自腳底生出，到了半山，人已在雲霧裡。

小魚兒雖然想展開身法，將碧蛇神君擺脫，但有十幾條蛇盤在身上，又有誰能走得快？一個時辰後，兩人都已在喘氣了。

碧蛇神君喘著氣道：「到了沒有？」

小魚兒道：「你還嫌慢麼，若是沒有我帶路，就算你知道這地方，找上個七天七夜，也休想找得到。」

碧蛇神君突然笑道：「你實在是個很能幹的孩子，實在比我能幹得多。」

小魚兒笑道：「這就對了，在沒有尋得那寶藏之前，你還是拍拍我馬屁得好，等找到寶藏後，你再將我千刀萬剮也不遲。」

碧蛇神君柔聲道：「你放心，等找到了寶藏，我更不會殺你，我一定會好好的待你，你……」突然大吼道：「小鬼，出來……出來……」

原來他說得正得意，小魚兒已不見了。

刹那間，碧蛇神君已滿頭冷汗，大吼道：「你若再不出來，我只一聲尖哨，你就得死！無論你逃到哪裡，也是沒用的！」

夜霧深沉，小魚兒連影子都瞧不見。

碧蛇神君急得跳腳，又道：「我那碧絲蛇又叫『附骨之蛆』，若無我的號令，一輩子都要纏著你，直到你死爲止，你仔細想想，這麼做划得來麼？」

突聽身旁「噗哧」笑道：「我就在這裡，你著急什麼！」

碧蛇神君瞧了半天，才瞧清那裡竟有個洞穴，山籐一條條垂下來，就像是一層層簾子似的。

小魚兒不知何時已鑽入洞裡，又笑道：「進來吧！這裡就是那寶藏的入口。」

碧蛇神君本來滿腹怒氣，聽見這話，火氣全沒有了，俯身鑽了進去，但覺一股陰寒之氣撲面而來，他竟不由得機伶伶打了個寒噤，嘆道：「也真虧那燕南天找得到這種地方……」

小魚兒道：「若不是這種地方，那寶藏還會等著你來拿麼？」

碧蛇神君展顏笑道：「不錯，如此幽秘之地，除了有燕南天自己畫的地圖之外，只怕真的連鬼都找不到……燕南天呀燕南天，你花費這許多心血，尋得如此幽秘之地，卻不知到頭來寶藏還要落在別人手中的！」

此地既是如此幽秘，那寶藏之珍貴自也可想而知，碧蛇神君想到這裡，不禁更是得意，連冷都不覺冷了。

洞穴內伸手不見五指，碧蛇神君燃起了個小小的火摺子，火摺雖小，光度卻甚強，他開懷笑道：「你瞧我這火摺怎樣？老實告訴你，爲了此行，我已準備許久了，這火摺乃是花了三百兩銀子向那『老火鴉』買的，就是燃上個一天一夜，也不會熄滅……」話還未說完，火摺子已突然滅了。

小魚兒笑道：「哦，這火摺子原來是不會滅的。」

碧蛇神君恨聲道：「好個『老火鴉』，連我的銀子也敢騙。」

小魚兒道：「這也不能怪他，只怕是你牛吹得太大，連火摺子都被你吹滅……」腳下突然踩著樣東西，身子踉蹌衝出。碧蛇神君也驚呼了一聲，接著，火摺又亮起，但火摺亮後，兩人驚呼之聲卻更響，眼睛也發了直！

洞中地下，竟臥著三具死屍！

這三具死屍衣衫華麗，手裡握著的劍，青光閃動，竟似名器，但三人屍身蜷曲，死得卻極慘！伸手一探，三人手足雖已冷，但屍身還是軟軟綿綿的，顯見他們死時距離此刻最多也不會超過一個時辰。

碧蛇神君再扳過他們的臉瞧了瞧，他的臉立刻也變得和這三個死人差不了多少，拿著火摺子的手也發起抖來。

小魚兒忍不住問道：「你認得他們？」

碧蛇神君道：「金……金陵三劍，其利斷金！」

小魚兒聳了聳肩，展顏道：「反正這三人已經死了，咱們何必再去多想。」

碧蛇神君怒道：「他們雖死了，但殺死他們的人卻必定還在洞裡，這人能在刹那間將『金陵三劍』一起殺死，豈非更是怕人？」

小魚兒道：「奇怪，他會是誰呢？他怎會知道這秘密？」

碧蛇神君咬牙道：「你難道不知道？這難道不是你告訴他的？燕南天苦心藏寶，地圖自然只畫了一張，這唯一的一張就在你手裡，除了你……」

語聲未了，手裡的火摺子突然又滅了。

碧蛇神君這次自然已知道暗中有人做了手腳，倒退三步，貼著冰冷的石壁。

黑暗中一人緩緩道：「你猜得不錯，殺死『金陵三劍』的人確實還在洞裡，那人就是我！」這話聲平和緩慢，聽來完全沒有什麼奇突之處，但也就因爲這語聲太過平凡，在這陰森詭秘的洞中聽來，反而更是可怕。

碧蛇神君這樣的角色，竟也不覺打了個寒噤，道：「你……你是什麼人？」

那語聲道：「你可想瞧瞧我是什麼人？」

碧蛇神君咬一咬牙，又將火摺亮起。

火光閃動間，只見一個灰衣人緩緩自洞裡走了出來，臉上也是灰濛濛一片，瞧不見鼻子眼睛，什麼都瞧不見，他整張臉就像是個發白的檸檬，那真的也比世上所有醜怪的臉都要可怕十倍。

小魚兒雖然知道此人面上必定蒙著面具，心裡還是忍不住直冒寒氣，他蒙著鼻子嘴巴倒也罷了，卻爲何連眼睛也一起蒙住？眼睛蒙住了，爲何還能在這裡行動自如？——做瞎子的滋味，小魚兒方才是嚐過了的。

只見碧蛇神君額角上又在往外冒汗，道：「你……你是灰蝙蝠？」

灰衣人淡淡笑道：「你瞧清楚了麼？」

碧蛇神君道：「那貓頭鷹莫非也……」

一句話未說完，身子突然定住，整個人都變成個石像，高舉著火把的石像，只有一粒粒汗不斷自那發青的臉上流下。「砰」的一聲倒了下去。

小魚兒慌忙接過火把，已瞧見一人自他身後走了出來，這人看來也沒有什麼奇怪，只是眼睛大得怕人，亮得怕人。

灰衣人微微笑道：「灰蝙蝠既然在此，貓頭鷹自也不會遠的，以後你和前面的人說話時，切記莫忘了留意身後。」

那雙貓頭鷹一般的眼睛，瞪著小魚兒，咯咯笑道：「我真想問問你們，是怎麼找到這裡的？」他不說話倒也沒什麼，這一說話，果然名副其實，正如梟鳥夜啼。

小魚兒眨了眨眼睛，道：「不是你告訴我的麼？」

貓頭鷹一怔道：「我告訴你的？」

小魚兒道：「燕南天的藏寶秘圖只有一張，不是你告訴我們的，我們怎會找到這裡？你還要我們幫你的忙，將灰蝙蝠害死，讓你一人獨吞寶藏，你爲何又食言背信？難道你又約了些別的幫手不成？」

他瞪著眼睛，叉著腰，說的當真是活靈活現。

那貓頭鷹臉都氣得變了顏色，怒叱道：「你小小年紀，便學會血口噴人，長大了豈非比你師父還要惡毒！」

小魚兒道：「對了，你趕緊殺了我吧，殺了我也好滅口！」

貓頭鷹喝道：「某家正要殺了你爲世人除害！」喝聲中雙掌齊出，十指有如鷹爪，直取小魚兒胸膛咽喉！

小魚兒動也不敢動，他實在有點怕那些蛇美人的「櫻桃小口」，眼見這一雙鷹爪抓來，突然人影一閃，那灰蝙蝠已擋在面前，道：「對小孩何苦下毒手？」

貓頭鷹硬生生收回掌勢，變色道：「你爲何阻止我出手？莫非你真相信了這小鬼的話？」

灰蝙蝠淡淡道：「我只是有些奇怪，藏寶圖明明只有一張，明明只有你我兩人知道，這些人卻又怎會來的？」

貓頭鷹嘶聲道：「我與你相交二十年，你難道還信不過我？」

灰蝙蝠道：「瞎子時常被人欺負，疑心病自也難免重些。」

貓頭鷹跺腳道：「好！想來必是你想獨吞寶藏，所以借著這題目，要向我出手，我早已聽說瞎子最是難纏，只恨我不聽人言，你要……」

語聲未了，灰蝙蝠已揮掌滅去了火光。

小魚兒趕緊退後三步，只聽貓頭鷹一聲驚呼，道：「好！好！你真下毒手！」

接著便是一連串掌風拳擊。

小魚兒暗道：「貓頭鷹呀貓頭鷹，你還活得了嗎？」

他算準灰蝙蝠既是瞎子，在黑暗中必定有獨特的功夫，貓頭鷹縱能在暗中視物，出手時也要先吃個大虧。

只聽「喀嗟，喀嗟」幾聲骨節折斷聲，貓頭鷹慘呼道：「你……你總有一日要後悔的！……」

說到最後一字，又是一聲悶哼，便再無聲息。

然後，灰蝙蝠平和的語聲又自響起，一字字道：「小娃兒你在哪裡？」

小魚兒屏住呼吸，更不敢動了，他知道灰蝙蝠殺了貓頭鷹與碧蛇神君後，第二個目標便要輪到自己。

灰蝙蝠的呼吸也漸漸平靜，柔聲道：「小弟弟你爲何不說話呀？你揭破了他的奸陰，我正要謝謝你。」

語聲中，他腳步竟已向小魚兒站著的方向移動過來，瞎子總有一種異於常人的觸覺，小魚兒縱然屏住呼吸，但在這陰森的洞穴中，他身上因緊張而散發的熱氣，已足夠將灰蝙蝠引了過來。

只聽那腳步聲愈來愈近，小魚兒滿頭大汗滾滾而下，靠著石壁的衣衫，也已完全濕透！

灰蝙蝠柔聲道：「原來你在這裡，你怎麼不趕緊跑呀？」

小魚兒緊緊咬著嘴唇，汗珠沿著他鼻樑流下，他臉上癢得要命，但他連抓也不敢抓，他一生都沒有如此害怕過。

只覺灰蝙蝠的手掌已漸漸向他伸了過來，小魚兒全身的肌肉都繃緊了，卻仍然動也不動。

突然一聲驚呼，衣袂帶風「呼」的一聲後退數步，顫聲道：「你……你項子上……」

原來他手指方自點向小魚兒的咽喉，纏在小魚兒頭上的毒蛇就給了他一口，別人雖瞧見小魚兒身上的毒蛇，怎奈灰蝙蝠究竟是個瞎子，又怎會料得到有此一著！

小魚兒笑道：「如今你可嚐著我護身蛇神的滋味了麼？哈哈！就憑你這瞎子也想殺

我，哪有如此容易！」

灰蝙蝠嘶聲道：「蛇……毒蛇……」

呼聲中發狂般衝了出去，但腳步聲還未走出十步，便又聽得「砰」的一聲，他人已跌倒。小魚兒又驚又喜，喜的自然是對頭已死，驚的卻是這「碧蛇神君」所養的毒蛇實在厲害！

他長長吐了口氣，喃喃道：「唉！本來是要害我的毒蛇，此刻反救了我命，天下的事，有些當真奇怪得令人再也想不到。」

他身子軟軟的，像是已虛脫，要知他方才實是生死一髮，他實在是在拿自己的性命來和灰蝙蝠打賭！除了小魚兒這樣的人外，又有誰如此賭法！

他摸索著去找碧蛇神君的火摺子，但手又不敢亂動，這些「蛇美人」的厲害，他已見識過。他不由得輕輕嘆息著道：「附骨之蛆，若是弄不掉牠們，真不如死了算了！」

突然間，遠處火光閃動，一條錦衣虯髯大漢，高舉火把，昂然而入，雖然走在這種陰濕的洞穴，氣概仍然不可一世。

小魚兒自然又吃了一驚，他見了小魚兒，又見到滿地屍身，面色更是大變，後退三步，舉掌護胸，厲聲道：「你是什麼人？」

小魚兒眼珠子一轉，道：「你是什麼人？」

那錦衣大漢厲聲道：「你連某家都不認得，還能在江湖中走動麼？」

小魚兒笑道：「如此說來，你倒像是有些名氣！」

錦衣大漢喝道：「某家是兩河十七家鏢局的聯盟總鏢頭，『氣拔山河銅拳鐵掌震中州』趙全海！這名字你想必定是聽過。」

小魚兒微微笑道：「這名字倒長得很，聽來倒也威風，但你不知本座是誰？」

錦衣大漢趙全海冷笑道：「你算什麼東西！」

小魚兒也冷笑道：「本座便是『萬蛇之聖，萬劍之尊，萬王之王，打遍三山五嶽，南七北六十三省無敵手，驚天動地玉王子』，你可聽過這名字？」

他一口氣說出這一長串名字，趙全海倒真被唬得怔住了，道：「某家從未聽過江湖中有這號人物！」

小魚兒道：「你縱未聽過，回去問問你師父他想必是知道的，江湖中老一輩的人物，見到我誰敢不低頭！」

趙全海怒道：「憑你這乳臭未乾的黃毛小子，也敢如此胡言亂語。某家兒子都比你大得多。」

小魚兒道：「你可知道武功修煉至登峰造極，便可返老還童？」

趙全海又怔了怔，凝目瞧著他，顯見已是半信半疑。

小魚兒道：「今日我殺的人已夠多了，再也懶得出手，念在你看來還是條漢子，你快快走吧，本座饒了你。」

趙全海怒喝道：「就憑你也想將某家嚇走？」

小魚兒冷笑道：「你且瞧瞧地上死的是些什麼人物？」

趙全海俯首望去，變色道：「金陵三劍？……灰蝙蝠、貓頭鷹……還有一個……」

小魚兒道：「十二星相中的碧蛇神君你不認得？」

趙全海倒抽一口涼氣道：「他……他們難道都死在你手上？」

小魚兒淡淡道：「那也算得什麼？我只問你武功比起這些人如何？」

趙全海怔了半晌，挺胸道：「在下費了千辛萬苦，方到此間，前輩要在下這樣走了，在下實是心有不甘。」

他雖還不走，但不知不覺間已改了稱呼。

小魚兒微微笑道：「你要怎樣？」

趙全海道：「只要讓在下見識見識前輩的武功，在下拍手就走，絕無留戀。」

他生像雖然魯莽，行事倒也精細，顯見成名並非倖致。

小魚兒神色不動道：「你想見識見識本座武功？那也容易，只要你能將我身上的這些毒蛇全都弄死，而不損及本座毫髮，本座就將寶藏讓給你無妨。」

趙全海目光閃動，道：「真的？」

小魚兒道：「前輩對晚輩焉有戲言？」

趙全海大步邁過去，目光瞬也不瞬地凝注著那些蛇頭。小魚兒心裡暗暗歡喜，只望他手下真有兩下子。

哪知就在這時，突聽一連串刀劍相擊自前面傳了過來，別人刀劍相擊，每一聲之間總有間隔，但此刻這刀劍相擊聲，卻又緊又密，前一聲和後一聲幾乎是同時響起來的，數十聲刀劍相擊，聽來竟如一聲。

趙全海霍然回首，變色道：「又是什麼人來了？好快的劍！」

小魚兒眨著眼睛道：「莫要怕，只要你站在本座身旁，誰也傷不了你。」

趙全海瞧了他幾眼，再瞧瞧纏在他耳鼻之間的毒蛇，這種詭異的模樣，不由他不信面前這人實是前輩異士。他瞧了幾眼，終於抱拳道：「多謝！」

那劍擊之聲來得好快，方才還在洞口，此刻已到了近前，一個陰沉冷漠的語聲冷笑道：「雪花刀，你真要和我拚命麼？」

另一人道：「久聞你劍法之快，關外無雙，我早就想見識見識，今日既然又不知怎會被你知道藏寶之地，看來你我更只有分個生死強弱了！」

這語聲又尖又細，竟似女子的口音。

小魚兒忍不住問道：「這雪花刀是女的？」

趙全海嘆了氣，道：「她就是昔日江湖中聞名喪膽的『三羅剎』其中之一，刀法實已出神入化，就連歷史悠久的三虎斷門刀彭家子弟，都敗在她手下。」

小魚兒道：「另一人又是誰？」

趙全海道：「聽雪花刀所說的話，這人想來必是『長白劍派』中鉅子，『關外神龍劍』馮天雨，此人劍法之快，委實可稱是關外無雙！」

小魚兒嘆了口氣，道：「本座究竟老了，後輩的成名人物本座多已不知道了。」

趙全海雙眉深皺，道：「這藏寶之地如此隱秘，卻怎會有這許多人來？奇怪……奇怪……」

只見一片刀光劍影，著地滾來，光芒流動，在火光映影下，看來就彷彿一具十彩變幻的七寶光幢。劍光中裡的兩條人影，一個瘦削頎長，滿身黑衣，另一人白衣如雪，身材婀娜，掌中一柄柳葉刀，運展如飛！

趙全海站在那裡，已有些不安。

小魚兒悠悠道：「這兩人武功雖不錯，但破綻還是很多，若是換了本座出手，他兩人只怕不能抵擋十招。」

只聽「嗆」的一聲龍吟，刀光劍影頓斂，黑衣人、白衣人，已齊地住手，齊地掠到小魚兒面前。

那白衣女子「雪花刀」徐娘半老，風韻猶存，身材也絲毫不現臃腫，此刻眼波一掃，竟失聲道：「全海，你怎地也來了？」

趙全海勉強笑了笑，道：「多年不見，你模樣看來還未改變。」

雪花刀嫣然一笑，道：「謝謝你，在這裡見著你，可真是想不到的事……十一年……嗯，快十二年了，你竟都不來找我，難道你只求成名立業，就不要別的了麼？」

趙全海乾咳幾聲，道：「我……我……」

「關外神龍劍」馮天雨突然笑道：「妙極妙極，原來是老情人見面了，但柳玉如再加上個趙全海，我馮天雨也未見得怕了你們。」

「雪花刀」柳玉如眼見有了幫手，根本理也不理他，眼波掃了趙全海身旁的小魚兒一眼，道：「你還帶了個徒弟來麼？怎地如此奇形怪狀？」

趙全海道：「這位便是……玉……玉老前輩。」

柳玉如眼睛立刻瞪大了，道：「玉老前輩？」

趙全海大聲道：「此刻躺在地上的金陵三劍、灰蝙蝠、貓頭鷹、碧蛇神君，就全都是死在這位玉老前輩的手下的！」

這句話說出來，不但柳玉如吃了一驚，馮天雨更是面色大變，退後兩步，朝小魚兒左瞧右瞧，手裡的劍握得更緊了。

小魚兒暗中幾乎笑破肚子，面上卻正色道：「柳姑娘莫非也有份藏寶圖麼？」

柳玉如點頭道：「嗯。」

小魚兒目光移向馮天雨，道：「你呢？」

馮天雨冷冷道：「若無藏寶圖，我怎會尋到這裡？」

小魚兒目光閃動，道：「到目前爲止，這藏寶圖已出現了六份了，一份寶藏，卻有六份藏寶秘圖，此事倒真奇怪得很。」

馮天雨劍光一展，厲聲道：「無論有多少人來，死得只剩最後一個時，便是寶藏的主人！」

小魚兒冷冷道：「你此刻就想死，也沒關係，但連那寶藏所在之地都未瞧過一眼就死了，豈非死得太可惜了麼？」

馮天雨怔了怔，掌中劍緩緩垂落。

趙全海道：「玉老前輩說得是，無論如何，咱們先進去瞧瞧總是好的，等到瞧見寶藏再拚個你死我活也不遲。」

小魚兒笑道：「究竟還是聯盟鏢頭的見識不同。」

他轉身走了幾步，突又回首道：「煩你瞧瞧那碧蛇神君懷中有些什麼好嗎？」

碧蛇神君懷中，果然有三個紫檀木雕成的小匣子，三個匣子完全一模一樣，上面貼著的黃紙籤卻各不相同。

一個匣子上寫著「迷魂」，一個匣子上寫著「解毒」，第三個匣子上寫的，赫然正是「蛇糧」！

小魚兒接過匣子，簡直歡喜得幾乎跳起來。

他知道憑這一匣蛇糧，就必定可以將身上的這些「蛇美人」引走，但他想了想還是先將匣子拿在手裡。

他忽然發覺用這些小蛇來唬人，真是再好也沒有了，而此時此刻，他正是要大唬其人的時候。

洞穴竟然很深，而且曲折幽秘，寒氣侵人！

小魚兒當先而行，趙全海高舉火把，跟在他身後，柳玉如故意讓馮天雨走在前面，馮天雨手握長劍，嘴角噙著一絲冷笑。

突然間，洞穴豁然開朗，鐘乳四垂，五光十色。

千奇百怪，玲瓏剔透的鐘乳間，竟插著一大一小兩枝松枝火把，火光閃影下竟赫然又有五個人在那裡。

這五人三個站著，另外兩個卻盤膝相對而坐，四隻手掌，緊緊貼在一起，正各以內家真力生死相拚！

只見這兩人一個是黃衣和尚，一個是枯瘦老人，兩人眼珠卻似已將凸出，額上也都已見了汗珠。

站著的三人，亦是面色凝重，神情緊張，小魚兒等四人走了進來，這三人竟連瞧都未瞧上一眼。

小魚兒再轉頭一望，趙全海、柳玉如、馮天雨的臉色又全都變了，顯然他們是認得這五個人的，非但認得，而且還必定對這五人存有畏懼之心，看來這五人無論武功、聲望，都必定還在他們之上！

趙全海口中正唸經般在喃喃自語道：「這五個老怪物怎會也到了這裡？」

小魚兒微笑道：「一個人能被人稱做老怪物，想來就必定有些名堂。」

趙全海嘆道：「非但有名堂，而且名堂還不小。」

小魚兒道：「哦！」

趙全海道：「前輩可聽過淮南王家世代相傳的『大力鷹爪神功』?這一門武功七十年前便已名揚天下。」

小魚兒道：「嗯！這我倒聽過。」

趙全海道：「那看來瘦小枯乾的老人，便是當今『鷹爪門』的第一名家，人稱『視人如雞』王一抓。」

小魚兒道：「視人如雞?這算是什麼名字?」

趙全海苦笑道：「名字是他自己取的，意思就是說：無論什麼人，在他眼中看來，都好像小雞一樣，老鷹抓小雞，豈非只要一抓?」

小魚兒失笑道：「好怪的名字，好大的口氣……」

目光轉向那黃衣僧人，只見他身材魁偉，像貌堂堂，坐著也比那王一抓高了一個頭。

此刻兩人四掌相交，那王一抓當真像鷹爪下的小雞一樣，小魚兒忍住了笑，悄聲道：「依你看來，這兩人誰像小雞？」

趙全海又想笑，又不敢笑，自己面上神色卻已變得可笑得很，乾咳一聲，清了清喉嚨道：「這位黃衣僧人，便是五台山雞鳴寺的黃雞大師。」

小魚兒終於忍不住笑出聲來，道：「像小雞的偏偏要叫老鷹，像老鷹的偏偏叫做雞，這兩人看來倒真像是天生的活冤家死對頭，卻不知……」

突聽一人叱道：「閉嘴！」

這叱聲並不甚響，但入耳卻極沉重，竟震得小魚兒耳朵都麻了，再瞧發出叱聲那藍衣老人，卻連頭也未回，目光只是凝注著王一抓與黃雞大師的兩雙手掌，生像是除了這兩人外，世上別的人都未放在他心上。

小魚兒撇了撇嘴，道：「這小子又是什麼角色？」

趙全海臉色一陣青一陣白，瞧了瞧那藍袍老人，又瞧了瞧小魚兒身上的蛇，終於壓低了語聲道：「此公便是氣功獨步海內的『一叱開山』嘯雲居士，他與黃雞大師數十年相交，乃是生死過命的交情。」

小魚兒道：「既是生死過命交情，爲何不助黃雞和尚出手？」

趙全海話壓得更低道：「王一抓自然也不是一個人來的，站在他身後的兩人，一位掌『天南劍派』，劍掌出手雙絕，另一位便是槍法世家『浙東邱門』的當今掌門人，邱清波七爺，王邱兩門，素來是通家之好。」

他悄悄喘了口氣，接道：「何況以黃雞大師與王一抓的身分，自也容不得別人助他們出手的。」

小魚兒冷笑道：「狗屁的身分，那王一抓若是一個人來的，嘯雲老兒不出手才怪……」突然大步走了過去，向那邱清波抱拳一禮，笑道：「七弟近來可好？」

那邱清波面容清癯，神情肅重，但瞧見小魚兒這副詭異的模樣，眼睛不覺也直了，皺眉道：「是誰家的七弟？怎會識得老夫？又怎會來到此處？」

小魚兒笑道：「你不認得我，我卻認得你，這次我帶了趙全海、馮天雨和『雪花刀』柳姑娘三個人來，就是來幫你忙的，你和這位『天南劍派』的仁兄只管向嘯雲老兒出手，我負責將這黃雞和尚送上西天。」

邱清波又驚又奇，還在莫名其妙，嘯雲居士面色卻已變了，突然一聲長嘯，嘯聲清越，震得火光閃動飄搖。

王一抓、黃雞大師自也難免被這嘯聲震得心神分散，兩雙緊黏在一處的手掌也難免為之震動分離！

剎那間，只見長劍離鞘，銀槍出手，黃雞大師身形已沖天而起，一朵黃雲般飄出兩丈。

嘯雲居士厲叱道：「以王、邱兩家的聲名，難道真要以多為勝麼？」

小魚兒卻仰天笑道：「說來你五人倒都是不同凡響的人物，其實也和江湖盜賊差不了許多，誰也信不過誰，大家都有一肚皮壞心思。」

嘯雲居士臉色鐵青，怒道：「你究竟想怎樣？」

王一抓目光如鷹，沉聲道：「你究竟是什麼人？」

小魚兒笑道：「你不認得我麼？……問問他吧！」他隨手一指趙全海，十道銳利的目光，俱都轉到趙全海身上。

趙全海垂下了頭，吶吶道：

「這位便是玉老前輩……便是……『萬蛇之聖、萬劍之尊、萬王之王，打遍三山五嶽無敵手，驚天動地玉王子』……」

小魚兒點頭笑道：「雖然少了幾個字，也算差不多了，這名字各位若是未聽過，那當真是孤陋寡聞得很。」

王一抓怒道：「乳臭未乾的小子，也敢用這樣的名字！」

趙全海道：「這……這位玉老前輩內功，已登峰造極，金陵三劍、灰蝙蝠、貓頭鷹和碧蛇神君，就全都是死在這位玉老前輩手上的！」

這句話說出來，王一抓等五人自然又都聳然動容。

嘯雲居士目光逼視趙全海，厲聲道：「這些人死在他手上，你怎會知道？可是你親眼瞧見的？」

趙全海道：「這……這自然是我親眼瞧見的，他們的屍身，此刻就在外面。」

他雖未真的親眼瞧見，但心中實已深信不疑，何況，到了此刻他實已騎虎難下，實在也無法說出「沒有親眼瞧見」這句話來。

王一抓、邱清波、嘯雲、黃雞，面面相覷，再去瞧小魚兒時，目光與神情已與方才大不相同。

要知道這些人雖未將趙全海的武功放在眼裡，但對趙全海說出來的話卻也未敢忽視，「兩河十七家鏢局聯盟總鏢頭」這幾字，拿到當舖裡去也可當幾兩金子的。

小魚兒目光四掃，微微笑道：「一份寶藏卻有許多份藏寶秘圖，各位難道不覺得此事有些奇怪，難道不想先瞧個究竟？」

這番話若是在方才說出來，別人縱然聽了，也不會仔細去想，但此刻他身分在別人眼裡已不同，說出來的話份量自也不同。王一抓、黃雞大師心念轉動，愈想愈覺得此事其中實在大有蹊蹺。

小魚兒抬起了頭，只見山洞頂上，有個缺口，露出一片星光，接著，明月移來，月光自缺口中射下。

眾人齊地動容道：「時候到了！」

嘯雲居士撮口一吹，王一抓鐵掌反揮，兩枝松枝火把，登時熄滅，只剩下一點月光照在一株玲瓏的石筍上，月光照射處，正是藏寶的入口。

王一抓搶先掠向石筍，但身形方自展動，黃雞大師長袖已流雲般向他捲來，王一抓鐵掌如鈎，直抓長袖，邱清波銀槍已點向嘯雲胸膛，柳玉如雪花刀，閃電般劈出三刀，馮天雨也還了兩劍，剎那間眼見又是一場混戰。

小魚兒卻站得遠遠的，冷笑道：「你們著急什麼？這裡面是否有寶藏還說不定啦，等見到藏寶後再拚命，再動手，難道就等不及了麼？」

石筍果然可以移動，火把再燃起，照亮了這神秘的地道入口，也照亮了地道中的十數級石階。

王一抓、黃雞大師、邱清波、嘯雲居士、孫天南、趙全海、馮天雨、柳玉如……這些人順序而入，一個盯著一個，一個監視著一個，每個人卻是臉色凝重，呼吸急迫，如臨深淵，如赴大敵。

小魚兒走在最後，面上雖仍帶笑容，但心情也難免有些興奮，有些緊張，無論如何，此中的秘密，他還是未曾猜透。

突聽王一抓「咦──」的一聲，接著，黃雞大師也是「咦──」的一聲，這兩人俱是一派宗主的身分，若非所見之事委實出奇，又怎會驚得「咦」出聲來？孫天南、趙全海等人腳步加快，跟著他們趕到前面，也不禁「咦──」的一聲，目瞪口呆，愣在那裡，再也說不出話來。

石階的盡頭，哪有什麼藏寶？卻有幾口棺材。

漆黑的棺材，在這黝黯的石室中，閃動的火光下，看來更是詭秘可怖，每具棺材前，都有著靈牌神幔，自地道中吹來陰森森的微風，將鵝黃色的神幔吹得飄飄飛舞，柳玉如但覺身子發冷，不由自主向趙全海靠了過去，暗中一數，那棺材竟有十三口之多。

小魚兒委實不敢走快，等他一步步走了進來，趙全海與馮天雨手中所舉的兩枝火把，竟已熄滅。

偌大的石室中，只剩下當中一張靈桌上兩枝燭淚淋漓的白燭，仍在明滅閃動，發出鬼火般的黃光，映著靈牌上的七個字：「歷代祖師之靈位」。

這七個字上還有兩個字，卻被神幔的陰影所掩，瞧不出來，小魚兒也不覺倒抽了口涼氣，道：「這是什麼所在？」

邱清波沉聲道：「衡量地勢，中間乃是峨嵋後山，聞得峨嵋山中有處禁地，乃是峨嵋派歷代掌門人厝靈之所，莫非便是這裡！」

廿三 奇峰迭起

黃雞大師聽說這裡是峨嵋禁地，不由皺眉道：「當真是這裡，你我還是快快退出才是！」

嘯雲居士道：「不錯，誤入別人禁地，便是犯了武林大忌！」

王一抓目光閃動，截口道：「既是如此，各位就請快快退出去吧！」

黃雞大師微一沉吟，終於轉身。

馮天雨突然大聲道：「大師且慢，莫要中了別人之計。」

黃雞大師道：「計？計從何來？」

馮天雨道：「世上哪裡還有比棺材更好的藏寶之地？」

黃雞大師聳然動容，嘯雲居士與王一抓已雙雙向居中靈位旁的一口棺材搶出，哪知就在這時，四面石壁突然開出了八道門戶，八道強烈的燈光，自門中筆直射出，照在小魚兒、王一抓等人身上。

眾人被這燈光一照，一時間竟是動彈不得，眼睛更是無法睜開，隱約只瞧見燈光後人影幢幢，劍光閃動，卻瞧不出是什麼人來。

一個沉重的話聲自燈光後響起，道：「何方狂徒，竟敢擅闖本門聖地！」

另一個厲聲接道：「擅闖聖地，罪必當誅，還問他們的來歷作什？」這人語音緩慢，但緩緩說來，自有一種凌厲逼人的氣概！

黃雞大師失聲道：「莫非是神錫道長？」

那語聲「哼」了一聲。黃雞大師道：「道長難道已不認得五台黃雞大師了麼？」

那語聲道：「聖地之中，不談舊誼，咄！」

「咄」字出口，數十道劍光自燈光處急射而出，如雷轟電擊，直取黃雞大師與王一抓等人的咽喉要害！

小魚兒眼見劍光刺來，竟是不敢閃避——劍光雖狠，蛇吻更毒，他驚惶之下，反而仰天長笑起來。

他這一笑，蜷曲在他身上的毒蛇全部昂首而起，紅信閃縮，小小的孩子身上爬滿了毒蛇，這模樣看來端的比什麼都要嚇人。

刺向他的兩柄長劍，竟不由自主硬生生在半空頓住了劍勢，在燈光下出現的人影，是兩個紫衣微髭的道人；左面一人橫劍當胸，厲聲道：「你這娃兒鬼笑些什麼？」

小魚兒笑道：「我只笑你們峨嵋派自命不凡，卻不過只是些不分皂白的糊塗蟲而已。」

四面兵刃相擊聲，喝道：「你說啥子？」

峨嵋道人足不離山，說的自然是道地的四川土音。

小魚兒眨了眨眼睛，道：「什麼傻子不傻子，你才是傻子。我且問你，就算是咱們擅闖了禁地，你們又怎會知道的？」

那道人冷笑道：「峨嵋山豈是容人來去自如之地，有人闖入後山，本派焉有不知之理？」

小魚兒也冷笑道：「只是咱們闖入後被你們發覺，那也算你們的本事，但你們卻顯然是早有防備在此，難道你們峨嵋弟子真有未卜先知的本事？」

那道人厲聲道：「這不關你的事。」

小魚兒道：「這自然關我的事，只因咱們未來之前，早已有人向你們告密，是麼？……哼，這人又是怎會知道咱們要來的，你們難道想都不想麼？」

趙全海遠遠大喝道：「正是，這一切都是告密的那人做成的圈套，好教你我互相火併……」話未說完，一聲慘呼，顯然是身上已掛彩了。

那道人皺了皺眉，沉聲道：「啥子圈套？哪有啥子圈套？」

小魚兒大聲道：「你們只要住手，我自會對你們揭穿這圈套。」

只聽一人喝道：「莫要中了這小鬼的緩兵之計。」

那道人亦自喝道：「不錯，擒住了他再問話也不遲。」

小魚兒知道這兩人只要一出手，自己就休想全身而退，他暗中不覺大是後悔，方才爲何不先用蛇糧將毒蛇引開，卻偏要留著牠來唬人。

他情急之下，大喝一聲，將緊捏在手裡的三個匣子，劈面向這兩個峨嵋道人擲了過去。

但道人劍光一展，三個匣子立刻分成六半，匣子裡的迷魂藥、解毒藥……下雨般落了滿地。

道人劍勢也不覺緩得一緩，但瞬即撲刺上來。

小魚兒暗嘆一聲，苦笑道：「要害人的時候，卻莫忘了反而會害到自己……」

心念一閃間，突聞「嗤、嗤、嗤」十數聲急風驟響，昏黃的燭光，強烈的燈光，突然一齊熄滅。

小魚兒方在吃驚，已有一隻手悄悄握住了他的手。

一人在他耳畔輕聲道：「隨我來。」

小魚兒只覺這隻手雖是冷冰冰的，卻有說不出的柔膩，這語聲更是說不出的溫柔，說不出的熟悉。

他心頭不知怎地也會流過一股暖意，低聲道：「是鐵心蘭麼？」

那語聲低低道：「嗯。」

小魚兒腳下隨著她走，口中不覺輕嘆了一聲，道：「如今我才知道你暗器功夫實在比我強得多，那種在一瞬間便能打滅十幾盞燈光的本事，我實在比不上。」

鐵心蘭道：「打滅燈火的不是我。」

小魚兒怔了怔，道：「不是你是誰？」

燈光熄滅後，雖有一陣靜寂，但驚呼叱咤聲立刻又響起，數十人在黑暗中紛紛呼喝：「誰？」

「又是什麼人闖了進來？」

「掌燈！快！快！」

鐵心蘭還未仔細回答小魚兒的話，燈光又自亮起，峨嵋道人貼向石壁，王一抓等人也聚在一起。

燈光下，卻多了兩個人，只見這兩人衣衫雪也似的潔白，頭髮漆也似的烏黑，那皮膚卻更白於衣衫，眸子也更黑於頭髮。

小魚兒只當這能在剎那間熄燈的必是十分了不起的角色，哪知卻是兩個看來嬌柔無力，弱不禁風的絕色少女！

此刻在這峨嵋後山禁地靈堂中的，可說無一不是江湖中頂尖兒的人物，就算是那些紫衣道人也都是峨嵋子弟中百裡挑一的好手，但這兩個白衣少女卻似未將任何人瞧在眼裡，兩雙明亮的秋波，微微上翻，嬌美的面容上滿帶著冷漠傲岸之意。

這種與生俱來，不假做作的傲氣，自有一種懾人之力，此刻燈火雖亮起，室中反而變得死一般靜寂。

嘯雲居士突然冷笑道：「居然有女子闖入峨嵋禁地，峨嵋子弟居然還在眼睜睜的瞧著，這倒是江湖中前所未聞的奇事。」

他口中說話，眼角卻瞟著神錫道長，神錫道長面沉如水，四下的峨嵋弟子卻已不禁起了騷動，有了怒容。

白衣少女卻仍神色不動，左面一人身材較細，長長的瓜子臉，尖尖的柳葉眉，冷漠中又帶著股說不出的嬌俏。

右面的少女身材嬌小，圓圓的臉，大大的眼睛，鼻尖上淺淺的有幾粒白痲子，卻使她在冷漠中平添了幾分嫵媚嬌憨。

此刻這圓臉少女眼睛瞪得更大了，冷笑道：「荷露姐，你可聽見了，這峨嵋後山，原來是咱們來不得的。」

那荷露冷冷道：「天下無論什麼地方，咱們要來便來，要去便去，有誰能攔著咱們？有誰敢攔著咱們？」

神錫道長終於忍不住怒叱一聲，厲聲道：「是哪裡來的小女子，好大的口氣！」

這一聲怒叱出口，峨嵋弟子哪裡還忍耐得住？兩道劍光如青龍般交剪而來，直刺白衣少女們的胸腹。

白衣少女卻連瞧也未瞧，直等劍光來到近前，纖手突然輕輕一引、一撥，誰也瞧不出她們用的是什麼手法，兩柄閃電般刺來的長劍，竟不知怎地撥了回去，左面的劍竟刺在右面一人的肩上，右面的劍卻削落了左面一人的髮髻，兩人心膽皆喪，愣在那裡再也抬不起手。

王一抓、黃雞大師等人也不禁爲之聳然失色。

神錫道長一掠而出，變色道：「這……這莫非是『移花接玉』？」

荷露淡淡道：「虧你還有點眼力。」

圓臉少女冷笑道：「現在你總知道咱們是哪裡來的了，你還嫌咱們的口氣太大麼？」

神錫道長面容慘變，道：「峨嵋派與移花宮素無瓜葛，兩位姑娘此來，爲的是什麼？」

荷露道：「咱們也不爲什麼，只想要你將燕南天的藏寶取出來，其實咱們也不想要，只不過想瞧瞧而已。」

神錫道長怔了一怔，道：「燕南天的藏寶？」

圓臉少女道：「你還裝什麼糊塗，好生拿出便罷，否則……哼！」

神錫道長道：「燕南天與本派更是素無瓜葛，此間怎會有燕南天的藏寶？……」目光四顧，突然慘笑一聲，接道：「我明白了，各位想必也是爲了這藏寶來的。」

王一抓、黃雞大師俱都閉緊了嘴，誰也不說話，移花宮中居然有人重現江湖，他們還有什麼話好說？

神錫道長嘶聲道：「這一切想必是個圈套，你我全都是被騙的人，你我若是火併起來，就正是中了別人的毒計！」

小魚兒已退到圈外，此刻不禁冷笑忖道：「我說這話時你偏偏不信，如今你自己也說出這話來了，這豈非敬酒不吃吃罰酒？」

他眨著眼睛，瞧著那兩個白衣少女，心裡也不知又在轉些什麼念頭，反正他的心思，誰也猜不透。

只聽那圓臉少女道：「你的意思，是說燕南天的藏寶不在這裡？」

神錫道長嘆道：「貧道簡直連聽也未聽過……」

圓臉少女道：「荷露姐，他說的話，你相信麼？」

荷露淡淡道：「我天生就不信別人說的話，無論誰說的話，我都不信。」

神錫道長道：「姑娘若是不信，那也是無可奈何。」

圓臉少女冷笑道：「誰說無可奈何，咱們要搜！」

神錫道長變色道：「要搜？」

圓臉少女道：「不錯，搜！我瞧這幾口棺材，就像是最好的藏寶之地，你就先打開來讓咱們瞧瞧吧！」

她話未說完，峨嵋弟子已俱都勃然大怒，神錫道長更是鬚髮皆張，勉強忍住怒氣，沉聲道：「棺中乃是本派歷代先師之靈厝，天下誰也不能開啓。」

圓臉少女冷笑道：「這就是了，棺中若真是死人，讓咱們瞧瞧有何關係？又不會瞧掉他們一根骨頭，你不讓咱們瞧，顯見有弊。」

神錫道長怒喝道：「無論誰要開此靈厝，除非峨嵋弟子死盡死絕！」

圓臉少女道：「那要等多久？我可等不及了。」

神錫道長喝道：「移花宮欺人太甚，我峨嵋派和你拚了！」反腕拔出長劍，劍光一閃，直取少女咽喉！

他暴怒之下，這一劍正是他畢生功力所聚，當真是快如電擊，勢若雷霆，聲威之猛，震人魂魄！

白衣少女畢竟功力還淺，眼見如此聲威，竟不敢攖其鋒銳，再施展那移花妙手，兩人身形一閃，翩翩避了開去！

但這時峨嵋弟子的數十柄長劍，已交剪擊來，她兩人縱有絕世的心法妙傳，也難敵這數十柄雷霆怒劍！

鐵心蘭突然鬆開了小魚兒的手，道：「你等著莫動，我……」

小魚兒瞪眼道：「你要做什麼？」

鐵心蘭道：「我迷途荒山，幸得她們收容，你危急被困，又幸得她們出手，此刻她們有難，我怎能坐視不救？」

小魚兒笑道：「移花宮中人縱然有難，還用得著別人解救麼？」

語猶未了，身後已有人接口道：「你說得不錯！」

這語聲清朗而短促，語聲入耳，已有一條人影自小魚兒身側掠出，縱在火光之下，小魚兒也無法瞧清這人是男是女，是何模樣，以小魚兒的眼力，甚至連此人身上穿的衣服是何顏色都未瞧清。

他一生竟從未見到如此迅急的身法，更想不到世上有如此迅急的出手——人影閃過，閃入劍光。

刹那間，只聽劍擊之聲不絕於耳，數十柄長劍一齊落在地上，別人誰也瞧不清這些劍是如何脫手的，只有峨嵋弟子自己心裡有數——他們只覺劍上突有一股不可抗拒的力道引來，將自己掌中劍引得與同伴之人掌中劍互相交擊，兩人都覺得對方劍上之力大得驚人，於是手腕一麻，長劍落地，一個個捧著手腕驚呼後退，心裡還是糊裡糊塗，彷彿是在作夢似的。

神錫道長掌中劍雖未出手，人已驚得後退一丈，目光四下遊顧，除了那兩個白衣少女外，哪裡還有別的人影……

但四下火光明滅閃動，數十柄長劍俱都在地。

神錫道長咬牙頓足，仰天長嘆道：「罷了！」反腕一領長劍，竟向自己脖子上抹去，他眼見此等不可抗拒的驚人武功，眼見峨嵋派的聲名便要從此斷送，也只得一死以求解脫！

誰知就在這時，一隻手自他身後伸出，輕輕托住了他的手，另一隻已輕輕將他長劍接過。

神錫道長掌中這柄劍，隨他出生入死，闖盪天下也不知經歷了多少驚心動魄的戰役，長劍離手之事，卻是從來未有，但此刻也不知怎地，這柄生死不離的長劍，竟會輕輕易易到了別人手中。

神錫道長又驚又怒，一個白衣少年已自他身後緩步走出，雙手捧著長劍，從容而揖，含笑道：「道長請恕弟子無禮，但若非貴派道友向婦女人家出手，弟子也萬萬不會胡亂出手的。」

燈光下，只見這少年最多也不過只有十三、四歲年紀，但他的武功、他的出手，已非這許多武林一流高手所能夢想，他穿著的也不過只是件普普通通的白麻衣衫，但那種華貴的氣質，已非世上任何錦衣玉帶的公子能及。

他到此刻爲止，也不過只說了三、五句話，但他的溫文、他的風度，就連閱人無數的「雪花刀」柳玉如見了，也覺心神皆醉，「銀槍世家」的邱七爺少年時也曾是風流瀟灑的美男子，但見了這少年，也只有自愧不如。

一時之間，眾人竟都不知不覺瞧得呆了。

神錫道長雖是滿心驚怒，此刻竟也似被這種迷人的風度所懾，竟也不覺抱拳還禮，道：「足下莫非亦是來自繡玉谷，移花宮？」

白衣少年道：「弟子花無缺，正是來自移花宮，本宮中人已有多年未在江湖走動，禮數多已生疏，若有失禮之處，還請各位包涵才是。」

他說的話總是那麼謙恭，那麼有禮，但這情況卻像是個天生謙和的主人向奴僕客氣，主人雖是出自本意，奴僕受了卻甚是不安——有種人天生出來就彷彿是應當驕傲的，他縱然將傲氣藏在心裡，他縱覺驕傲不對，但別人卻覺得他驕傲乃是天經地義，理所應當之事。

他面上的笑容雖是那麼平和而親切，但別人仍覺他高高在上，他對別人如此謙恭親切，別人反覺難受得很。

神錫道長、黃雞大師、王一抓、邱清波、孫天南、馮天雨、趙全海，這些人無一不是一派掌門的身分，但不知怎地，在這少年面前，竟有些手足失措，舉止難安，幾個人口中吶吶，居然說不出應對之詞。

荷露眼波流轉，忍不住笑了，大聲道：「我家公子來了，這棺材可以打開瞧瞧了麼？」

神錫道長面色又一變，但他還未出言，花無缺已緩緩道：「藏寶之事必屬子虛，在下只望各位莫要中了奸人的惡計，而從此化干戈為玉帛，今日之事，從此再也休要提起。」

黃雞大師合什道：「阿彌陀佛，公子慈悲。」

王一抓大聲道：「誰若還想爭殺，卻讓別人暗中在一旁看笑話，那才是呆子。」

邱清波、孫天南等齊聲道：「公子所言極是，在下等就此告退。」

神錫道長唏噓合什，道：「多謝公子！」

此間本已是個不死不休的殺伐之場，這花無缺公子來了才三言兩語，卻已化戾氣爲祥和，化殺氣爲和氣。

柳玉如眼波轉動，始終不離他面目，鐵心蘭瞧著他，嘴角不知不覺間泛起了一絲欽佩的笑意。

小魚兒突然「哼」了一聲，向地道外大步奔出。鐵心蘭怔了怔，微微遲疑，終於也快步跟了出去。

只聽身後趙全海嘆道：「玉大俠，玉老前輩……」

荷露也在喚道：「喂！那位姑娘，你怎地走了？」

神錫道長喚道：「那位小施主，方才多承教言，請稍坐侍茶。」

幾個人呼聲混雜，小魚兒根本聽不清楚，何況他縱然聽清，也不會回頭的，他竟一口氣走出了那山窟。

洞外雖有薄霧，但明月在天，清輝滿地，夜色顯得更美。

小魚兒眼睛卻只是直勾勾瞧著前面，腳步絲毫不停，直走了幾盞茶時分，方自尋了塊青石坐下。

鐵心蘭這才長長嘆了口氣，道：「藏寶之事，竟會如此結束，倒真是令人想不到的事。」

小魚兒道：「你想得到什麼？」

鐵心蘭怔了怔，垂下頭，幽幽道：「我竟爲這一文不值的藏寶秘圖受了那許多辛苦危難，竟險些一死，如今想來，真是冤枉得很。」

小魚兒道：「你活該。」

鐵心蘭咬了咬嘴唇，垂首道：「在那慕容山莊，我知道你必有許多苦衷、許多困難，才會拋下我不顧，我並不怪你，但你……」

小魚兒道：「你怪我又怎樣？」

鐵心蘭霍然抬起頭，道：「你……你……你怎麼這樣說話？」

小魚兒道：「我說話本來就是這樣，你不愛聽，就莫要聽……哼，別人說話好聽，你不會去聽別人的麼？」

鐵心蘭眼圈已紅了，默然半晌，強顏一笑道：「你是什麼時候到峨嵋來的？」

小魚兒道：「哼！」

鐵心蘭柔聲道：「你身上怎會有這些蛇？」

小魚兒道：「哼！」

鐵心蘭跺了跺腳，也賭氣坐了下去，兩人背靠著背，誰也不理誰，誰也不動，誰也不說話。

也不知過了多久，小魚兒終於忍不住了，重重啐了一口，道：「嘿，那小子好神氣！」

鐵心蘭像是全沒聽見，根本不答腔。

小魚兒憋了半晌，又忍不住了，用背一頂她，道：「喂，聾子，我說的話你聽見了麼？」

鐵心蘭道：「聾子怎會聽得見人說話？」

小魚兒呆了呆，道：「但……你這不是明明聽見了麼？你聽不見人說話，又怎會聽見了，你……」說來說去，他自己也忍不住大笑起來。

鐵心蘭早已偷偷在笑，此刻也不禁「噗哧」笑出聲來。

笑聲中，兩人不知不覺已並排坐在一起，也不知是鐵心蘭先移過來的，還是小魚兒先移過去的。

笑了半晌，小魚兒突然又道：「那小子實在忒神氣了！」

鐵心蘭柔聲道：「其實那也不是他自己神氣，只不過是別人捧著他神氣而已。」

小魚兒冷笑道：「你莫以爲他自己不神氣，他那副樣子，不過是裝做出來的，好讓别人說他謙恭有禮，其實……哼，狗屁！」

鐵心蘭笑道：「繡玉谷，移花宮可說是當今天下武林的聖地，他身爲移花宮唯一的傳人，就算神氣，也怪不得他。」

小魚兒道：「哼……哼哼……哼哼哼。」

鐵心蘭嫣然一笑，輕輕摸了摸他的手，瞧見他腕上的毒蛇，又趕緊縮了回來，眨著眼睛笑道：「你有沒有發覺，他的眉毛眼睛，可真是像你，簡直和你一模一樣，不知道的人，還要以爲你們是兄弟哩！」

小魚兒道：「我若生得像他那副娘娘腔的模樣，我寧可死了算了。」

鐵心蘭含笑瞟了他一眼，不再說話。

小魚兒歪起了頭，冷笑著又道：「奇怪的是，這種裝模作樣，娘娘腔的男人，偏偏有人喜歡他。」

鐵心蘭道：「哦，誰喜歡他？」

小魚兒道：「你。」

鐵心蘭呆了呆，失笑道：「我喜歡他？你瘋了！」

小魚兒道：「你若不喜歡他，怎會瞧他瞧得眼睛都直了……你若不喜歡他，又怎會處處都幫著他說話？」

鐵心蘭臉都氣紅了，咬牙道：「好，就算我喜歡他，我喜歡得要死好麼，反正，你也不是我的什麼人，你也管不著。」

她跺著腳，背又轉了過去。

小魚兒索性坐到地上去了，喃喃道：「哼，裝模作樣像個小老頭子，這種人比什麼人都討厭。」

鐵心蘭也不回頭，道：「你不是說他娘娘腔麼?現在怎麼又說他像老頭子?」

小魚兒道：「我……我說的是他像小老太婆。」

鐵心蘭突又「噗哧」一笑。

小魚兒瞪起眼睛，道：「你笑什麼?」

鐵心蘭慢慢悠悠的，一字字道：「你在吃醋。」

小魚兒跳了起來，道：「我在吃醋?……笑話，笑話!」

突又坐了下去，嘆道：「不錯，我現在真的有些像是在吃醋。」

鐵心蘭嬌笑著撲入他懷裡，但瞬即跳起，顫聲道：「蛇……這些鬼蛇你怎麼不弄掉牠?」

小魚兒苦著臉道：「我若能弄得掉牠們就好了!」

鐵心蘭失色道：「你……你自己也弄不掉?」

小魚兒嘆道：「碧蛇神君一死，現在只怕誰也弄不掉牠們了，無論誰只要一碰牠們，牠們立刻就會給我來上一口。」

鐵心蘭著急道：「那……那怎麼辦呢？你難道永遠帶著牠們跑？」

小魚兒愁眉苦臉，呆了半晌，突然做了個鬼臉，笑道：「這樣也好，身上纏著蛇，女孩子就不會來纏我了。」

她又賭氣背轉臉，但瞬即又回了過來，笑道：「我有法子了。」

鐵心蘭跺腳道：「人家說正經的，你卻還要開玩笑！」

小魚兒喜道：「你有什麼法子？」

鐵心蘭道：「你不給牠們東西吃，等牠們餓死，牠們一死，自己就掉下來了。」

小魚兒像是想了想，點頭道：「是極是極，這法子簡直妙不可言。」

鐵心蘭嫣然笑道：「多謝多謝。」

小魚兒眨了眨眼睛，道：「只是還有一樣你忘了。」

鐵心蘭道：「還有什麼？」

小魚兒道：「這些蛇雖是光頭，卻不是和尚。」

鐵心蘭呆了半晌，道：「這是什麼意思？」

小魚兒忍住笑，道：「不是和尚，就吃葷的。」

鐵心蘭又呆了呆，突然跳了起來，驚呼道：「牠……牠們若是真的餓了，豈非要吃你的肉，喝你的血？」

小魚兒嘆了口氣道：「你真是天才兒童，到現在才想到。」

鐵心蘭急得眼淚都流出來了，跺腳道：「這怎麼辦呢？怎麼辦呢？我看只有……只有……」

到底「只有」怎樣，她卻說不出來，急得在那裡直轉圈子，轉了七、八個圈子，突聽有人語聲傳了過來。

只聽一人道：「那丫頭怎會突然失蹤，倒真奇怪。」

另一人冷冷道：「她跑得了今天，還跑得了明天麼？」

這兩人語聲一入耳，小魚兒、鐵心蘭面色又變了。

鐵心蘭啞聲道：「小仙女！」

小魚兒道：「還有慕容九妹！」

鐵心蘭道：「咱……咱們快走吧！」

但直到這時，他們才發覺這竟是條死路，三面俱是直壁削立，唯一的道路，正是小仙女她們要走過來的。

鐵心蘭腳都已冰冷，道：「這……這……」

小魚兒道：「咱們先躲一躲再說。」

兩人身子剛躲好，小仙女與慕容九妹已走過來了。

小仙女道：「峨嵋山倒真是邪門，偌大的一片山上，除了猴子住的洞外，就只有這裡是可以避風的地方。」

慕容九妹道：「我看滿山亂找也沒用，咱們不如先在這裡歇歇，等天亮再說。」

小仙女早已坐了下來，她坐的正是小魚兒方才坐的那塊石頭，兩人懶懶的坐下，連眼睛都瞇了起來。

小魚兒和鐵心蘭不覺暗暗叫苦，這一來要等到什麼時候才能逃出去，可真是只有天知道了。

也不知過了多久，小仙女張開了眼睛，道：「你冷不冷？」

慕容九妹冷笑道：「你真是嬌生慣養的千金小姐，這樣就算冷麼？就算在冰天雪地之中，我都不會喊冷的。」

小仙女聳了聳肩，又閉起了眼睛。

小魚兒卻在暗中撇了撇嘴，暗道：「你自然不怕冷，你也不想想你練的是什麼功夫，光著屁股睡在冰上都沒關係，別人可沒練過你那鬼功夫呀！」

又過了半晌，小仙女突然站起來，道：「你不怕冷，你有本事，我可受不了啦。」

慕容九妹道：「受不了也得受。」

小仙女笑道：「九姑娘，好姐姐，陪我去找些柴來生堆火好麼？」

慕容九妹終於慢吞吞站了起來，兩人東瞧瞧，西望望，竟向小魚兒與鐵心蘭藏身之處走了過來。

小魚兒暗道：「該死該死，我怎麼偏偏選了這地方來躲，這地方怎會偏偏有柴火，當真是倒了窮楣了！」須知他們要躲，自然就躲在枯籐木葉後，枯籐木葉自然是最好的引火之物，百般巧合，小魚兒可像是要倒楣了。

鐵心蘭掌心早已流滿冷汗，身子也發起抖來。

只見小仙女與慕容九妹愈走愈近，鐵心蘭也愈抖愈厲害，抖得四下枯籐木葉簌簌的直響。

小仙女突然停住腳，道：「你……你聽，那是什麼在響？」

慕容九妹冷冷道：「你放心，不會有鬼的。」

小魚兒心念一閃，眼珠子一轉，突然將頭髮扯散，自己居然偷偷笑了起來，也不知在笑什麼！

鐵心蘭見他在這種時候居然還笑得出，簡直要氣破肚子，急斷腸子。只見小仙女又在往前走，口中喃喃道：「就算沒有鬼，鑽條蛇出來，也夠要命的了。」

慕容九妹冷冷道：「有我在這裡，你什麼都不必怕。」

她話未說完，突見一個怪物從黑暗中跳了出來。

小仙女嚇了一跳，冷汗立刻流出。

慕容九妹冷叱道：「是什麼人裝神弄鬼？」

只聽這怪物鬼叫道：「慕容九妹……慕容九妹，你害我死得好苦，我做了淹死鬼，還要做燙死鬼……慕容九妹，慕容九妹，你還我命來！」

廿四 死中求活

在月光下，慕容九妹已瞧清了這「怪物」面目，卻不是小魚兒是誰？……卻不赫然正是那已死在她手上的小魚兒是誰！

深夜荒山，陰風陣陣，荒山中突然跳出個披頭散髮，滿身是蛇的怪物，而這怪物又正是她親手害死了的人。

慕容九妹縱有天大的膽子，也是受不了的。

她指著小魚兒，顫聲道：「你……你……」

第二個「你」字才出口，人已被嚇得暈了過去。

小仙女雖然不知道這其中的糾葛秘密，但瞧見小魚兒滿身的蛇，瞧見慕容九妹竟又嚇得暈倒……她的魂也沒有了，驚呼一聲，轉身就跑，連頭都不敢回，瞬息間她便跑得蹤影不見。

小魚兒哈哈大笑，道：「蛇兄呀蛇兄，無論你以後是否會害死我，我都得謝謝你，無論如何，你至少已救過我兩次命了。」

最莫名其妙的自然還是鐵心蘭，她簡直整個人都糊塗了，從黑暗中走出來，瞪大了眼睛瞧著小魚兒，終於忍不住問道：「你幾時被慕容姑娘害死過？什麼淹死鬼，燙死鬼，我……我簡直被你弄糊塗了。」

小魚兒笑道：「女孩子還是糊塗些好，女孩子知道得愈多，麻煩就愈多，你只要知道我有兩下子就行了。」

鐵心蘭怔了半晌，嘆道：「你實在是有兩下子，慕容九妹居然會被你嚇暈，小仙女居然會被你嚇得落荒而逃，這種事告訴別人，別人只怕也不會相信的。」

小魚兒瞧著還是暈迷不醒的慕容九妹，道：「依你看，我會對她怎麼樣？」

鐵心蘭想了想，道：「你就任憑她暈在這裡，一走了之。」她瞧了瞧小魚兒的臉色，接著又道：「或者……或者你用籐子綑住她，等她醒來時，打她幾下出氣。」

小魚兒冷冷道：「婦人之仁，到底是婦人之言。」

鐵心蘭道：「這……這麼兇的法子還不夠？」

小魚兒道：「當然不夠。」

鐵心蘭顫聲道：「難道……難道你真要殺了她？」

小魚兒道：「我若不殺她，難道還等她以後來殺我不成？」

鐵心蘭跺腳道：「我實在想不到你……你……你竟真的如此狠心。」

小魚兒道：「你現在總該想到了吧！你若不願瞧，就走得遠遠好了。」

鐵心蘭跺了跺腳，一口氣衝了出去。

小魚兒也不理她，眼睛瞪著慕容九妹，喃喃道：「你這個狠心的女人，我若不殺了你，怎對得住自己？」

語聲微頓，又冷笑道：「我正好要毒蛇咬你一口，看著究竟是蛇毒，還是你毒。」他竟抓起慕容九妹的手，向自己腕上的毒蛇餵去！

這時月光滿天灑將下來，正照著慕容九妹的臉。

只見瘦瘦的瓜子臉，是那麼蒼白，長長的睫毛，覆蓋著眼簾，雖然是在暈迷著，看來卻更是楚楚動人，我見猶憐。

她的手，也是那麼柔軟，冰冷而柔軟，要拿這樣人的這種手去餵蛇，又有誰狠得下這個心？

小魚兒的手有些軟了，但想到她將自己關在石牢裡，想到她要將自己活活冷死，餓死……小魚兒的怒火又不禁直衝上來，冷笑道：「什麼事你都怨不得我，你若不想殺我，我絕不會殺你的……」

突聽一人緩緩道：「以這樣的手段來殺一個女孩子，豈非有失男子漢的身分？」

小魚兒一驚抬頭，喝道：「誰？」

「誰」字喝出，他已瞧見了面前的人，正是那溫文爾雅的無缺公子，三個人遠遠站在他身後，兩個是白衣少女，還有一個竟是鐵心蘭。三個女孩子的六雙大眼睛都在瞪著他，像是恨不得將他吞下肚裡。

小魚兒心裡也不知已氣成什麼樣子，但面上卻只是笑了笑，仍然抓著慕容九妹的手，笑瞇瞇的道：「你是說我殺不得她？」

花無缺和聲道：「一個男人，對女孩子總該客氣些，就算她有什麼對不起你的事，你也該瞧在她是個女人份上，讓她一些。」

小魚兒哈哈笑道：「好個溫柔體貼的花公子，世上有你這樣的男人，當真是女人的福氣，天下的女人真該聯合起來送你一面錦旗才是。」

花無缺微微笑道：「好說好說。」

小魚兒道：「但女人若要殺死你時，你又如何？難道你就閉起眼睛來讓她們殺？難道你連還手都不還手？」

花無缺緩緩道：「我若做了對不起她的事，被她殺死，也絕無怨言。」

小魚兒道：「但若有個女人做了對不起你的事，你不殺她？」

花無缺道：「男人總該讓著女人些才是。」

小魚兒苦笑道：「你這樣的想法，真不知從哪裡學來的，照你這樣說來，天下的男人簡直都該死了，都該一頭跳進黃河才是。」

花無缺道：「那也不必。」

小魚兒瞪著他，也不知是該氣，還是該笑，也不知他是真的聽不懂自己的話，還是假聽不懂，也不知他是聰明，還是呆子。

花無缺含笑瞧著他，面上既無怒容，也不著急，他若真像表面看來這般文弱，小魚兒早已一個耳光摑了過去。

但他那身武功實在有點駭人，小魚兒只得嘆了口氣，道：「你的意思，是定要我放了她？」

花無缺含笑道：「足下放了她才是英雄所爲。」

小魚兒道：「我今日放了她，她日後若來殺我，又當如何？」

花無缺沉吟道：「日後之事，誰也無法預測，是麼？」

小魚兒道：「好，我要殺她，我就不是英雄，不是男子漢，我就該死，但她若要殺我，卻是天經地義的事，我被她殺了也是活該，是麼？」

花無缺笑道：「在下並無此意，只是……」

小魚兒大聲道：「我不管你是什麼意思，今天我打不過你，你放個屁我也只有聽著，但以後你打不過我時，我偏偏要殺幾個女人讓你瞧瞧。」

他重重摔開慕容九妹的手，道：「算你厲害，你抬走吧！」

花無缺也不動氣，仍然微笑道：「如此就多謝了。」

白衣少女已燕子般掠了過來，抱起了慕容九妹。

那圓臉少女瞪著小魚兒，冷笑道：「今天若非公子在這裡，我就宰了你，讓你知道女人的厲害。」

小魚兒冷笑道：「隨便你吧！罵什麼都沒關係，因爲你是女人，女人天生就可以罵男人的，花公子，你說是麼？」

花無缺笑道：「能被女人罵的男人，才算是福氣，有些男人，女人連罵都不屑罵的。」

小魚兒道：「哈……哈哈，如此說來，我真是榮幸之至，爲了免得讓你難受，他日也得找幾個女人來讓你榮幸榮幸才是。」

花無缺笑道：「那時在下必定洗耳恭聽。」

小魚兒眼睛一翻，幾乎氣炸了肺。

只見荷露拉起了鐵心蘭的手，道：「姑娘，你也跟咱們一起走吧。」

鐵心蘭垂首道：「我……我……」

她雖然垂著頭，眼角卻不住去瞟小魚兒。

圓臉少女恨聲道：「那種男人，你還要理他麼，跟咱們走吧！」

荷露笑道：「我家公子也正想和你聊聊。」

小魚兒大聲道：「去去去，你快跟他們去吧！我現在雖然倒楣，但還沒什麼，你若再跟著我，我才是倒楣透頂了。」

鐵心蘭垂著頭，眼角又沁出了淚珠。

圓臉少女拖著她，道：「不理他，我們走。」

花無缺含笑一揖，也轉過身子，只見荷露懷中的慕容九妹突然掙扎著動了起來，口中夢囈般道：「小魚兒……江小魚，放了我……放了我吧！」

花無缺面色微變，霍然回首，凝注著小魚兒，一字字道：「你就是江小魚，就是小魚兒？」

小魚兒也不覺怔了怔，道：「我這名字很出名麼？」

花無缺又瞧了半晌，竟輕輕嘆息了一聲道：「抱歉得很……」

小魚兒瞪大了眼睛，道：「抱歉？你爲什麼抱歉？」

花無缺緩緩道：「只因我要殺死你！」

這句話說出來，大家全都吃了一驚。

小魚兒道：「你頭腦有些不正常麼？怎地突然又要殺我？」

花無缺道：「只因你是江小魚，所以我要殺你，芸芸天下只有一個是我要殺的人，那人就是江小魚，就是你！」

小魚兒怔了半晌，嘆道：「我懂了，可是有人叫你殺我的？」

花無缺道：「正是家師所命！」

鐵心蘭已嘶聲大呼道：「你師父爲什麼要你殺他？爲什麼？……爲什麼？……」她

想衝過來，卻被那圓臉少女緊緊抱住了。

小魚兒與花無缺面面相對，誰也沒有瞧她！

過了半晌，小魚兒突然笑道：「很好，我本來也想殺死你的，只因我目前實在打不過你，所以才一直忍住，不過，現在……」

他雙臂突然一振，向花無缺撲了過去，他武功縱非花無缺之敵，但只要讓他觸及花無缺，他身上的毒蛇，是誰也不認的。

那不但會要花無缺的命，也會要他的命！

哪知他手臂一震，真氣才轉，左右雙腕，便痲了一痲，他身子還未撲到花無缺面前，眼前已發黑。

他竟凌空跌了下去！

小魚兒醒來時，首先瞧見一爐香。

這爐香就在他對面，香煙繚繞，氤氳四散，一陣陣送到小魚兒鼻子裡，卻非檀香，也非茴香，而是一種說不出是什麼的香氣，乍嗅有些像花，再嗅有些像藥，仔細一嗅，又有些像女子的脂粉。

小魚兒懶得去分辨，總之他覺得嗅起來舒服得很。

然後，小魚兒又瞧見一柄刀！

這柄短刀，鑲著珠柄，就掛在他睡著的床頭，像鯊皮的刀鞘，看起來搶眼得很，像是專爲裝飾用的。

但這間屋子就只有這點裝飾，其餘都簡陋得很，只是四面都打掃得一塵不染，看起來也舒服得很。

小魚兒猜不出這是什麼地方，他想，這極可能是花無缺爲了要在峨嵋山逗留，而臨時搭起來的竹屋。

但他又怎會到了花無缺的屋子裡？

他方才不是明明中了不可救藥的蛇毒，難道花無缺還會救他？花無缺不是一心想殺死他的麼？

他轉了轉頭，立刻就瞧見了花無缺。

這時陽光已照滿了那以竹架搭成的簡陋的窗子。

花無缺，就坐在陽光下，那眉目，那臉，那安詳的神態，那雪白的衣衫，就連小魚兒也不得不承認他是人間少見的美男子。

他像是已在這裡坐了許久許久，但看來卻一點也不煩躁著急，他就這樣靜靜的坐著，像是還可以繼續坐下去。

這也是小魚兒佩服的，若是換了小魚兒，簡直連一刻都坐不住，小魚兒暗中試了試，覺得自己身子好像並沒有什麼難受，再瞧自己身上那些要人命的毒蛇，居然也一條都瞧不見了，他暗中鬆了口氣，大聲道：「喂，可是你救了我？」

花無缺淡淡道：「不錯。」

小魚兒道：「那麼厲害的蛇毒，你也能救？」

花無缺道：「這仙子香與你已服下的素女丹，萬毒俱都可解。」

小魚兒道：「你方才不是要殺我的麼？」

花無缺緩緩道：「我現在還是要殺你！只因我必須親手殺死你，不能讓你因爲別的事而死。」

小魚兒眨了眨眼睛，道：「你爲何定要親手殺死我？」

花無缺道：「只因我受命如此。」

小魚兒默然半晌，道：「她一定要你親手殺死我？我死在別的人、別的事上都不行，這……你不覺奇怪麼？你不問是爲了什麼？」

花無缺道：「我不必問。」

小魚兒道：「看來你倒聽話得很。」

花無缺道：「本宮令嚴，無人敢違。」

小魚兒道：「看來你也老實得很，我問你什麼，你就答什麼。」

花無缺道：「任何人無論問我什麼，我都會據實以告，我縱要殺死你，但那和問答的話完全是兩回事。」

小魚兒道：「你非要親手殺死我不可？我若殺死了你呢？」

花無缺淡淡道：「你殺不死我的。」

小魚兒道：「你敢和我拚一拚麼？」

花無缺道：「我正是要堂堂正正取你性命！」

小魚兒道：「好，你先退後幾步，先讓我起來。」

花無缺果然站起身子，後退了八、九步之多。

小魚兒緩緩爬起，口中喃喃道：「你這人實在太老實了，但我卻不知你是真的老實，還是假的老實，也許你自以爲對什麼事都太有把握，所以隨便怎樣都無所謂。」

他口中說話，突然抽出了那柄鑲珠的匕首，一躍下地！

花無缺淡淡瞧著，神色不變，就這分安詳從容的氣概，已足以愧煞世上千千萬萬自命高手的人物。

小魚兒突然大笑道：「你要我死，那並不困難，但你若定要親手殺死我，今生今世，再也休想。」

突然反轉匕首，對準了自己的心窩。

花無缺微微變色，道：「你……你這是做什麼？」

小魚兒向他做了個鬼臉，笑道：「只要你身子向我這邊動一動，我這一刀就刺下去，那麼你就一輩子也休想親手殺死我了，因爲我已親手殺死了自己。」

花無缺呆在那裡，簡直不會動了！他實在想不到小魚兒竟會有這一著！

若論武功，花無缺自是強勝許多，但若論臨事應變，他又怎能比得上精靈古怪，詭計多端的小魚兒！

這自然是因為兩人生長的環境截然不同——高高在上的「移花宮」傳人，若論精靈詭計，又怎比得上「惡人谷」中的惡徒？小魚兒使出的這些「絕招」，花無缺當真是做夢也使不出的。

小魚兒大笑道：「你若還想親手殺死我，現在就得忍耐，莫要動……一動都莫要動……」

他眼睛瞪著花無缺，一步步往後退。花無缺竟不知該如何應付這種局面，只有站著不動，眼看小魚兒退出了門，也無可奈何。

但小魚兒也實在不敢稍有疏忽，雖已退出了門，眼睛還是瞬也不瞬地盯著花無缺，不敢放鬆。

門外晨霧迷漫，不知名的山花，在霧中更顯得風姿綽約，陽光雖已昇起，卻仍照不散峨嵋清晨的濃霧。

小魚兒一步步往後退，退過山花夾列的小徑，他除非算準花無缺再也追不著他，否則實也不敢回頭。他退得很慢，腳步踏得很穩……

花無缺突似想起什麼，失聲道：「江小魚……快快快站住……」呼聲中，他身子已要往門外衝。

小魚兒厲聲道：「你先站住！你只要敢出門口一步，我立刻……」

花無缺身子硬生生頓住在門口，額上竟已急出冷汗，大聲道：「快站住，你已退不得了，後面……」

他「後面」兩字方自說出，小魚兒往後退的左腳已一腳踏空，他驚呼之聲才出口，人已往下面直墜而落！他身後竟是一道懸崖，雲霧淒迷，深不見底，花無缺眼看著小魚兒直墜下去，也趕不及去拉他了……

小魚兒的驚呼聲，尖銳而短促，但四山迴應卻一聲聲響個不絕，天地間彷彿俱是小魚兒的驚呼。花無缺身子似已脫力，斜斜倚在門上，眼睛失神地瞧著面前的濃霧，一粒粒汗珠滾滾流下。

這時鐵心蘭已踉蹌衝了出來，四五個白衣少女跟在她身後，鐵心蘭衝到花無缺面前，道：「是誰在驚呼，是不是他？……是不是他？」

花無缺點了點頭。

鐵心蘭道：「他——他在哪裡？」

花無缺嘆息著搖了搖頭。

鐵心蘭瞧見他的神色，後退兩步，顫聲道：「——你——你——你殺了他——你殺了他！」

突然衝上去，拳頭像雨點般落在他身上。

花無缺仍是動也不動，既不閃避，也不招架。鐵心蘭拚命擊出的拳頭，打在他身上，他竟似全無感覺。

白衣少女們驚怒之下，怒喝著齊向鐵心蘭出手，花無缺反而爲鐵心蘭一一攔住，柔聲嘆道：「我並沒有殺他，只是他——他自己失足落下了懸崖。」

鐵心蘭身子一震，踉蹌後退，道：「你——你真的沒有殺他？」

花無缺道：「我一生之中，絕不說半句假話。」

鐵心蘭嘶聲道：「那你爲什麼不還手？」

花無缺目光溫柔地瞧著她，嘆道：「我知道你此刻心裡必定很難受，你縱然傷了我，也是理所應當的，我絕不會怪你的。」

鐵心蘭怔在那裡，心裡酸甜苦辣，也不知是何滋味，這花無缺固是如此善良，如此溫柔，但小魚兒——那又兇又壞的小魚兒，卻爲什麼偏偏比花無缺更令她刻骨銘心，更令她難捨難分，牽腸掛肚？

花無缺目光更是溫柔，道：「鐵姑娘，你還是歇歇去吧，你——」

鐵心蘭道：「是——我是該歇歇去了，是該去了——」

突然瘋狂般衝向懸崖，嘶聲道：「小魚兒，你等著，我來陪你一起歇歇——」

但她還未衝到懸崖，花無缺已拉住了她的手，她拚命掙扎，縱然用盡了力氣，也是掙扎不脫。

鐵心蘭淚流滿面，大呼道：「放開我——放開我——爲什麼不讓我下去陪他？他一個人死在下面，是多麼寂寞——」

只聽一人悠悠道：「誰死在下面了——？一個人能寂寂寞寞，安安靜靜的死，是多麼幸福。」

乳白色的濃霧中，一條婀娜的人影，緩緩走了過來，就像是霧中的幽靈，卻正是慕容九妹。

她面容更是蒼白，那雙靈活嫵媚的大眼睛，也失去了昔日光采，竟已像是有些癡呆。

鐵心蘭咬牙道：「小魚兒終於已死了，你開心麼——？他就死在這懸崖下，你可要去瞧瞧他死時的模樣。」

慕容九妹輕輕搖了搖頭，緩緩道：「他不會死在這裡的，死在這裡的，絕不是他！」

她突然咯咯笑了起來，笑道：「他早已死在慕容山莊了，是我親手殺死了他——一個人是絕不可能死兩次的，你們說是麼——是麼？」

她長髮在風中飛舞，笑得那麼瘋狂。

花無缺憐憫地瞧著她，輕聲道：「荷露，這位姑娘方才被駭得太厲害了，到此刻神智還未恢復，你扶她回屋去躺躺吧！」

荷露拉起了慕容九妹的手，但慕容九妹仍在咯咯笑道：「我親手殺死了他，我親眼瞧見了他的鬼魂！哈哈，你們瞧見過鬼麼——你們能親手殺死他麼？」

鐵心蘭突然狂笑道：「你們誰也殺不死他，世上唯一能殺死他的人，就是他自己——」

狂笑突又變爲痛哭，她放聲悲嘶道：「但他終於殺死了自己——他終於毀滅了自己——爲什麼聰明的人，總是會自己毀了自己——」

不錯，聰明人有時的確會自作聰明，弄巧成拙，到頭來雖害了別人，但卻也害了自己。

小魚兒遠比這種人還要聰明得多——他方才那一腳踏空，竟是假的，竟只不過是做給花無缺看看的。

他其實早已將地勢瞧得一清二楚，他整個人看似跌下去了，其實早已算準了平衡的力量，拿捏得分毫不差。他身子滑下，右手的尖刀便已插入了峭壁，左手也立刻拉住了條山籐，整個人都貼在峭壁上。

這自然要有很快的眼睛、很細的心，更要有很大的膽子，但若要別人上當，尤其要花無缺這種人上當，不冒險行麼！

到方才鐵心蘭悲呼痛哭，慕容九妹又笑又叫，花無缺柔言細語，小魚兒始終貼在壁上，聽得清清楚楚。聽見這些哭叫呼笑，小魚兒心裡自然也有許多難言的滋味，但他畢竟忍得下這個心，對一切都不聞不問。

到後來人聲終於散去了，小魚兒暗中鬆了口氣，過了半晌，身子悄悄往上爬，眼睛自懸崖邊沿悄悄向外望。只見懸崖上果然已沒有人了，他正想爬上去——

哪知就在這時，身旁似有人聲響動！

廿五　死裡逃生

小魚兒大驚之下，扭頭一瞧，才發現那竟不過是猴子，幾十隻猴子也不知是從哪裡來的，竟都學著他的模樣，身子爬在峭壁上，腦袋悄悄往外伸，峨嵋山的猴子最多，又最喜歡學人模樣，小魚兒本就聽人說過。

但此刻真的讓他瞧見了，他不禁又是好氣，又是好笑，又不知該如何才能趕走牠們，只得撮口道：「噓——去——」

猴子們向他做了個鬼臉，也撮起嘴，吱吱喳喳的叫，有些猴子的臉紅得像屁股，做起鬼臉來真可以嚇死人。小魚兒生怕這些見鬼的猴子驚動了花無缺，又不禁有些著急起來，忍不住伸出一隻手去趕，去打。他手一伸，就知道壞了。

猴子們突然一窩蜂撲了過來，一起向小魚兒伸出手來，若是在平時，小魚兒自然不怕。

但此刻他身子懸空吊在峭壁上，兩隻手都用不得力，猴子們往他身上一撲，他就真滾下去。

他又是害怕，又是著急，又不敢出聲呼救，兩隻手往峭壁上亂爬，手裡的尖刀也落了下去，許久才聽見「噗」的一聲。那峭壁竟是向內陡斜的，所以匕首才會直落到底，那迴聲許久才傳上來，顯見這懸崖深得怕人。

小魚兒滿身冷汗，手再也抓不到著力之處，到了峭壁向內陡斜之處，他身子也要筆直跌下去，不粉身碎骨才怪。天下第一個聰明人竟會死在一群猴子手上，小魚兒一想到這裡，真不知是該哭還是該笑。

只見猴子們也往下直跌，但幾十隻猴子吱吱喳喳一叫，突然一個拉著了一個的手。幾十隻猴子手拉著手，竟一連串懸空吊了起來，就像是一串葫蘆似的，一個也未跌下去。

小魚兒卻已跌下去了，他的手已抓不住任何東西！

他只有閉起眼睛，慘笑道：「完了——小魚兒竟被猴兒殺了——」

但就在這時，突然不知從哪裡伸出一隻毛茸茸的猴爪來，竟將他胸前的衣襟一把抓住——

這隻猴爪力道竟大得怕人，只是小魚兒下落之力更大，猴爪雖抓住了他的衣服，但衣服撕裂，身子還是往下直落！誰知另一隻猴爪又閃電般伸出來，抓住了他的頭髮。

小魚兒疼得眼淚直流，身子卻總算頓住。

只見那一串猴子還朝他做鬼臉，朝他鬼叫，抓住他的兩隻猴爪，卻是從峭壁上的一個洞裡伸出來的。

小魚兒暗道：「抓住我的大概是猴王，否則又怎會有這麼大力氣？猴子對人，可不會有什麼好念頭，牠將我抓上去，卻不知要怎樣折磨我？」他主意打得真是比天下所有的人都快，這心念一轉，立刻暗中運氣，先掠上去攀住那個洞，先發制「猴」！

又誰知他身子還未動，那洞裡竟突然有個人的語聲傳出來，語聲又尖又細一字字道：「莫要動，一動就將你丟下去！」這又尖又細的語聲，聽來當真有七分像是猴子，但說的明明是人話，猴子難道也會說人話？這峨嵋山裡，莫非真有猴子成了精？

小魚兒嚇得又是一身冷汗，顫聲道：「你……你究竟是什麼？」

那語聲吱吱笑道：「你是什麼，我就是什麼！」

小魚兒道：「你……你是人？」

那語聲道：「你猜我是不是人？」

小魚兒抽了口涼氣道：「你要怎樣？」

那語聲道：「你垂下手，不准動。」

小魚兒只有乖乖的垂下手，身子已被這「人」凌空直提了上去，就好像是在騰雲駕霧一般。那雙猴爪竟在他左右雙肩各點了一點，點的竟正是他肩頭的穴道，他再想抬手也抬不起來！

接著，他真的就像是條魚似的，被拉入那洞裡。

那洞口並不大，但洞裡面卻不小。

小魚兒被拉得全身又瘦又疼，腦袋直發暈，張開眼睛，只見一隻猴子正咧著大嘴朝他直笑。

這「猴子」可真是不小，竟比小魚兒矮不了許多。仔細一瞧，這「猴子」身上竟穿著衣服，雖然破破爛爛，但卻的確是人穿的衣服，半分不假。再仔細一瞧，這「猴子」全身雖長著毛，臉上雖也長著毛，但那眼睛、那鼻子，卻又像是人的模樣。最奇怪的是，這「猴子」不但長著頭髮，還長著鬍子。

那「猴子」卻吱吱笑道：「你現在瞧見了麼？我究竟像是什麼？」

小魚兒硬著頭皮，道：「你有三分像人。」

那「猴子」道：「但卻有七分像猴子，是麼？」

小魚兒道：「若不是親耳聽見你說人話，你簡直半分也不像人。」他遇見這怪事，索性豁出去了，心裡早已全忘了「生死」兩字，根本全不怕這「怪物」要對他怎樣。

但這「猴子」卻不生氣，反而咯咯大笑道：「告訴你，我本就是人中之猴，猴中之人，你說我是個人固然是對的，說我是猴子可也不錯。」

小魚兒卻不禁怔住了，失聲道：「人中之猴……猴中之人……你難道是……是……」

突聽一人冷冷道：「你莫要聽他鬼話，他根本就是個人，只不過模樣本就生得像猴子，再和猴子相處日久，人味兒更少了。」

洞中甚是寬闊，陽光自小小的洞口照進來，洞裡後面大半地方都是黑黝黝的，什麼都瞧不清。這語聲正是從黑暗中傳出來的，枯澀生冷，聽來也不完全像是人說的話，小魚兒又嚇了一跳，道：「你呢？你是什麼？」

只見一個影子緩緩自黑暗中走出，亦是瘦小枯乾，滿頭毛髮，看來實也只有三分像人。但是他的目光卻極是清澈，而且像是充滿了智慧，除了「人」外，的確再無一種動物有這樣的眼睛。

小魚兒鬆了口氣道：「不錯，你是人……但你究竟是什麼人？又怎會在這種地方？又怎會變得如此模樣？」

這「人」長長嘆息一聲，道：「你問他吧！」

他話未說完，那「猴子」已跳了起來，怒罵道：「問我？我不是被你害的，又怎會活鬼般被困在這裡？又怎會變成這副不像人的模樣？」

那「人」冷冷道：「你本來又像人麼？『十二星相』中，又有哪一個是像人的？」

小魚兒眼睛本在這兩「人」身上轉來轉去，心中固是驚駭，也不覺有些可笑，好奇，但聽了這話，他卻吃了一驚，駭然望向那「猴子」道：「你……你真的是『十二星相』中人？」

那「猴子」挺直背脊，傲然道：「不錯，某家正是『十二星相』中的獻果神君！」

小魚兒身子不覺往後退，背貼著石壁，轉向那人道：「你……你呢？」

那人慘笑道：「你小小年紀，絕不會聽見過我的名字……」他的背脊也挺直，目中突然射出了光，大聲接道：「但十四年前，武林中提起『飛花滿天，落地無聲』沈輕虹這名字，有誰人不知？哪個不曉？」

「獻果神君」嘿嘿笑道：「放你的臭屁！你從來也不過只是個臭保鏢的，一聽見咱們『十二星相』的名字，馬上就落荒而逃。」

沈輕虹冷笑道：「是麼？你『十二星相』既這般厲害，為何帶不走我一分銀子，為何也被我困在這裡十四年，天天乾著急？」這兩人互相譏刺，互相嘲罵，小魚兒又不禁聽得呆住了，他這才知道這兩人竟非朋友，而是仇敵。

兩個仇人竟同被困在一個山洞裡達十四年之久，這日子真不知是怎麼過的，小魚兒委實想不出他們怎能活到現在。

只見兩人你瞪著我，我瞪著你，像是已箭在弦上，一觸即發，但到後來兩人卻是誰也未曾出手。

「獻果神君」獰笑道：「你莫忘記，現在已有這小鬼來了，我已不愁寂寞，就算立刻殺了你，也沒有什麼關係。」

沈輕虹冷冷道：「你只因恨我，不想比我先死，所以才活了這麼久，我若是真個死了，你也萬萬活不長的。」

小魚兒忍不住道：「如此說來，你兩人只因爲互相懷恨，一定拚著活下去，所以才能活了這麼久的麼？」

獻果神君咬牙道：「十二星相怎能比這臭保鏢的先死！」

小魚兒道：「這十四年來的日子，你們就始終在打打罵罵中度過？」

沈輕虹道：「若不打打罵罵，如何遣此長日？」

獻果神君道：「若非如此，我早已宰了他了！」

小魚兒道：「但你兩人爲何不設法逃出去？」

獻果神君道：「我若能走就走了，還用得著你這小鬼來說？」

小魚兒道：「你兩人若不能出去，卻又是如何進來的？」

獻果神君恨恨道：「只因那批紅貨就藏在這裡，我逼他將我帶來！那時我還有些不信，讓他先進來，我再進來……那自然是從繩子上垂下來的。」

他也許是因爲太久沒有和人說過話，也許是因爲心裡恨得太厲害，所以說話顚三倒四，不明不白，簡直教人聽不懂。

小魚兒眨著眼睛想了想，緩緩道：「他原是鏢頭，保了批紅貨，你知道了便要去搶，誰知他使了金蟬脫殼之計，先就將紅貨藏到這裡，你去搶了個空是麼？」

獻果神君咬牙道：「說他娘是個老太太，正是一點也不錯。」

小魚兒忍住笑道：「只是他機智高，武功卻非你敵手，所以被你逼得沒法子，後來終於將你帶到這裡。」

沈輕虹道：「其中雖有曲折，大致卻不差。」

小魚兒道：「你們兩人在懸崖上用繩子一起垂了下來，他在前，你在後，爲的自然是你怕他將繩子割斷。」

獻果神君道：「這臭保鏢的什麼事都做得出，我自然得時時防備著他。」

小魚兒奇道：「那條繩子卻到哪裡去了？」

獻果神君牙齒咬得吱吱作響，恨聲道：「我瞧見那批紅貨，心裡一歡喜，就未留意他，誰知道這臭保鏢的竟以摺子燒了。」

小魚兒嘆道：「這端的是絕妙之計，你自然是想不到的，看來他早已決定要陪著你死，否則又怎會將你帶到這真的藏寶之地？」

沈輕虹唏噓嘆道：「不想你小小年紀，倒真是我的知己，那時我想來想去，也只想出這一個地方能困死他，否則我真是死也不會將他帶到這裡。」

小魚兒道：「但這些日子來，你兩人是以何維生，卻又令我不解。」

獻果神君大聲道：「這自然又得靠我……」

小魚兒失笑道：「不錯，猴子的別號就叫做『獻果』，你卻是『獻果神君』自然是有法子叫猴兒獻果來的。」

他話裡雖然帶刺，獻果神君聽來卻反而甚是得意，大笑道：「猴兒們的脾氣，天下還有誰比我摸得更清楚？我將石頭從洞口拋出去，打牠們，牠們自然就會將果子從洞口拋進來打我們。」

小魚兒道：「牠們拋的若也是石頭又如何？」

獻果神君咯咯笑道：「外面懸崖百丈，哪裡來的石頭……」

小魚兒點頭笑道：「不錯不錯，猴兒們採果子，的確比撿石頭容易得多，但……但就只這些，你們也吃得飽麼？」

獻果神君道：「猴兒們吃什麼，咱們便也能吃什麼，猴兒們的食物雖不多，但咱們可也用不著去吃許多。」

小魚兒瞧了瞧他們乾枯瘦小的身子，忍住笑道：「這個倒可瞧得出來的。」

獻果神君齜牙笑道：「你這小鬼也莫要得意，此後你吃的也就是這些，但你只管放心，這些年來我只瞧見你這麼一個人，我絕不會餓死你的。」

沈輕虹道：「我瞧這猴子臉也瞧得膩了，就算他要餓死你，我也不答應。」

小魚兒也不理睬，只是瞧著外面出神。

獻果神君咯咯笑道：「今後咱們就是一家人了，說不定還要在一起活上個三、五十年，你叫什麼名字，也該先說來聽聽。」

小魚兒道：「江小魚。」

小魚兒忽然道：「那批紅貨現在哪裡？」

沈輕虹道：「你想瞧瞧麼？」

小魚兒道：「珍珠寶貝，瞧瞧也是好的。」

沈輕虹道：「好，待我來……」

獻果神君喝道：「那是我的，你碰一碰就打死你！」他瞪著眼睛發了半天威，終又笑道：「但讓這小鬼見識見識也好……也好讓他知道某家有何本領。」

一面說話，一面已自黑暗的角落中拎出了兩口箱子。

那是兩口生了鏽的黑鐵箱子，但箱子裡卻是珠光寶氣，輝煌耀眼，獻果神君眼睛已瞇成一條線了，瘋狂的笑道：「小魚兒，你瞧見了麼，這些本都是我的……本都是我的，我只要送你千分之一，已夠你吃喝一輩子。」

小魚兒也不理他，只是盯著那些閃閃發光的珠寶出神，過了半晌，突然長長嘆息了一聲道：「可惜呀可惜！」

小魚兒悠悠道：「我只可惜你們見著我已太晚了些。」

獻果神君怔了怔道：「我們若是早些見著你又如何？」

小魚兒道：「你們若能早見著我一年，此刻便已在那花花世界中逍遙了一年，你們若能早見著我十年，此刻便已逍遙了十年。」

獻果神君就像是隻猴子似的不停地眨著眼睛，道：「你是說……」

小魚兒道：「我是說你們若早見著我，我早已將你們救出去了。」

獻果神君倒退三步，瞪著小魚兒，眼睛也不眨了，就好像小魚兒鼻子上突然長出朵花來似的。

獻果神君已大笑起來，咯咯笑道：「你這小瘋子，小牛皮，你能救咱們出去……」一把抓住沈輕虹，笑得幾乎喘不過氣，又道：「你聽！你聽見了麼？這小子說能救咱們出去！他自以爲是什麼人？他只怕自以爲自己是個活神仙。」

沈輕虹凝目瞧著小魚兒，瞧著小魚兒那雙透亮的大眼睛，瞧著小魚兒掛在嘴角的笑，一字字道：「說不定他真有法子。」

獻果神君道：「你……你居然相信這小鬼的話？」

小魚兒傲笑道：「這只因爲閣下腦袋的構造和在下有點不同。」

獻果神君怒道：「你的腦袋難道比我的管用？」

小魚兒道：「豈敢豈敢，在下的腦袋，也未必比閣下的管用多少，只不過管用個一二十倍而已。」

獻果神君跳腳道：「放屁！」

小魚兒道：「但閣下也莫要生氣，像閣下的這種腦袋，也可算是不壞的了，至於在下的這種腦袋，普天之下大概還沒有第二顆。」

獻果神君怪叫道：「好，既然如此，你若說不出個法子，老子就宰了你。」

小魚兒道：「我三個月內若不能救你逃出這鬼地方，我腦袋輸給你。」

獻果神君道：「三個月……哈，哈哈，你腦袋只怕有毛病，就算三年……」

小魚兒道：「不必三年，只要三個月，但三個月裡我若真的將你弄出這鬼地方了，你又當如何？」

獻果神君道：「我輸你八個腦袋也沒關係。」

小魚兒笑道：「閣下的腦袋，攜帶既不便，送給李大嘴他也不吃的，一個已嫌太多，若真有八個，倒坑死我了。」

他搖著手不許獻果神君說話，接著笑道：「閣下若輸了，我只要閣下翻幾個觔斗讓我瞧瞧也就是了。」

獻果神君暴跳如雷，道：「好，你這小鬼氣我……好，我若輸了，隨便你如何就是，但你若輸了，我非要你腦袋不可。」

小魚兒道：「一言爲定。」

獻果神君道：「老子放個屁也算數的。」

小魚兒道：「但我只要將你救出去，無論用什麼法子你可都得由我。」

獻果神君道：「好，老子全他媽的由你。」

小魚兒道：「好，三個月，從現在開始。」

突然抓起最大的一塊翡翠，往洞外拋了出去！

廿六　巧計脫困

碧綠的翡翠縱在黑暗中也耀眼得很，沈輕虹本來一直含笑瞧著小魚兒，此刻也不免吃了一驚，獻果神君更是要急瘋了，一把抓住小魚兒，道：「你……你這小瘋子，你可知道你在做什麼？」

小魚兒笑道：「我自然知道。」

獻果神君跳腳道：「你可知道你拋出這一塊翡翠，就等於拋出一棟平牆整瓦的大屋子，就……就……就等於拋出三百條大肥牛。」

小魚兒道：「我自然也知道。」

獻果神君道：「你……你這也算救我？你這簡直是在要我的老命。」

小魚兒嘆道：「你若要錢不要命，那也就罷了。」

獻果神君道：「但你……你……你這又算什麼意思？」

小魚兒冷笑道：「我的意思，早知你是不會懂的……但你難道也不懂麼？」

他這最後一句話問的自然是沈輕虹。

沈輕虹面上已有喜色，道：「在下雖有些懂，只是還不能全明瞭。」

小魚兒道：「我將這些珍寶拋出去後，那些猴子猴孫們必定搶著去接，牠們必定也和這位猴兒一樣，見著此等稀奇好玩之物，是萬萬捨不得拋卻的。」

沈輕虹道：「不錯。」

小魚兒道：「我拋出去一百件珍寶，至少有五十件被牠們接去，牠們接去後必定帶到各地去炫耀。這五十件珍寶，只要有一件被人瞧見，這人必定就要苦苦追尋這珍寶的來處。」

沈輕虹道：「若換了我，也會如此的。」

小魚兒道：「這人獨力難成，必定要找個同伴，而這種事只要被第二人知道，立刻就會有第三人知道，有第三人知道，就會有第三百個人知道。只要這消息一傳出去，你就不怕沒有人能找著這裡。」

沈輕虹撫掌笑道：「不錯，就算最無用的人，找尋珍寶時也會突然變得有用的，何況這消息一傳出去，各種厲害角色都會趕來的。」

小魚兒嘆了口氣，道：「現在你懂了麼？只要有人能來到這裡，咱們就不愁出不去了，如此簡單的法子，你們都想不出，可真是奇怪得很。」

獻果神君臉上的怒容早已瞧不見了，此刻竟一把抱起了小魚兒，像是發了瘋似的狂笑道：「你的的確確當真是天下最聰明的人。」

於是，那些價值連城，大多數人一輩子賺來的錢也買不到一件的珍寶，就被小魚兒像丟爛桃子、香蕉皮似的一件件丟了出去，他每丟一件，獻果神君臉上的表情就像是被人砍了一刀似的，也不知是哭是笑。

此後，他每天愈丟愈多，只丟得獻果神君臉皮發青，眼睛發綠，嘴裡不停地喃喃嘀咕，道：「聰明人呀聰明人，你可知道你已丟出去多少銀子了麼？你丟出去的東西若作價成銀子，只怕已可將這見鬼的懸崖塡平了。」

小魚兒也不理他，到了第七天，獻果神君額上已不停地往外直冒汗珠，捏緊了拳頭嘶聲道：「聰明人呀聰明人，你想出來的這條妙計若是不成功，你可知道你就要如何死法麼？」

小魚兒淡淡道：「我丟光了這些珍寶，若是還沒有人來，隨便你怎樣弄死我都沒關係。」其實他自己的手也有些發軟了，珍寶已不見了一半，還是鬼影子也沒有來一個。

獻果神君終於一把搶過那箱子，整個人坐在箱子上，大吼道：「不准碰！誰也不准再碰它一碰！」

小魚兒道：「難道你真的要錢不要命？」

獻果神君咬緊牙關，道：「我爲這些寶貝已吃了十五年的苦，寶貝若被你這小鬼弄光了，我就算能活著出去，又有什麼意思？」

小魚兒眼珠子一轉道：「這話倒也不能說完全沒有道理，但你不妨再想想，說不定只要再拋一粒珍珠出去，就有人來了，如此功虧一簣，豈不可惜？」

獻果神君摸了摸頭，道：「這……」

小魚兒笑嘻嘻瞧著他，悠悠道：「說不定只要拋出一粒，只要一粒……」

獻果神君終於大吼一聲，跳了起來，道：「算你這小鬼的嘴厲害，老子又被你說動了。」

有了一粒，就有兩粒，就有了三粒……又好幾天過去，還是鬼影子不見一個。

獻果神君一把拎住了小魚兒的衣襟，牙齒咬得吱吱的響，嘶聲道：「你這小鬼還有何話說？」

小魚兒道：「說不定只要……」

獻果神君大吼道：「說不定只要再拋一粒，是麼？」

小魚兒嘻嘻笑道：「正是如此。」

獻果神君跺腳道：「放你娘的千秋屁，老子已被你害苦了，你還要……還要……」

兩隻猴爪般的手，已要去抓小魚兒的脖子！

就在這時，突聽沈輕虹「噓」的一聲，低叱道：「來了！」

崖洞邊，已探出了半個頭來。

果然是人的頭。這人的頭髮，正中央梳成個髮髻，但原來戴在頭上的帽子此刻卻沒有了，像是已被風吹落。

這人的眉毛，黑而長，眉尖微微上剔，看來頗有殺氣，但眉心卻糾結在一起，又像是有許多心事。這人縱有許多心事，卻也無法自他眼睛裡瞧出來。

他的眼睛大而凸出，眼珠子好像是生在眼眶外的，他的黑眼珠凝結不動，白眼珠上佈滿了血絲。這雙佈滿血絲的眼睛，就這樣瞪著崖洞裡的三個人，空空洞洞的，絕沒有絲毫變化、絲毫表情。

這明明是人的眼睛，看來卻竟又不像是人的眼睛，如此大的一雙眼睛，看來竟全無絲毫生氣！小魚兒與沈輕虹、獻果神君自然也在瞪著這雙眼睛，瞪著瞪著，也不知怎地，心裡竟不由自主生出一股寒意。

這全無絲毫表情，全無絲毫生氣的一雙眼睛，看來竟是說不出的冷漠、殘忍、恐怖、詭秘！那凝注者的黑眼珠中，竟似帶著種逼人的死亡氣息！

獻果神君忍不住大喝一聲，道：「你這人是什麼東西，你……」

喝聲未了，那顆頭突然凌空飛了進來！

沒有手，沒有腳，沒有身子……什麼都沒有，這赫然只是一顆人頭，一顆孤零零的人頭。

獻果神君喝聲已噎在喉嚨裡，呆呆地怔住，崖洞外卻傳入了一陣詭秘的猴笑，露出了幾張帶著詭笑的猴臉。

小魚兒鬆了口氣，帶笑罵道：「原來是你們這些猢猻在搞鬼！」

但這人頭卻絕計不會是猴子砍下來的。

沈輕虹拾起了人頭，凝注著那雙煞氣凜凜的濃眉，凝注著那雙凸出的眼睛，口中喃喃道：「卻不知是誰殺死他的？」

小魚兒瞧著洞外將落的夕陽，悠悠道：「殺死他的人，想必就要來了！」

但那「殺死他的人」卻沒有來。

漫漫的長夜已將盡，獻果神君又開始坐立不安，濛濛的曙色漸漸照入這黝黑的崖洞

……

崖洞外突然伸入一隻手來！

這隻手五指如鈎，像是想去抓緊件東西，但卻什麼也沒有抓住，在淒迷的曙色中，這隻手看來也是說不出的詭秘。

獻果神君風一般掠過去，叼住了這隻手腕，他並未用什麼力氣，這隻手就被他叼了進來！

但這也只是一隻手，一隻孤零零的手，已齊肘被人砍斷，斷處的鮮血已凝結，轉變成一種淒艷的死紅色，手背上還有條刀疤，長而深，就像是一條蛇蜷曲在那裡，想來多

年前這隻手已險些被人砍斷過一次。

詭笑的猴臉在崖洞外搖晃著，像是一張張用鮮血畫成的面具。獻果神君牙齒咬得直響，嘶聲道：「腦袋先到，手也來了，下面只怕就是隻臭腳。」

小魚兒道：「這腦袋和手不是同一個人的。」

獻果神君冷笑道：「你怎知道？你問過他？」

小魚兒道：「那腦袋的皮膚又細又嫩，這隻手的皮膚卻像是砂紙，你就算看不出，摸也該摸得出來的。」

獻果神君道：「哼！」過了半晌，忍不住又道：「這隻手莫非就是第二個人的……」

小魚兒道：「不錯，這隻手就是砍下那腦袋的！」

獻果神君道：「你又知道了，你瞧見了不成？」

小魚兒道：「你瞧這隻手，便該知道必定是孔武有力，若非這麼樣的手，又怎能一刀就砍下別人的腦袋？」

獻果神君道：「哼！」

小魚兒道：「你瞧這隻手的模樣，也就該知道它被砍斷前的那一刻，必定還緊緊握著柄刀……不但是刀，還是柄寶刀，所以，手一被砍斷，那柄刀立刻就被人搶去了……一隻有力的手拿著柄寶刀，砍人的腦袋自然方便得很，想不到的是，這隻手不知怎地也

被人砍斷了。」

沈輕虹突然長長嘆息一聲，道：「不錯，這的確是隻有力的手，他手裡拿著的也的確是柄寶刀。」

獻果神君目光閃動，冷笑道：「嘿，你也知道了。」

沈輕虹道：「我自然是知道的。那腦袋我雖不認得，這隻手我卻是認得的。」

小魚兒眉毛一揚道：「莫非是這刀疤？……」

沈輕虹道：「不錯，他手上這刀傷正是我留下的，卻也是我爲他敷的藥，看著它收的口，我……我又怎會忘記？」他語聲中竟似有許多傷感之意。

獻果神君嗤鼻道：「你砍傷了他，又爲他敷藥，你腦袋莫非有什麼毛病不成？」

小魚兒眨著眼睛，道：「這一刀想必是誤傷，所以你砍了他之後，心裡又後悔得很，所以才會替他敷藥，是麼？」

沈輕虹苦笑道：「正是如此。」

小魚兒道：「如此說來，這人是你的朋友？」

沈輕虹又長長嘆了口氣，道：「此人便是昔年江湖人稱『鐵鏢頭，金刀手』的『金刀』鐵如龍，他與我本是好友，只爲了爭那總鏢頭之位，我……我竟失手砍了他一刀，到後來我雖想補過，但他……他卻不告而別了，算將起來，這已是二十年前的事，二十年不見，不想今日竟……」轉過頭去，咳嗽不已。

獻果神君道：「鐵鏢頭，金刀手……嗯，這名字我聽過，聽說他不但比你有種得多，武功也比你強，只可惜沒有你鬼計多端，所以才會被你砍了一刀。」

沈輕虹黯然道：「我確實是比不上他。」

獻果神君皺起了眉，道：「此人武功本已不錯，這二十年來，身受屈辱，想必朝夕苦練，武功自又精進不少，但還是被人一刀砍斷了手，砍下他手的那人，豈非又是個厲害的角色，我們要加倍提防才是。」

說完了這句話，他再不開口，只是盤膝坐到黑暗的一個角落裡，屏息靜氣，凝注著那洞口。

洞外漸漸明亮起來，微風中也傳來了夏日芬芳而溫暖的氣息，不時有猴子們怪笑著在洞外盪來盪去。

這陽光、這溫暖的芳香氣息、這無拘無束的自由……

沈輕虹目中突然流下淚來，他扭轉頭，嗄聲道：「你想……真的會有人來麼？……真的會有人找到這裡？」

小魚兒道：「會的。」

沈輕虹道：「但來的又會是什麼人呢？他又是否會救我們出去？」

獻果神君獰笑道：「會的，他不救也得救……無論他是什麼人，我都不管，我只要他垂下來的那條繩子，那條繩子……」

沈輕虹道：「但他要的若不是你的人，只是你的珍寶，他若一進來就殺了你，又當如何？」

獻果神君獰笑道：「他殺不了我的，無論是誰也殺不了我的……他還未瞧見我在哪裡時，我已經先宰了他。」

沈輕虹道：「來的若是你的朋友，你莫非也……」

獻果神君大笑道：「朋友？……這世上哪有我的朋友？我七歲之後便再無一個朋友，『朋友』這兩字我一聽就要作嘔。」

沈輕虹緩緩闔起眼，道：「好，很好。」

獻果神君一字字道：「你兩人若也想活著出去，就千萬莫要做出糊塗事……你兩人什麼事都不做也沒關係，只要那人進來時，引開他的注意力，否則……」

突然「嗖」的一聲，一柄劍直飛進來。沈輕虹不等它撞上石壁，便已抄在手中，只見這柄劍青光瑩瑩，雖非寶器，卻也是百煉精鋼所鑄。

獻果神君厲聲道：「人呢？」

小魚兒悠悠道：「人？……想必也死了，這柄劍也是你的猢猻兄弟丟進來的，劍的主人若未死，如此利器又怎會落在猴子手裡？」

沈輕虹嘆道：「不錯，劍在人在，劍亡人亡……」

他輕撫著那精緻而華麗的劍柄，以金絲鏤在劍柄上的，正是「劍在人在，劍亡人亡」這八個字。

小魚兒道：「配得上使用如此利器的人，想來也是位成名的劍客。」

沈輕虹將劍柄送到小魚兒面前，道：「你瞧瞧這劍柄上除八個字外，還有什麼？」

除了八個字外，還有三個以金絲鏤成的圓圈。

小魚兒眨眨眼睛道：「沒有什麼，只不過是三個圈圈而已。」

沈輕虹喟然道：「不錯，只不過三個圈圈而已……但你可知道這三個圈圈在武林豪傑眼中又有何等重大的意義？」

小魚兒道：「什麼意思？」

沈輕虹沉聲道：「就只這三個圈圈，可使鉅萬金銀易手，可令上千人馬改道，可使勢不兩立的仇人握手言和，可令八拜相交的朋友反臉成仇。」

小魚兒笑道：「這三個圈圈莫非有什麼魔法不成？」

沈輕虹道：「沒有魔法，這三個圈圈只是『追魂奪命三環劍客』沈洋的標記，就憑這標記，大河兩岸便可通行無阻。」

小魚兒道：「哦，這姓沈的居然有這麼大的門道？」

沈輕虹道：「這三環劍正是當今天下十七柄名劍之一，那一招『三環套月』在沈洋手中使出來，當真可說是……」

沈輕虹默然半晌，長嘆一聲道：「三環劍客竟也死在這一役之中，倒真是我意料未及之事，如此看來，被你那些珍寶引來的武林高手，竟有不少。」

小魚兒笑道：「此刻在這懸崖上面，必定打得熱鬧得很，只可惜咱們瞧不見。」

沈輕虹黯然道：「不錯，此刻這懸崖之上，必定已有許多武林朋友在流血拚命，而這些正都是你造成的後果，你本該爲此悔疚才是……」

小魚兒大笑道：「這些人爲了些破銅爛鐵竟不惜拚個你死我活，還說是什麼武林高手，在我看來，簡直是一群呆子，我不笑他們笑誰？」

沈輕虹又自默然半晌，緩緩垂下了頭，長嘆道：「爲了些身外之物而如此拚命，仔細想來，的確是愚不可及，但我……我又何嘗不是如此！」

小魚兒道：「你若能常常和我說話，以後說不定會變得聰明些的。」

這一日又在期待中過去，獻果神君眼睛瞪得更大，日色漸黯，他眼睛就像兩盞燃燒著碧磷的鬼燈。

子夜後，洞外仍瞧不見人影，但等到這一天的漫漫長夜又將盡時，洞外無邊的黑暗中，突然傳來了一片喧鬧的、刺耳的、詭秘的笑聲。這又是猴兒們的笑聲。

小魚兒皺眉道：「猢猻猢猻，半夜三更，你們還吵什麼？」

沈輕虹沉聲道：「猴性不喜黑夜，這些猴兒半夜如此喧嚷，必有緣故。」

話猶未了，只聽「叮噹，嘩啦」一連串響聲，猴子們竟又自洞外拋入了十幾件東西來。

洞窟裡一片黑暗，誰也瞧不清牠們拋進來的究竟是什麼，只聽猴笑聲漸漸遠去，像是已達成牠們的任務。

小魚兒摸索著，拾起了件東西，道：「這像是柄吳鈎劍。」

沈輕虹沉吟道：「吳鈎劍？……這種兵刃近年江湖已不多見，吳鈎劍的招式也漸漸失傳，但能使用此等兵刃的，卻無一不是高手。」

小魚兒道：「看來又有個高手已送命了。」

他摸索著，又拾起東西，沈輕虹道：「這件是什麼？」

小魚兒道：「這東西圓圓的，滑滑的，還帶著根鍊子，像是流星鎚，卻又不十分像，我也摸不出是什麼。」

沈輕虹沉吟道：「圓圓的？滑滑的？……呀，這莫非是江湖下五門中最歹毒的兵刃『五毒霹靂雷霆珠』！」

小魚兒道：「五毒霹靂雷霆珠，這名字倒威風得很。」

沈輕虹道：「這五毒珠施展起來，招式也和普通流星鎚並無不同，只是這銅球內還藏有暗器，若是不敵對方時，暗器便如暴雨般射出，縱是一流的高手，也難免被其所傷，是以這兵刃的主人楊霆，在江湖中也可算是個人見人怕的角色。」他雖然告別江湖十五年，但說起武林秘辛，仍是如數家珍一般。

小魚兒笑道：「但看來這姓楊的小子，此番連看家的本領都來不及使出，便已送命了，要他命的人，豈非可算是武林中的超級高手！」

沈輕虹道：「你再瞧瞧還有什麼？但小心些，莫要亂摸，此間既有下五門的高手到來，兵刃上說不定附有劇毒。」

小魚兒笑道：「我這樣的人，會中別人的毒麼？……我手上早已纏著布了，嗯，這裡有柄刀像是九環刀。」他的手一抖，便發出一陣震耳的聲響。

沈輕虹道：「聽這聲音，此刀像是十分沉重？」

小魚兒道：「的確重得很，只怕有五十斤。」

沈輕虹道：「五十斤重的九環刀，先聲便足以奪人，看來此人的臂力武功，俱都不在金刀鐵如龍之下，莫非是『蕩魔刀』曾倫！」

小魚兒道：「這裡還有隻判官筆，份量也重得很，能用如此沉重的兵刃打穴，這人的武功看來也不含糊。」

沈輕虹道：「拿來讓我瞧瞧。」

小魚兒笑道：「你瞧得見麼？該說讓你摸摸才是。」

沈輕虹手指輕輕滑過冰冷而堅硬的筆桿，筆桿的握手處，像是刻著好幾個字，他一個字一個字摸下去。

那上面刻的是：「不義者亡」四個字。

沈輕虹失聲道：「果然是『生死判』趙剛，他……他難道也會死？」

小魚兒道：「人都會死的，這有什麼奇怪？」

沈輕虹道：「但……但這『生死判』趙剛，可算是當今江湖中打穴的第一名家，一身小巧功夫，中原武林不作第二人想，又是誰殺了他？又有誰殺得了他！」

小魚兒道：「說不定他沒有死，只是丟了兵刃。」

沈輕虹嘆道：「凡是江湖高手，必定都將自己成名的兵刃視為性命一般，這些兵刃既落入猿猴之手，他們的性命必已不保！」

這時已有微光照入洞窟，光線雖不強，但以沈輕虹等人的目力，已足以瞧清落在地上的兵刃是何模樣。只見地上除了吳鈎劍、五毒珠、九環刀之外，還有兩柄劍、一根鍊子銀槍、一對虎頭鈎、三枚鐵膽、兩隻暗器囊。

沈輕虹拾起一柄劍，這柄劍又輕又巧，刃薄如紙，沈輕虹道：「這是『龍鳳雙飛鴛鴦劍』中的雌劍『飛鳳』，那雄劍『神龍』哪裡去了？莫非已被人拆散……唉！『龍鳳劍客』一世英雄，江湖人嘗言『龍鳳比翼，翱翔九天』，誰知到頭來，還是要龍拆鳳散遭人毒手！」

他嘆息著放下了這柄「飛鳳」劍，目光黯然自鍊子槍、虎頭鈎等兵刃上一一望了過去，嘆息更是沉重，喃喃道：「這些人竟會俱都死在這一役之中，當真令我夢想不到，看來這一役戰況之慘烈，只怕已是百年僅有的了。」

小魚兒道：「這些人不但死了，而且顯然是同時死的，能同時殺死這許多成名高手的人，可真是了不起。你能猜得出他是誰麼？」

沈輕虹道：「當今天下能使這許多一流高手同時斃命的人物雖不多，但算來也有七、八個，其中武功最高，下手最毒的，自然是推『移花宮』中的兩位宮主！」

說到「移花宮」三字，他語聲竟也似有些變了，四下瞧了一眼，像是生怕那美如天仙，但卻狠如魔鬼的兩位宮主突然自黑暗中出現似的。

小魚兒笑道：「你放心，她們絕不會到這種鬼地方來的。」

沈輕虹喘了口氣，道：「不錯，那兩位宮主天上仙子，又怎會爲了區區世俗珍寶出手？下手的絕不會是她們。」

小魚兒道：「除了她們還有誰？」

沈輕虹道：「昔年『十大惡人』中，武功最高的『血手』杜殺與『狂獅』鐵戰，只怕也有這麼樣的手段！」

小魚兒道：「這兩人也不可能。」

沈輕虹道：「不錯，這兩人一個已多年不知下落，據聞早已投入『惡人谷』，至於『狂獅』鐵戰麼……唉！這些人若是被他殺的，連兵刃都早已要被拆成一段段的了，又怎會有此刻這般完整？」

小魚兒道：「還有呢？」

沈輕虹道：「還有幾人，名字不說也罷。」

小魚兒道：「為什麼？」

沈輕虹道：「只因這幾人武功雖強，但輕財仗義，俱都是一代之大俠，那是萬萬不會做出此等事來的，譬如說當今天下第一劍客燕南天，他老人家要殺這幾人，雖然易如反掌，但若非不仁不義之人，他老人家寧可自己受苦，也不會出手的。」

小魚兒本就在等他說出「燕南天」這名字，如今聽得他如此推崇，胸中不禁熱血奔騰，大聲道：「好！好男兒！男子漢活在世上，就要活得像燕南天，教人一提起他的名字，就要挑起大拇指。」

沈輕虹瞪著獻果神君，大聲道：「非但受過他老人家好處的人，無論人前背後，都對他老人家五體投地，就算是他老人家的仇人，背後也不敢對他老人家稍有閒話。」

獻果神君冷笑道：「嘿嘿，你以為我不敢罵他？」

沈輕虹霍然站起，厲聲道：「你敢！」

獻果神君嘆了口氣，道：「我雖想罵他兩句，卻不知該如何罵法。」

沈輕虹大笑道：「你聽見了麼？縱有想罵他老人家的人，也不知該如何罵起，只因他老人家平生實未做過一件見不得人的事，我雖有十五年未見他老人家；但此等上無愧於天，下無愧於人的大英雄，身體必定日更強健，你說是麼？」

小魚兒道：「不錯，他身子必定十分強健！他活得必定好得很……」

說著說著，他眼睛像是有些濕了，趕緊垂下頭，拾起了一隻暗器囊，將裡面的暗器全倒了出來。

只見那裡面有十三枚毒針，七枚黝黑無光的鐵蒺藜，還有一大堆毒砂。沈輕虹聳然失色，道：「川中唐門也有人栽在這裡！」

小魚兒道：「下手的這人，既不會是你方才已說過的那幾位，又不會是你還沒有說過的那幾位，那麼，他究竟會是誰呢？」

沈輕虹嘆道：「想來我委實也難以猜測。」

小魚兒伸了個懶腰，道：「你猜不到也罷，反正他這就要來了，咱們等著瞧吧！」

獻果神君圓睜的雙目中，已露出驚怖之色，雖然，他確信以自己的武功，在如此黑暗中驟施暗襲，必能得手！但這即將到來的不可猜測的敵人，武功委實太強，委實令人膽寒！他一擊若是不中，只怕便難有第二次出手的機會了！

有風吹動，崖洞外突又伸出了一隻手來。這隻手纖細、柔美，每一根手指都像是白玉雕成，縱是世上最喜吹毛求疵的人，也無法在這隻手上挑出絲毫瑕疵來。但在這窮崖絕洞外，突然出現這麼美的一隻手，卻顯得更是分外詭秘，在沈輕虹等人眼中，這隻毫無瑕疵的纖纖玉手，實似帶著種淒秘的妖艷之氣，實令人不得不懷疑這隻手是否屬於人的。一時之間，獻果神君卻似已將窒息，說不出話來。

只見這隻手輕輕在洞邊的崖石上敲了敲——這隻手動了，手指也動了，絕不會再是死人的手。

然後，一個溫柔而甜美的語聲在洞外銀鈴般笑道：「有人在家麼？」

此時此地，這甜笑的語聲說的竟是這樣的一句話，就好像是鄰家的少婦閒來無事走過來串門子似的。獻果神君與沈輕虹聽在耳裡，心裡卻不禁直發毛，兩人面面相覷，簡直是哭笑不得，更不知該說什麼。

小魚兒眼珠一轉，卻笑道：「有人在家，有好幾個哩！」

那語聲笑道：「有人在家，就該出來開門呀！」

小魚兒道：「昨天我吃了人家的梨膏糖沒付錢，大門已被人扛走了。」

那語聲銀鈴般笑道：「我在外面站得腿發軟，可以進來坐坐麼？」

小魚兒道：「當然可以，但你可得小心些走呀，門檻高得很，莫要弄髒你的新裙子。」

那語聲道：「謝謝你啦。」

廿七 脫困入困

一個輕衫綠裙，鬢邊斜插著朵山茶的少婦，盈盈走了進來。她步履是那麼婀娜，腰肢是那麼輕盈。她自那百丈危崖外走進來，當真就像是鄰家的小媳婦跨過道門檻，就連那朵山茶花都還是穩穩的戴著，沒有歪一點。

黑暗中，獻果神君已飛撲而出，挾著一股不可當的狂風，直撲那看來弱不禁風的少婦。綠裙少婦猝不及防，眼見就要被震出去，但腰肢不知怎地輕輕一折，她身子已盈盈站在獻果神君身後。

獻果神君一驚，猛回身，待二次出手。綠裙少婦已向他嫣然一笑，柔聲道：「您要我出去，我這就出去，您又何必費這麼大的勁，生這麼大的氣呢！」那嫵媚甜美的笑容，美得像花，甜得像蜜。

獻果神君道：「你……你……」

他雖然兇橫霸道，奸狡毒辣，但面對著如此溫柔，如此美麗的女子，心還是不免有些動了，狠話再也說不出口。

綠裙少婦道：「老爺子您若喜歡我留在這裡，我就留在這裡，替你掃地煮飯補衣服……」

小魚兒一直在瞪著眼睛瞧她，此刻突然笑嘻嘻道：「我看你不如做我的媳婦兒吧！」

綠裙少婦嫣然笑道：「你若真的肯要我做媳婦，我真開心死了，像你這樣又聰明，又英俊的丈夫，我找了十年都沒找到，只可惜……」

小魚兒道：「只可惜什麼？」

綠裙少婦柔聲道：「只可惜我的年紀太大了，等你三十歲的時候，我已經是老太婆了，那時你又想甩了我，又不忍心，豈不是讓你爲難麼！我又怎忍讓你爲難呢？」

小魚兒明知她說的全沒有一句真話，但不知怎地，聽在耳裡，心裡還是覺得舒服得很，忍不住大笑道：「你不說我年紀太小，只說自己年紀太大，像你這麼說話的女子，就算是個殺人不眨眼的母夜叉，我也是喜歡的。」

綠裙少婦嫣然道：「不管你說的是真是假，這句話我一定永遠記在心裡。」

獻果神君嗄聲道：「我若不喜歡留在此處又當如何？」

綠裙少婦道：「老爺子若覺得這裡太氣悶，想出去逛逛，我已在外面備好了梯子，老爺子您隨時都可以走。」

獻果神君嘶聲道：「真的？」

綠裙少婦道：「老爺子你若還不放心，只管先上去，然後咱們再上，留下這位少爺最後再帶著箱子走，這樣老爺子既可放心咱們，咱們也可放心老爺子您了。」

獻果神君心裡雖然一萬個不願意聽她的話，但她的話實在說得入情入理，實在說入了他的心，實在令他不能不聽。就連沈輕虹，心裡雖也明知這女子必定是個殺人不眨眼的女魔頭，但也像是入了魔似的，聽得只有點頭。

兩人想來想去，找來找去，也找不到她有任何惡意。她說的話委實面面俱到，不但替自己想過，也替別人想過，無論是誰，都再也想不出更好的法子。

小魚兒拊掌道：「這法子的確再好也沒有，別人若先上去，猴老兄必定不放心，此番猴老先上去，也要等著最後一批珠寶上來，必定不會割斷繩子。」

獻果神君瞪著那少婦，還是忍不住問道：「但你……你真的是完全出於善意麼？」

綠裙少婦柔聲道：「老爺子您想想我會有什麼惡意呢？」

獻果神君大喝道：「世上真有你這麼好的人？」

綠裙少婦輕嘆道：「我生來就是這樣，只知替別人著想，替別人做事，自己也沒法子。」

獻果神君眼珠子轉來轉去，但左看右看，也實在看不出她究竟壞在哪裡，只得跺一跺腳道：「好，無論你是好是壞，先上去再說！」他心中其實早已迫不及待，那陽光，那暖風，那自由的天地，早已似乎在向他不斷地招手。

他探頭一瞧，果然有條粗如兒臂的長索從上面直垂下來，這長索若會中斷，那麼這綠裙少婦自己也要被困在此，只要這長索不會中斷，那麼，縱有別的詭計，他也要先上去了再說。

獻果神君算來算去，只覺已無遺策，當下再不遲疑，縱身一躍，攀住了索頭，大笑道：「沈輕虹，你跟著……」

笑聲未了，身子突然一陣扭曲，向那萬丈絕壁中直墜了下去，得意的笑聲，也變做了淒厲的慘呼。

沈輕虹大驚失色，失聲道：「這……這……」

那綠裙少婦的臉像是也嚇白了，顫聲道：「這……這是怎麼回事！」

沈輕虹霍然回身，厲聲道：「這原該問你才是！」

綠裙少婦道：「莫非是他老人家年紀太大，連繩子都抓不住了？」

沈輕虹怒道：「老實說你這繩子上究竟有何鬼怪？」

綠裙少婦眼睛就像秋水般明亮，嬰兒般無辜，柔聲道：「這繩子是好好的呀，又沒有斷，我方才就是從上面下來的麼。你若不信，不妨拉拉看。」

沈輕虹果然伸手去拉，小魚兒突然笑道：「這繩子裡若是藏著幾根毒針，伸手去拉的人滋味一定不大好受。」

他話未說完，沈輕虹手早已閃電般縮回來，厲聲道：「不錯，這繩裡必定暗藏毒針，否則獻果神君又怎會鬆手？不想你這女子竟是如此狠毒，我今日才算開了眼了！」

綠裙少婦目中淚光瑩瑩，淒然道：「你們要如此說，我也沒法子，既是如此，我……我只有自己拉給你們瞧吧。」她纖腰一扭，自己果然攀上長索。

沈輕虹眼睜睜瞧著她往上爬，那身著綠裙的少婦看來已愈來愈小，他心裡又著急，又後悔，要他們跟著這不知究竟是溫柔還是毒辣的女子往上爬，他實在有些不敢，但要他眼睜睜瞧著這機會錯過，卻又實在令人痛心。

他正在爲難，不知是否該冒險一試，哪知就在這時，那不可捉摸的女子竟又輕輕滑了下來。

小魚兒笑道：「我早已知道你會回來的。」

綠裙少婦柔聲嘆道：「我本來已想不管你們，但又實在不忍心，唉！我的心爲什麼總是這麼軟，簡直連我自己都不知道。」

她眼波輕輕一掃沈輕虹道：「這繩子究竟是好是壞，如今你們總該知道了吧？」

到了此刻，沈輕虹委實不知道該相信誰了，他甚至已有些懷疑獻果神君真是自己抓不住繩子才跌下去的。

綠裙少婦悠悠道：「你若還不相信，不妨用塊布包著手。」

沈輕虹瞧瞧那繩子，又瞧瞧洞外的青天白日，再瞧瞧這陰森黝黯的洞窟，想著那十五年苦難的歲月。

這機會委實不容再錯過。

他咬了咬牙，最後再瞧了瞧小魚兒。小魚兒也皺緊了眉，道：「你莫瞧我，我也沒了主意，但是……我想這繩子總該不會斷了吧，否則她自己也上不去了。」

沈輕虹長嘆一聲，道：「事到如今，無論如何我也要試一試了。」

他縱身一躍，攀持而上。

小魚兒拎起一顆心，眼睜睜瞧著他往上爬，一尺、兩尺……眼見他已爬上十餘丈，小魚兒終於鬆了口氣，瞧著那少婦笑道：「你這人究竟是好是壞，到現在我也弄不清了……」

話未說完，繩子已斷了。

沈輕虹慘呼著，掙扎著，自洞口直墜而下，霎眼便瞧不見了，只剩下那淒厲的慘呼響徹四山。

小魚兒目瞪口呆，怔在當地，吶吶道：「你……你……你真是個騙死人不賠命的女妖怪。」

綠裙少婦嫣然笑道：「哦！是麼？」

小魚兒道：「你用繩子裡的毒針毒死那老猴子，又將繩子劃斷一半，等著沈輕虹來上當，但以你的武功，你本來不必費這麼多心思，就可殺死他們的呀？」

綠裙少婦嫣然道：「要自己動手殺人，那多沒意思！我一生中從未自己動手殺過一個人，全都是別人心甘情願去死的。」

小魚兒道：「但我還是不明白，繩子斷了，你自己怎麼上去？」

綠裙少婦道：「這裡舒服得很，我已不想上去了。」

小魚兒怔了怔，摸著頭苦笑道：「女孩子說的話能教我猜不透的，你是第一個。」

綠裙少婦凝注著他，柔聲道：「你的朋友被我害死了，你不想報仇？」

小魚兒嘆道：「我打也打不過你，騙也騙不過你，怎麼樣報仇？何況，正如你所說，這不是你迫著他們，而是他們自己心甘情願送上門來上當的。」

綠裙少婦道：「你心裡不難受？」

小魚兒道：「這兩人一個是早已該死了，另一個是十五年前自己就不想活了，如今死得正是對門對路，我又難受個什麼！」

綠裙少婦眼波流轉，咯咯笑道：「你這樣的孩子，我才真是從來沒有見過。」

小魚兒笑道：「好，現在你可以開始騙我了，騙到我死爲止。」

綠裙少婦道：「騙死了你，我一個人在這裡豈非寂寞得很？」

小魚兒瞪大眼睛，道：「你……你自己難道真的也不上去了？」

綠裙少婦道：「我又沒生翅膀，又不會飛！」

小魚兒愣了半晌，苦笑道：「你真是個女妖怪。」

綠裙少婦道：「我若是女妖怪，你就是小妖怪。」

小魚兒嘆道：「這倒不錯，一個女妖怪，一個小妖怪，在這鬼洞裡過上一輩子，將來說不定還會生了一大群小小妖怪……」

他話未說完，綠裙少婦已笑得直不起腰來。

突然間，一陣狂笑聲遠遠傳了過來。

一人狂笑道：「姓蕭的鬼丫頭，你跑不了的，老子已知道你從哪裡下去的，老子就在這裡等著你，除非你一輩子也不上來！」

這話聲顯然是來自雲霧淒迷的山頭，但聽來卻如就在你耳畔狂叫一般，震得你耳朵發麻。綠裙少婦面色立刻變了，變得比紙還白。

小魚兒道：「他是什麼人？」

綠裙少婦道：「他……他不是人，他簡直是個老妖怪！」

小魚兒道：「你真那麼怕他？」

綠裙少婦搖頭嘆道：「你不知道，不知道……他做出來的事，世上永遠沒有人能猜得透的。」

只聽那語聲又喝道：「姓蕭的，你真不上來麼？」

綠裙少婦咬住嘴唇，不說話。

過了半晌，那語聲又道：「好，老子數到十，你若還不上來，等老子捉到你時，擔保要你受十天十夜的活罪，若讓你少受一刻，老子就不是人！」

小魚兒眨著眼睛，嘆道：「看來，他果然有叫人連死都死不了的本事。」

那語聲已大吼道：「現在開始！一！」

綠裙少婦整個人都像是已被嚇軟了，癱到地上，動也不能動，鬢旁的山茶花，也簌簌的抖個不住。

那語聲已喝道：「二！」

小魚兒眼珠子一轉，道：「這廝如此兇惡，莫非是『十大惡人』之一？」

綠裙少婦嘆道：「十大惡人若和他比起來，簡直就像是最乖的小孩子了。」

小魚兒也吃了一驚，道：「他比『十大惡人』還狠？」

只聽那語聲又喝道：「三！」

小魚兒呆了半晌，道：「他叫什麼名字？」

綠裙少婦道：「你不會知道他的。」

小魚兒道：「他既然比『十大惡人』還狠，就應該很有名才是。」

綠裙少婦長嘆道：「咬人的狗是不叫的，你知道麼？愈是沒有名的人才愈厲害，他就算做了神鬼難容的事，別人也不知道。」

那語聲又喝道：「四……好，看樣子你真的不上來了，你要不要聽聽老子捉到你時，要如何對付你？」

他像是已在暴跳如雷，狂吼道：「老子捉到你時，先挖掉你一隻眼睛，再把鹽水灌進去，等到十天後，你全身都要變成鹹肉。」

小魚兒苦笑道：「好兇的人，這樣的活鹹肉，只怕連李大嘴都沒有吃過。」

綠裙少婦突然道：「你認得李大嘴？」

小魚兒眨了眨眼，反問道：「你認得他？」

綠裙少婦默然半晌，悠悠道：「在江湖中混的人，誰不知道他！」

只聽那語聲已狂吼道：「五！……你聽到了麼？五！再數五下，你就要完蛋，你若以爲老子捉不到你，你就大錯特錯了！」

綠裙少婦突然站了起來，長嘆道：「罷了。與其等著被他捉住，倒不如現在先死了乾淨。」

小魚兒道：「你……你怕什麼？咱們等在這裡不上去，他反正也不敢下來的。」

綠裙少婦嘆道：「你不知道，他說過的話，從來沒有不算數的，他若說能夠捉住我，就是真的能捉住我！」

小魚兒道：「你不能死，你死了我一個人在這裡多寂寞。」

綠裙少婦淒然一笑，道：「你還想活麼？」

小魚兒道：「我活得正有意思，爲什麼不想活？」

綠裙少婦搖頭嘆道：「他連你也不會放過的……」

那語聲大叫道：「六！現在已數到六了！」

綠裙少婦道：「他總有法子捉住你，我若死了，他一定要將氣都出在你身上，那時你就更慘了。」

她一面說話，一面緩步走到洞口。

小魚兒道：「你要跳下去？」

綠裙少婦道：「以我看來，你還是和我一齊跳下去的好。」

小魚兒失聲道：「你要我也跳下去？」

綠裙少婦突然回身，凝眸瞧著他，緩緩道：「我一個人死也寂寞得很，你肯陪陪我麼？」

小魚兒摸著頭，喃喃道：「叫人陪著她一齊死，免得她寂寞……嘿！這種要求倒也少見的。」

綠裙少婦悠悠道：「我是喜歡你，才要你陪我一齊跳下去，否則！否則……你是死是活，我才不管你哩。」

那吼聲已喊道：「七！」

小魚兒瞧著她，瞧了很久，才道：「你喜歡我？」

綠裙少婦緩緩道：「你是聰明人，你難道瞧不出？」

小魚兒又瞧了她很久，突然大聲道：「好！我陪你一齊跳下去！」

綠裙少婦也像是有些意外，失聲道：「真的？」

小魚兒道：「我非但陪你跳，還要抱著你跳。」

綠裙少婦又凝眸瞧著他，也瞧了很久，緩緩道：「好……你很好。」

那吼聲道：「八！還有兩下了，臭丫頭，你的命已不長久了！」

小魚兒果然跳上去，緊緊抱住了她，居然還能笑道：「你真香……能抱著你死，倒真不錯。」

綠裙少婦突然一笑道：「你真是個可愛的孩子，能被你抱著死，更是件不錯的事。」

那語聲大吼道：「九！臭丫頭，你聽到了麼？老子現在已數到九了！」

綠裙少婦道：「你抱好了麼？抱緊些，我就要跳了！」

小魚兒道：「你跳吧！」

他閉起眼睛，長長嘆了口氣，道：「死，不知道究竟是何滋味？」

綠裙少婦道：「你馬上就要知道了……」

身子一躍，竟真的向那深不見底的絕壑跳了下去！

他只覺耳朵裡都灌滿了風，身子往下直墜，這時如說他心裡害怕，倒不如說他覺得很有趣、很舒服。無論如何，自百丈高處往下跳，有這種經驗的總不多。

也許小魚兒連「害怕」這兩字都已被嚇得忘了，也許他起先根本不相信這綠裙少婦會真的往下跳。

他只覺得愈來愈快，下半身已似和上半身分了家。這時他心裡只有一個念頭——他在問自己：「我究竟是聰明？還是糊塗？」

就在這時，只聽「蓬」的一響。他身子似乎一震，下落的勢道突然緩了。

只聽綠裙少婦在他耳畔輕笑道：「死的滋味如何？」

小魚兒道：「不錯！還不錯……」

他已張開眼，左右一瞧，兩旁山壁的樹木，都可瞧得很清楚，像是一株株樹都在往上飄。由此可見，他們下落的勢道，竟已慢得出奇。

綠裙少婦笑道：「你可知道，你是個幸運的人，雖然嚐過了死的滋味，卻不必真的死了。」

小魚兒道：「這……這究竟是怎麼回事？」

綠裙少婦道：「你抬頭瞧瞧。」

小魚兒一抬頭，便瞧見一樣奇怪的東西，這東西像是傘，又不是傘，至少也比傘大了十倍。

這東西竟是從綠裙少婦背後撐出來的，看來像是用無數根細繩繫著的一柄五色大傘。這「傘」兜住了風，他們下落之勢自然緩了。

小魚兒就像是坐在雲上往下落似的，那滋味可是妙極了，他忍不住放聲大笑，大聲道：「這玩意兒真不錯，真不知你是如何想出來的。」

突然，他只覺身子一震，已落在實地上。那柄「傘」連帶著風，帶著他們往外滾。

綠裙少婦自裙子裡抽出柄小刀，割斷了繩子，嬌笑道：「小鬼，你現在可以放開手了。」

小魚兒手卻抱得更緊，道：「我偏不放開你，你騙得我好苦，我被你騙得差點沒發瘋，你總該讓我多抱抱你，算做補償。」

綠裙少婦笑道：「你這小鬼，你究竟是個聰明人，還是個呆子？」

小魚兒笑嘻嘻道：「這句話我剛剛還問過自己，我自己也回答不出。」

綠裙少婦道：「我瞧你呀，是個不折不扣的小呆子。」

小魚兒突然跳起來，大眼睛裡閃著光，瞪著她道：「你以為你真騙倒了我？」

綠裙少婦也笑瞇瞇瞧著他，道：「你自己不知道？」

小魚兒大笑道：「告訴你，我早就知道你不會死的，所以才陪著你往下跳，你這種人，不像是會自己尋死的人！」

綠裙少婦眨了眨眼睛，道：「哦！是麼？」

小魚兒挺起胸，大聲道：「告訴你，世上沒有一個人能騙得倒我江小魚。」

綠裙少婦瞧著他，柔聲道：「我現在才發覺你已不是個孩子，而是個大人，是條男子漢，我幾乎從未見過像你這樣的男子漢。」

她眼波裡像是充滿了讚美之意，小魚兒的胸脯挺得更高了，他也突然發覺自己不再是孩子，已突然長大了。

綠裙少婦眼波四轉，突又長嘆道：「我雖然沒有死，但到了這裡，我又沒法子了，現在……我什麼事只有依靠你，你可不能拋下我。」

小魚兒只覺自己從來沒有像現在這樣強壯，這樣有勇氣，他覺得自己實在不錯，否則她又怎會全心全意地依賴自己？

他大聲道：「你只管依靠著我，我絕不會後悔。」

綠裙少婦嫣然一笑，道：「你真好，我知道我不會選錯人的。」

小魚兒笑道：「你當然沒有選錯，你選得正確極了。」

綠裙少婦愉快地嘆了口氣，道：「好，你現在快想個法子，讓咱們離開這鬼地方吧。」

小魚兒道：「好。」

他剛說完這「好」字，嘴雖說得甜，心裡卻已發苦。

只因他已瞧清了這「鬼地方」。

他實在不知道有什麼法子能離開這裡。

這裡，就像是一個瓶的瓶底，就算是有蟑螂那麼多腳，那麼強的生存力，也休想爬得上去。

奇怪的是，這裡並不如他們想像的那麼陰濕。這裡竟絲毫沒有沼氣，反而是溫暖而乾燥的，正上面看到的那淒迷的雲霧，距離他們頭頂還很高。

他腳下踩著的，也不是沼澤濕泥，而是非常令人愉快的草地，柔軟的青草，看來就好像是張碧綠的氈子。明亮的光線中，充滿了芬芳的香氣。

四面枝葉茂密的樹林，樹林間還點綴著一些鮮艷的花草，小魚兒幾乎要以為自己突然跌落在仙境裡。

這仙境唯一可怕的，就是那無邊的靜寂。沒有風，也沒有聲音，每一根草，每一片葉子，都是絕對靜止的，看來，竟像是沒有絲毫的生氣。

這可怕的靜寂，簡直要令人發狂！

這美麗的「仙境」，竟是塊「死地」！

綠裙少婦柔聲道：「你已想出了法子麼？」

小魚兒再也笑不出來，不住道：「有法子的，自然有法子的。」

綠裙少婦道：「好，我什麼都聽你的。」

她溫柔的瞧著他，果然不再說話。

小魚兒背負著手，兜了十七、八個圈子，突然大聲道：「不對！不對！」

綠裙少婦道：「什麼事不對？」

小魚兒道：「這裡少了樣東西。」

綠裙少婦道：「少了東西？什麼東西？」

小魚兒苦著臉道：「那老猴子和沈輕虹兩人到哪裡去了？飛上天了麼？」

綠裙少婦道：「他……他們不是已摔死了麼？」

小魚兒道：「不錯，摔死了，但屍身呢？我所有的地方都瞧過，竟瞧不見他們一根骨頭，就算是被老虎吃了，也吃得沒有這樣快呀，何況，這裡簡直連隻貓都沒有，哪裡會有什麼老虎！」

綠裙少婦臉色也變了，失聲道：「你真的沒有瞧見他們的屍身？」

小魚兒道：「沒有，簡直一根骨頭都沒有。」

他嘴裡雖這樣說，但還是有些不相信自己，一面說，一面又到四下搜尋起來，綠裙少婦也跟著他找。這地方並不大，他們很快的就找了兩、三遍，每個角落，每一株樹下，每一塊草皮都找遍了。

這裡非但沒有骨頭，甚至連一點血跡都沒有——這裡簡直絲毫沒有兩個人跌死的痕跡。

小魚兒突然有些害怕了，道：「這見鬼的地方，莫非真的有鬼！」

綠裙少婦身子縮了縮，強笑道：「鬼，哪裡會有鬼！」

小魚兒道：「若沒有鬼，那兩個人哪裡去了？就算他們沒有摔死，也該在這裡呀，何況，他們是絕對不可能不摔死的。」

「但這地方必定有古怪，我必定能找出這古怪究竟在哪裡！」說著，又到四面去搜索起來，但樹還是那幾株樹，草還是那幾片草……

小魚兒又大叫道：「這裡必定還有別的人。」

綠裙少婦道：「這鬼地方會有人？」

「因爲若是野生的草地，怎會這麼整齊？這麼乾淨？所以，我想這裡一定有人住，一定有人時常修剪草地。」

綠裙少婦展顏道：「呀，不錯，你不但頭腦好，眼睛好……這裡既然有人住，我就放心了。」

她瞬又皺眉，顫聲道：「但……人呢？」

小魚兒道：「人……人……」

他四下去瞧，這裡連鬼影都沒有，哪裡有人？

謎，不可思議、無法解釋的謎。

綠裙少婦道：「我……我簡直想都不敢想了，我一想就要打寒噤。」

小魚兒大聲道：「你不必想，由我來想，我想已足夠了。」

其實他也想不通，他想得頭都疼了。

天色，已漸漸黯下來，黯得很早。

小魚兒不停地在四下走，肚子已餓得直冒酸水。

小魚兒也快急瘋了。

他常常說：世上沒有辦不到的事。

現在，他突然發覺說這話的人不是瘋子就是傻瓜。

他更不敢去瞧那綠裙少婦，這女人將一切都依靠著他，她真是選錯人了，她眼睛一定有毛病。

到後來小魚兒簡直已發暈了，喃喃道：「睡覺吧，好歹睡一覺再說，最好能一睡不醒……」

突然綠裙少婦嬌喚道：「過來……快過來！」

小魚兒一回頭，已瞧不見她的人，大聲道：「你在哪裡？你也學會隱身法了麼？」

綠裙少婦道：「我在這裡，在這裡！」

這呼聲竟是從一株樹後傳出來的，這株樹很粗、很大，葉子特別綠，小魚兒早就疑心其中有古怪，卻瞧不出來。

他飛快地跑過去，只見綠裙少婦跪在那株樹後，像是在祈禱似的，動也不動，只是眼睛卻瞪得很大。

小魚兒皺眉道：「你在幹什麼？拜菩薩？」

綠裙少婦招手道：「你快過來，瞧瞧這裡。」

小魚兒只得也蹲下來，瞧了半晌，道：「這沒有什麼呀，不過是……呀，不錯，有了！」

他突然發現這株樹下半截樹皮，竟和上半截不同，上半截的樹皮粗糙，下半截的樹皮卻光滑得很。

綠裙少婦道：「你瞧，這樹皮像是常常被人用手摸的，人爲什麼要摸這樹皮，顯然只有一個解釋……這株樹必定就是道門。」

小魚兒展顏道：「你不但頭腦好，眼睛也不錯。」

綠裙少婦嫣然道：「謝謝你。」

小魚兒眨了眨眼睛，伸手在樹上敲了幾下，笑嘻嘻道：「有人在家麼？」

廿八 穴裡乾坤

小魚兒有個特別的脾氣，隨時隨地都要開玩笑，但他這玩笑開得也並非沒有用意，他想試試這株樹是空心還是實心。

他做夢也不想裡面會有人回應。不錯，裡面的確沒有回應，但那塊樹皮卻突然移動起來，好好的一株樹，竟突然現出了個門戶！

小魚兒這一驚倒是不小，整個人都嚇得向後飛了出去。綠裙少婦也像是嚇慘了，竟跪在那裡不能動。

樹，果然是空的。小魚兒瞪著那黑黝黝的洞，大聲道：「什麼人在裡面？是人是鬼，都給我滾出來。」

樹穴裡沒有聲音，一點聲音都沒有。小魚兒一步步走過去，拳頭捏得很緊，捏得指節都發了白，那雙本來就不小的眼睛，瞪得更大。

綠裙少婦顫聲道：「不要走進去，裡面……裡面說不定有什麼東西。」

小魚兒大聲道：「怕什麼？這種鬼鬼祟祟的東西，沒什麼可怕的，他若真的很厲害，爲什麼不敢出來見人！」

綠裙少婦道：「你……你要進去？」

小魚兒身子也縮了一下，道：「進……進去……」

他咳嗽一聲，大叫道：「自然要進去，這是唯一的線索，我怎麼能不查個明白！」

突然間，一陣香氣從裡面飄了出來。

那香氣竟像是一隻雞加上醬油五香在鍋裡燒的味道。

小魚兒鼻子已聳起來，這味道在他嗅來，當真是世上最可愛的味道了。他嚥下幾口口水，大聲道：「這裡面必定是人，鬼是不會吃雞的，妖怪縱吃雞，也不會紅燒……既然是人，就沒什麼可怕的。」

他這話像是說給那綠裙少婦聽的，又像是自言自語，壯自己的膽子。綠裙少婦顫聲道：「你若真的要進去，就要小心些。」

小魚兒大聲道：「我自然會小心的，無論做什麼事，我都小心的很，否則只怕已活不到現在了。」嘴裡說話，自樹下撿了塊石子，往洞中拋進去。

只聽「篤」的一響，小魚兒道：「這洞並不深。」

綠裙少婦柔聲道：「你果然是個很小心仔細的人。」

小魚兒不覺又挺了挺胸，道：「你在這裡等，我進去瞧瞧。」

綠裙少婦顫聲道：「不……不行，叫我一個人留在外面，我怕都怕死了，我要跟著你一齊進去，有你在我身旁，我才放心。」

小魚兒瞧了她兩眼，道：「唉，女人，究竟是女人……好，你跟著來吧，緊緊跟著我，莫要走開。」

綠裙少婦道：「你用鞭子都趕不走我的。」

小魚兒已一腳跨了進去，腳下不覺有些飄飄然。

這株樹，裡面果然是空的，雖不深，但卻十分黑暗。

綠裙少婦緊緊依偎著小魚兒，顫聲道：「奇怪，這裡還是沒有人。」

小魚兒道：「有人的，一定有人的。」

綠裙少婦道：「這裡總共只有這麼大地方，人在哪裡？」

樹穴周圍不過五尺，果然沒有可以藏下一個人的地方。

小魚兒皺眉道：「奇怪，紅燒肉的香氣是從哪裡來的？」

綠裙少婦道：「這香氣像是從下面……」

話未說完，他們站的地方竟突然往下沉了下去。綠裙少婦整個人都縮進小魚兒懷裡，顫聲道：「這是怎麼回事？咱們怎麼辦？」

小魚兒圓瞪著眼睛，大聲道：「莫要怕，怕什麼！咱們索性就下去瞧個究竟。」

兩個人的身子不斷往下沉，四下仍是一片黑暗，他們就像是站在一個筒子裡，一個可以上下活動的筒子。綠裙少婦緊緊抓著小魚兒的手，她的手又濕又冷，這方才還殺人不眨眼的女子，此刻膽子竟會變得這麼小，倒是令人想不通的事。

那「筒子」終於停了，小魚兒眼前一亮，又出現一道門，一片青濛濛的光線，自門外灑了進來。

小魚兒一伏身，「嗖」的竄了出去，外面竟是條地道，兩旁是雕刻精緻的石壁，壁上嵌著發亮的銅燈。

小魚兒喃喃道：「好傢伙，這地方居然還收拾得華麗得很，看來，此間的主人縱不是妖怪，也和妖怪差不多了。」

他剛想回頭，叫那綠裙少婦出來。突聽一聲慘呼，原來那鐵筒的門突又關了，鐵筒竟又往下沉，綠裙少婦的慘呼聲不斷自筒裡傳出來。

只聽她淒聲呼道：「火……救命，救命，火……」

小魚兒大驚之下，要伸手去拉，但那就像是間小屋子般大小的鐵筒，他又怎麼能拉得住？他想隨著鐵筒往下跳，但那鐵筒恰巧嵌在地裡，就不動了，只有那綠裙少婦的慘呼聲仍不斷傳上來。

「火……燒死我了，求求你……救命呀，火……」

淒厲的呼聲，聽得小魚兒全身冷汗直冒。他拳打腳踢，想弄開那鐵筒的頂，怎奈那鐵筒的頂也是精鋼所鑄，他用盡氣力，也是沒有用的。

綠裙少婦的慘呼聲已愈來愈衰弱。「我受不住了……求求你，讓我快些死吧！……求求……」呼聲突然斷絕，然後便是死一般的靜寂。

小魚兒也停下了手，癡癡的站在那裡。綠裙少婦竟被活活燒死在鐵筒裡！這女子雖然狠心，雖然和他沒有關係，但卻曾全心全意地依靠著他，而結果，卻落到這種下場。她選錯了人，選錯人了……

小魚兒的眼眶已變得濕濕的，突然嘶聲大呼道：「你聽著，無論你是誰，都仔細的聽著，你嚇不倒我，也殺不死我的，我卻一定要殺死你！」

地道裡沒有回應，根本沒有人理他。

小魚兒咬了咬牙，大步向前走去。

地道並不長，盡頭處有一扇門，門上面也雕刻著一些人物花草，看來，單只建這條地道，就不知花了多少人力物力，這裡的主人肯花這麼大的人力物力在地下建造條走道，當真不知是個什麼樣的怪物。

門，並沒有上鎖。小魚兒伸手一推就推開了！

他自己也不知自己怎麼會有這麼大的膽子，竟筆直走了進去，他好像覺得自己絕不會死。

只因他若要死，方才就該被火燒死——他只覺這地道的主人似乎不想殺他，爲什麼，他卻弄不清楚。

他想的並不太多，這就是他思想的秘訣，只要能捕捉著一點主題，其餘的就不必想了，想多了反而困擾。

門後面，是一間廳堂。地道已是如此華麗，廳堂自然更堂皇，在地下竟會有如此堂皇的廳堂，更是件令人想不到的事。除了沒有窗子，這裡簡直和地上富戶的花廳沒什麼兩樣，陳設的雅緻大方，還尤有過之。但廳堂中仍沒有人。

小魚兒喃喃道：「這裡的主人雖是個怪物，但倒也懂得享受，他若將這裡弄得鬼氣森森，雖能嚇得倒別人，卻也苦了自己。」

突聽一人笑道：「不想閣下倒是此間主人的知己。」

這語聲雖是男子的口音，但緩慢而溫柔，卻又有些和女子相似，小魚兒滴溜溜一轉身，卻瞧不見人，不由大喝道：「什麼人？你在哪裡？」

那語聲笑道：「你瞧不見我的，我卻瞧得見你。」

小魚兒雖然沒有瞧見人，卻又瞧見一扇門。他一步掠了過去，推開門，又是間花廳。

廳堂的中央，有張桌子，桌子上有隻天青色的大碗，那始終引誘著小魚兒的香氣，便是自碗裡發出來的。碗裡，果然是隻燒得紅紅的雞。

小魚兒眼睛又圓了。只聽方才那語聲又在另一處響起，緩緩道：「江小魚，這隻雞燒得很嫩，是特地爲你準備的。」

小魚兒身子一震，大聲道：「你……你怎會知道我的名字？」

那語聲笑道：「此間的主人，沒有不知道的事。」

小魚兒吼道：「你們到底是些什麼人？」

那語聲道：「你怎知道我們一定是人？」

小魚兒怔了怔，後退兩步，道：「你們究竟想要我怎樣？」

那語聲緩緩道：「你的膽子不小，竟敢一直闖到這裡，但你若是膽子真大，就將這隻雞吃下去，你敢嗎？」

小魚兒眼睛瞪著那隻雞，不錯，雞的確燒得很香、很嫩，但吃下這隻雞後會怎樣？會死？會暈過去？會發瘋？

小魚兒突然大笑道：「你以爲我不敢吃？」

他竟真的抓起那隻雞，吃了個乾淨。

那語聲道：「很好，你的膽子真不小。」

小魚兒在褲子上擦著手，大笑道：「我怕什麼？就算你們都不是人，就算這隻雞有毒，也沒什麼關係，你們若是鬼，我被毒死後，豈非也變成鬼了？何況，你們若要我死，儘可有許多別的法子，又何必如此麻煩請我吃雞？」

他的嘴雖硬，心裡卻還是有些發虛。他覺得這對手實在可怕得很，只因他根本弄不清他們是誰？也弄不清他們的用意？更不知他們怎會知道自己的名字，他簡直就像是落在五里霧裡，他以前當然也曾害怕過，但那種害怕卻和此種絕不相同。

只因此刻他甚至不知道自己怕的是什麼。

只聽那語聲悠悠道：「你以爲這隻雞沒有毒？」

小魚兒大聲道：「這隻雞難道有毒？」

那語聲道：「你可知道，有很多人，專喜歡做麻煩的事……」

小魚兒臉色突然發綠，道：「不錯，有許多人專喜歡做麻煩的事，我也錯了……」

他嘴裡說著話，人已倒了下去。

他醒來時，只覺全身發軟，一點力氣都沒有，眼前一片黑暗，什麼都瞧不見，也聽不見絲毫聲音。

他就在黑暗中靜靜地躺著，什麼也不去想，這一切遭遇，反正是想也想不通的，想了反而頭疼。

黑暗中，終於有了聲音。

仍是那麼溫柔的語聲，喚道：「江小魚，你醒來了麼？」

小魚兒道：「嗯。」

那語聲道：「你可知道你現在是死是活？是人是鬼？現在，你睜大了眼睛，等著瞧吧。」

這句話剛說完，四面燈光已亮了起來。小魚兒發覺自己還是躺在方才倒下去的地方，但四面的椅子上，不知何時，已坐著七、八個人。

這七、八個人都穿著寬大而柔軟的長袍，年紀最多也不過只有二十多歲，每個人都長得清清秀秀，白白淨淨。

這七、八人雖然都是男人，但看來卻又和女子相似，每個人都懶洋洋地坐在那裡，瞧著小魚兒懶洋洋的笑著。

小魚兒道：「你們就是這裡的主人？」

七、八人一齊搖了搖頭。這七、八人一個個竟都是有氣無力，像是全身沒一根骨頭，人雖然都是活的，但卻和死人差不多。

小魚兒忍不住大聲道：「你們的主人究竟是誰？為什麼不出來見我？他若也像你們這種不男不女，要死不活的模樣，我還懶得見他哩。」

其中一人笑道：「你莫要笑咱們，三個月後，你也會和咱們一樣。」

小魚兒笑道：「你活見大頭鬼了。」

那人笑道：「你不信？你雖有鐵打的身子，也吃不消她。」

小魚兒道：「她？她是誰？」

那人道：「她就是咱們的女王。」

只聽一人銀鈴般嬌笑道：「我就是這裡的女王！」

這笑聲聽來熟得很，小魚兒轉過頭，便瞧見了她。

她竟是那方才被活活燒死的綠裙少婦。

小魚兒整個人都呆住了，眼睛瞪得簡直比雞蛋還大。

廿九 顛倒乾坤

綠裙少婦瞧著小魚兒咯咯笑道：「天下第一個聰明人，世上真的沒有一個人能騙得倒你麼？」

小魚兒癡癡地瞧著她，道：「難怪那兩人屍身全不見了，難怪你能找得到那地道的入口，原來你就是這裡的主人，你……你的確騙倒我了。」

綠裙少婦道：「你服了麼？」

小魚兒嘆道：「我服了……我早就說過，你是個騙死人不賠命的女妖怪，但我卻再也想不到，你這妖怪竟是從地下鑽出來的。」

綠裙少婦身子輕盈地一轉，笑道：「你瞧我這宮殿如何？」

小魚兒道：「不錯，的確不錯。」

綠裙少婦眼波一轉，道：「你瞧我這些妃子如何？」

小魚兒瞪大了眼睛。

綠裙少婦咯咯笑道：「男人可以有三妻四妾，女人爲什麼不可以？」

小魚兒苦笑了一下突又瞪大眼睛，失聲道：「你難道……難道要我也做……做你的妃……妃子？」

綠裙少婦瞧著他，嫣然笑道：「不對。」

小魚兒剛鬆了口氣，綠裙少婦已柔聲接道：「我要你做我的皇后。」

小魚兒呆了半晌，突然大笑起來，笑得幾乎喘不過氣，他一生中簡直從來沒有像這樣大笑過。

綠裙少婦道：「你開心麼？」

小魚兒大笑道：「我開心，開心極了，我什麼瘋狂的事都想到過，但卻做夢也沒有想到我有朝一日竟會做皇后。」

綠裙少婦道：「你不願意？」

小魚兒瞪大眼睛，道：「我爲什麼不願意？世上又有幾個男人能當皇后？」

他突然跳起來，往桌子上一坐，大聲道：「喂，你們還不過來拜見你們的新皇后麼？」

那些輕衫少年你瞧著我，我瞧著你，終於一齊走過來。

小魚兒道：「只要磕三個頭就夠了，不必太多。」

少年們一齊去望那綠裙少婦，綠裙少婦不停的嬌笑，不停的點頭，少年們想不磕頭也不行了。

小魚兒道：「磕完頭就出去吧，我要和皇上喝酒了，快出去……妃子若想和皇后爭寵，皇后吃起醋來，是要砍你們腦袋的。」

少年瞧著他，那模樣倒當真像是瞧見了個妖怪似的，突然一齊轉過頭，走了個乾淨。

小魚兒拍手大笑道：「妙極妙極，做皇后的滋味可真不錯。」

綠裙少婦笑得已直不起腰，咯咯笑道：「你這小鬼真有意思，我在這裡十多年，從來也沒有這樣開心過。」

小魚兒笑道：「從今以後，我天天都要讓你開心，開心得要死，你雖然叫『迷死人不賠命』，我卻要迷死你。」

綠裙少婦突然不笑了，瞪大眼睛，道：「你……你怎知道我的名字？」

小魚兒笑嘻嘻道：「我非但知道你這名字，還知道你叫蕭咪咪，也是『十大惡人』中之一，你看來雖然又嬌又嫩，其實最少也四、五十了，但你放心，我不會嫌你老的，薑是老的辣，愈老我愈歡喜。」

他連珠炮似的說了一大篇，綠裙少婦已怔在那裡。

小魚兒道：「別站在那裡呀，春宵一刻值千金，你該過來和我這皇后親熱親熱才是。」

綠裙少婦凝眸望著他，緩緩道：「你只說錯了一件事。」

小魚兒道：「哦？」

綠裙少婦道：「我今年只有三十七。」

小魚兒嘻嘻笑道：「就算你十七也沒關係，『永遠莫要和女人討論她的年齡』，這句話我很小的時候就懂了的。」

綠裙少婦道：「別的事你說錯都沒關係，但你若說錯女人的年紀，她可不饒你。」

她的手，溫柔而美麗，她的笑，也是溫柔而美麗。

但這溫柔的笑容中卻隱含殺機，這雙美麗的手頃刻間也能致人死命，這小魚兒自然是知道的。

小魚兒卻偏偏裝做不知道，嘻嘻笑道：「我已知道你是誰，你可知道我是誰麼？」

蕭咪咪眼波流轉，道：「你？……」

小魚兒道：「十大惡人若也有一個朋友，那就是我，江小魚。」

蕭咪咪道：「你……你竟敢自稱『十大惡人』的朋友？」

小魚兒笑道：「你難道以為我是好人不成？」

蕭咪咪嫣然道：「你自然不是好人，但你還太小，小得還不能做惡人。我瞧你……你只怕是那老妖怪派來的，是麼？否則你又怎麼知道我？」

小魚兒道：「老妖怪我的確認得好幾個。」

蕭咪咪道：「好幾個？」

小魚兒眨了眨眼睛，突然大笑道：「哈哈，小僧從來不近妖孽，阿彌陀佛……近妖者殺……你殺時小心些，若讓血流得太多，肉就不鮮了……九幽門下，餓鬼日多，肉縱不鮮，也有鬼食……你呀，你就是個缺德鬼。」

他說了五句話，正活脫脫是哈哈兒、「血手」杜殺、「不吃人頭」李大嘴、「半人半鬼」陰九幽、「不男不女」屠嬌嬌這五人的口氣，不但聲音相同，語氣也相同，正是唯妙唯肖，活靈活現。

蕭咪咪眼睛已睜大了，嬌笑道：「你這小鬼，你認得他們？」

小魚兒道：「我從小就是在惡人谷長大的。」

蕭咪咪的手，立刻放下了，拍手笑道：「這就難怪，難怪你是個小妖怪，原來你竟是跟著他們長大的……他們常常提起我麼？」

小魚兒笑道：「他們叫我遇見你時，要千萬小心些，莫要被你迷死。他們說你是六親不認，見人就要迷的。」

蕭咪咪咯咯笑道：「你相信他們的鬼話？」

小魚兒瞇著眼笑道：「能見著你這樣的人，就算被你迷死，我也心甘情願的。」

蕭咪咪嬌笑道：「哎唷，小鬼，我沒有迷死你，倒真的快要被你迷死了。」

小魚兒大笑道：「現在，你可以請我喝酒了麼？」

送酒上來的，竟是個孩子。

這孩子生得眉目清秀，但卻面黃肌瘦，像是發育不全的模樣，看神氣像是比小魚兒大，看身材又似比小魚兒小。

他縮著脖子，駝著背，捧著盤的兩隻手，不停地發抖，但一雙眼睛，卻仍不時偷偷在蕭咪咪胸前瞟來瞟去。

蕭咪咪笑道：「小色鬼，你瞧什麼？」

那孩子紅著臉，垂下了頭，道：「沒……沒有。」

蕭咪咪媚笑道：「你想親親我是麼？」

那孩子臉更紅了。

蕭咪咪道：「來，想親就來親呀，怕什麼？」

那孩子突然放下盤子，抱住了她。

蕭咪咪突然反手一個巴掌，將他打倒在地上直滾，小魚兒瞧得直搖頭，突然發現這孩子背著臉時，滿臉都是殺機，目中狠毒之意，竟令人覺得可怕。

但他站起來時，他又變得一副可憐模樣，紅著臉，垂著頭，一步一挨，慢吞吞走了出去，像是路都走不動。

小魚兒道：「這小孩兒也是你的妃子？」

蕭咪咪道：「你吃醋？」

小魚兒道：「唉，你簡直是摧殘幼苗。」

蕭咪咪道：「我就是要折磨他，直到他死。」

小魚兒道：「你為什麼恨他？他不過是個孩子呀！」

蕭咪咪道：「他雖是個孩子，但他的爹爹……嘿，普天之下，再沒有一個比他那爹爹更毒辣更陰險的人了。」

小魚兒笑道：「哦？他難道比陰九幽還陰險？難道比李大嘴還毒辣？」

蕭咪咪道：「陰九幽雖險，李大嘴雖狠，別人總還瞧得出，但他爹爹做盡了壞事後，別人還在稱他為當世之大俠。」

小魚兒眼珠子一轉，笑道：「連你都說這人壞，想來他必定真是個大壞蛋了。」其實他心裡想的卻是：「你說他是壞蛋，他想必是個好人……」

他故意不問這人的名字，蕭咪咪居然也不說了。只見那孩子抱了個盤子走進來。

小魚兒突然道：「喝酒之前，我先得出去清存貨。」

蕭咪咪啐道：「沒出息。」

小魚兒笑道：「皇后方便時，總得有個妃子在旁邊伺候著……」

他拉起那孩子的手，道：「來，你帶我去。」

蕭咪咪嬌笑道：「小心些，莫掉下去先就吃飽了。這裡的酒菜還在等著你哩。」

那孩子縮著脖子，垂著頭在前面走。小魚兒瞧著他的背影，似乎在想什麼。這地下的宮闕，顯然是經過精心的設計，每一寸地方，都沒有被浪費，長道的彎曲處，就是方便之處。

小魚兒突然問道：「喂，你姓什麼？」

那孩子道：「江。」

小魚兒笑道：「你也姓江？真巧。」「你叫什麼名字？」

那孩子道：「玉郎。」

小魚兒皺了皺眉，眼珠子四面一轉，突又笑道：「奇怪，這裡已是地下，這許多人的大便小便，都流到哪裡去了？這地下的地下難道還有通道？」

江玉郎道：「下面沒有通道，是墳墓。」

小魚兒道：「墳墓？誰的墳墓？」

江玉郎道：「聽說是建造此地工人的墳墓。」

小魚兒又不禁皺了皺眉頭，趕緊站起來，道：「你知道的倒不少，想必已來了許久。」

江玉郎道：「一年。」

小魚兒道：「一年……你怎會來的？」

江玉郎道：「閣下怎會來的？」

小魚兒道：「嗯，不錯，蕭咪咪自然有法子把你弄來的……看來這裡必定還有條通向外面的道路，你……你知道麼？」

江玉郎道：「不知道。」

小魚兒道：「你沒有查過？」

江玉郎道：「沒有。」

小魚兒道：「你難道不想出去？不想回家？」

江玉郎道：「這裡很好，很舒服。」

小魚兒突然一把抓著他肩頭，沉聲道：「你這小鬼，我知道你心裡恨得要死，時時刻刻都在想法子出去，你瞞不過我的，你若肯與我合作，咱們就能想法子出去！」

江玉郎面上毫無表情，淡淡道：「閣下若是方便完了，就請回去用酒。」

小魚兒眼睛盯著他，盯了許久，一字字道：「我說的話，你記著，每個字都記著！」

江玉郎仍然縮著脖子，垂著頭，在前面走。小魚兒瞧著他的背影，還似在想著什麼。

兩人終於走了回去，蕭咪咪笑道：「看來，你存貨倒不少，我只當你真的掉下去了。」

小魚兒撫著肚子，嘻嘻一笑，道：「這肚子……」

江玉郎突然截口道：「他方便是假的，他只想要我陪著他搗鬼，只想從我嘴裡探聽出這裡的出路，還叫我跟他一齊逃出去。」

蕭咪咪眼睛一瞪，冷冷笑道：「江小魚你真的想出去？你何必問他，我告訴你好了。」

小魚兒神色不動，卻大笑起來，笑道：「我在『惡人谷』都住了十來年，這地方難道比『惡人谷』還糟麼？我不過是試試這小鬼的，你難道信他的！」

蕭咪咪悠悠道：「其實，不管你是真是假，你問他都沒有用的……這地方的出路，除了我，誰也不知道。」

她拍了拍江玉郎的頭笑道：「想不到你倒很老實。」

江玉郎臉又紅了，垂頭道：「只要能常常在娘娘的身邊，我什麼地方都不想去了。」

蕭咪咪笑道：「小色鬼，今天不准再胡思亂想了，乖乖去睡覺吧。」

江玉郎瞧了瞧小魚兒道：「但他……娘娘難道……」

蕭咪咪道：「你想我宰了他？」

江玉郎道：「他……他實在……」

蕭咪咪輕輕給了個耳刮子，笑啐道：「要吃醋還輪不到你，滾吧。」

江玉郎垂著頭，轉回身，乖乖的走了。蕭咪咪根本再也未瞧他，這小鬼她是不放在心上的，無論他想玩什麼花樣，也玩不過她的手掌心。她只是瞧著另一個小鬼。

小魚兒嘻嘻一笑，道：「這小子果然是個壞蛋。」

蕭咪咪道：「他是壞蛋，你也不是好東西。」

小魚兒道：「我難道不比他好？」

蕭咪咪瞇著眼笑道：「你可知道我爲什麼不殺你？」

小魚兒道：「你捨不得殺我的。」

蕭咪咪媚笑道：「對了，我真是捨不得殺你，我正要瞧瞧你究竟有多好……屠嬌嬌總教過你幾手的，我……我想試試。」

她斜斜地在張軟榻上坐下去，春色已上眉梢，柔聲道：「你還不過來?難道還要等我再教你？」

小魚兒眼珠子亂轉，嘻嘻笑道：「女人到了三十五，果然又如狼，又如虎。」

蕭咪咪輕咬著嘴唇，道：「你怕？」

小魚兒笑道：「初生之犢不畏虎。」

蕭咪咪道：「那麼……你還等什麼？」

小魚兒道：「我只怕你吃不……」

他「消」字還未說出口，江玉郎突然又衝了進來，一張臉已變得沒有一絲血色，顫聲道：「不……不好，不好了！」

蕭咪咪怒道：「你想幹什麼？」

江玉郎道：「死了……全都死了。」

蕭咪咪變色道：「什麼人死了？」

江玉郎道：「我……你趕緊去瞧瞧，他們……他們……」話未說完，突然暈了過去。

死人，到處都是死人！方才那些輕衫少年，此刻竟沒有一人還是活的。翻開他們的臉，有的七竅流血，有的血肉模糊，就連小魚兒這麼大的膽子，也不禁瞧得心裡直冒寒氣！

蕭咪咪也有些慌了，跺腳道：「這……這是怎麼回事？」

小魚兒眼珠子一轉，道：「莫不是那老妖怪已暗中潛來此地？」

蕭咪咪道：「不可能，絕不可能！此間入口，絕無人知道。」

她嘴裡說著「不可能」，人已往門外衝出去，突又回頭，厲聲道：「你若敢跟著來，我就真宰了你！」

小魚兒苦笑道：「你放心，我難道不知道偷看了別人秘密的人，是萬萬活不長的……我還想多活兩年哩。」

等到蕭咪咪從前面的門出去，他人已到了後面的門。他雖然明知蕭咪咪必定要到那秘密的出口處察看，他也不想去偷瞧這秘密，只因他想瞧的是另一人的秘密！

他伏在地上，露出半隻眼睛。只見那已暈在地上的江玉郎，頭突然動了，也用一隻眼睛往四面瞧，他自然瞧不見門後面的小魚兒。小魚兒屏住了呼吸，動也不動。

江玉郎突然喚道：「江公子……江小魚，你出來吧。」

小魚兒的心一跳，但咬住牙，終於沒有出聲。江玉郎又等了等，突然跳起來。他身子突然變得比燕子還輕，比魚還滑，比狐狸還靈，身子才一閃，已從旁邊的一道小門滑出去。

那道小門，正是他方才帶小魚兒方便時走的門。小魚兒早已算好方向，他出了那間屋子的小門，小魚兒也到了這間屋子的小門邊，還是用半隻眼睛偷偷的瞧。

只見江玉郎身子不停，一頭鑽進了那方便之處。小魚兒的身子也像燕子一般掠過去。江玉郎竟掀起了那糞坑的蓋子，往裡面鑽。

突然間，他腰上一麻，褲帶已被人拉住。只聽小魚兒笑道：「你想一個人跑，那不成。」

江玉郎的臉，這一次是真的嚇白了，顫聲道：「莫……莫要開玩笑。」

小魚兒冷笑道：「誰跟你開玩笑，老實說，你想幹什麼？」

江玉郎道：「小……小人只是想方便方便。」

小魚兒道：「放屁，方便也不必鑽進糞坑裡去！」

江玉郎道：「我……我想……」

小魚兒道：「你難道想吃糞？」

江玉郎道：「聽說糞是解毒的，我也中了毒，所以……我……」

小魚兒冷笑道：「你這小鬼，一張嘴果然厲害，但卻休想騙得倒我，你再不說老實話，我就拉你去見蕭咪咪，而且還告訴她，那些人都是你殺的！」

江玉郎身子已抖了起來，道：「我……我沒有……」

小魚兒道：「你殺了他們，將蕭咪咪引開，然後再躲在一個秘密的地方，等蕭咪咪找不著你時，再偷偷溜出去！」

江玉郎道：「你……你……」

小魚兒道：「老實告訴你，你縱然奸似鬼，也得吃老子的洗腳水，我早就看透你了，你若想活命，就得乖乖跟我合作。」

江玉郎終於嘆了口氣，道：「我服了你，好吧，你說得不錯，我那藏身之處，就在這糞坑裡，我費了一年的時間，才挖出來的。」

小魚兒道：「真有你的，居然將藏身之處弄在糞坑裡，也不怕臭。」

江玉郎道：「若要活命，就不覺得臭了。」

小魚兒嘆道：「我見過的壞人也不少，若論忍得、狠得，還得叫你這小鬼第一，就連我也不得不佩服你。」

江玉郎道：「快，時候已不多，快放手，我帶你進去！」

小魚兒放開手笑道：「你將路弄乾淨些，我……」

話猶未了，江玉郎兩隻腳突然連環踢出，這兩腳踢得當真是又準又狠，他看來本不似有這麼高的武功。

可惜小魚兒早已算好他有這一著，他腳再踢出，腰上的穴道已全都被小魚兒點住了，下半身再也不能動。

小魚兒冷笑道：「我早就告訴過你，你弄不過我的，還不乖乖往裡爬。」

江玉郎顫聲道：「我……我不能動了。」

小魚兒道：「腳不能動，用手爬！」

江玉郎再也不說話，果然乖乖的往裡爬。

那糞坑本有一個洞通向地下，竟被他又從旁邊挖了條小道，剛好可以容得下他的身子。他就像蛇一般往裡爬。小魚兒也只得捏著鼻子，跟著他爬，幸好爬了一段，就不臭了，小魚兒搖著頭苦笑道：「別人說我是個小妖怪，我看你才真是個小妖怪。真虧你想得出，竟在這種鬼地方下功夫。」

這條小小的地道大約有七、八尺，然後，裡面就是個小小的洞，最多也不過只有七、八尺見方。但這洞裡，卻早已鋪好了四、五床棉被，還有兩缸水、一罎酒，和一大堆鹹肉、香腸、糯米糕，此外居然還有十幾本書。

小魚兒瞧了瞧，也不禁嘆息道：「你倒真花了不少功夫，準備得倒真周到。」

江玉郎縮在角落裡，瞧著他，那雙眼睛就像蛇一樣，閃著光，狡黠的光，狠毒的光，怨恨的光。小魚兒也瞧著他，他是狐狸也好，是蛇也好，小魚兒都不怕，小魚兒並不怕壞人，愈壞他愈覺有趣。

地下靜得很幽寂，雖然難耐，但也正代表著安全，這裡的確是個安全的地方，小魚兒想不出有誰還能找得到他。他舒服地在棉被上躺下來，摘下條香腸，嗅了嗅，咬了一口，香腸的滋味居然不錯，很不錯。

小魚兒笑道：「糞坑裡的避難所，糞坑裡的香腸……江玉郎你的確是個天才。」

江玉郎垂下眼皮，喃喃道：「天才！天才……」

小魚兒笑道：「在糞坑挖洞，的確是只有天才才想得出的主意，蕭咪咪就算查得再緊，但在你方便時可也不能跟著你。」

江玉郎木然道：「不錯，這的確是天才的主意，但這天才想出這主意後，花了多大的代價，吃了多大的苦，你可知道麼？」

小魚兒道：「你說吧，我很喜歡聽人訴苦。」

江玉郎道：「你只知道在大便時挖出地道非常秘密，但你可知道要大便多少次才能挖出這樣的地道！」

小魚兒道：「嗯，確實要不少次。」

江玉郎道：「你可想過一個人一天只能大便多少次？一年又只能大便多少次？大便的次數太多，豈不被人懷疑？」

小魚兒搔了搔頭道：「嗯，這……」

江玉郎道：「你可想過一個人在大便時，若只是拚命地挖地道，那麼他的大便哪裡去了？他難道能永遠不大便麼？」

小魚兒又搔了搔頭，苦笑道：「嗯，這的確是個問題，你在大便時若真的大便，就沒有時間挖地道，你若挖地道，就沒有時間大便了，這怎麼辦？」

江玉郎辛澀的一笑，道：「怎麼辦？你永遠想不到的，像你這樣的大少爺，永遠想不到像我這樣的小人物能吃怎樣的苦。」

他瞪著眼，咬著牙，一字字接道：「我只有像狗一樣，一面工作，一面大便，因爲我不能浪費時間，我學會在最短時間脫光衣服，縱然冷得要死，我也得脫光衣服，因爲我不能讓大便和泥土弄髒衣服，但是我身上……」

他突然停住嘴，他似乎想吐。小魚兒也突然覺得有些噁心，拋下了手裡的半截香腸，想說什麼，但說了半天，也沒有說出話來。

江玉郎盯著地上的半截香腸，緩緩道：「你可知道我為什麼這樣瘦？」

小魚兒道：「你……嗯……你……」

江玉郎咬牙道：「我瘦，因為我一天到晚在捱餓，為了要儘量減少大便，我只有不吃東西，為了要貯存食物，我也只有捱餓。」

他露出白森森的牙齒，尖銳地一笑，道：「這就是天才一年來的生活，一年來狗一般的生活才換來這地洞，而你……你什麼事都沒有做，卻在這裡舒服的睡著。」

小魚兒還在搔頭，突然笑道：「你可知道這是為了什麼？」

江玉郎道：「我但願能知道。」

小魚兒笑道：「告訴你，這就因為你雖是天才，我卻是天才中的天才，一個人有我這樣聰明就可以不必吃苦了。」

江玉郎盯著他，良久良久，緩緩垂下頭，道：「不錯，我的確不如你，我很佩服你！」

這本是句稱讚的話，但小魚兒聽了，不知怎地，心頭竟突然生出股寒意，竟像是聽了句最惡毒的詛咒。不錯，這蒼白而矮小的少年，也許的確不如他聰明，不如他機警，但若論狠毒，若論狡黠，小魚兒卻差多了。

尤其是那一分忍耐的功夫，小魚兒更是一輩子也比不上——忍耐若是種美德，但有時卻又令人覺得可怕。小魚兒也不再說話。

他心裡在想：這世上若還有我的對手，就是這小狐狸。但這念頭還未轉完，他已知道自己錯了。

這世上他還有個對手，一個更可怕的對手！

他眼前似已泛起了一條人影，那是個文質彬彬的，溫柔有禮的，又風流體貼，永遠不會動怒的人影。

花無缺，無缺公子，他既不狠毒，也不奸詐，似乎完全沒有什麼心機，除了武功外，似乎全無任何可怕之處。但這種「全無可怕之處」正是最可怕之處——他整個人似乎就像是大海浩浩瀚瀚，深不可測。

小魚兒暗中嘆了氣，喃喃道：「這小子我的確看不透，能讓我看不透的人，大概是不錯的了……」

江玉郎瞧著他，想說話，但是忍住了。

小魚兒笑道：「我不是說你，我是說另一個人。」

江玉郎道：「哦。」

小魚兒道：「這個人看起來並不像是個十分聰明的人，但你無論多聰明，無論玩什麼花樣，到他面前就沒用了。因爲你無論對他用什麼手段，玩什麼花樣，他都不會吃虧的，算來算去，吃虧的是你自己。」

江玉郎淡淡一笑，道：「這種人我還未見過。」

小魚兒道：「只要你不死，你總會見著的。」

江玉郎木然自語道：「只要我不死……只要我不死……」

突然面色大變，失聲道：「糟糕！」

小魚兒知道能讓他變色的，必定是件很糟糕的事，臉色不由自主也有些變了，脫口道：「什麼事？」

江玉郎道：「你……你進來時，可反手蓋上那糞坑的蓋子？」

小魚兒張大眼睛，道：「呀，沒有，我忘了。」

江玉郎變色道：「蕭咪咪瞧不見我們，必定四下搜索，她若瞧見……」

小魚兒展顏笑道：「你也未免太小心了，她難道會想到咱們在糞坑裡？」

江玉郎道：「我自然要小心，只要稍微大意，只要一處大意，就可能招來殺身之禍，你可知道蕭咪咪的武功？」

小魚兒苦笑道：「我就因爲摸不透她的武功，所以不敢和她翻臉……假如是笨人，武功高些我也不怕，但她，她簡直也是個妖怪。」

江玉郎嘆道：「她武功之高，只怕遠出你想像之外，據說，她一生中有七百多個情郎，其中還包括了七大劍派中的子弟，每人只教她一手武功，就夠人受的了。」

小魚兒眼珠子一轉，道：「如此說來，倒是真該小心些才好，我還是再偷偷溜出去一趟，把那見鬼的蓋子蓋上吧。」

江玉郎道：「你等一等。」他口中說話，耳朵已貼在土壁上，聽了半晌，失色道：

「不行，她已經回來了。」

卅 作法自斃

小魚兒耳朵也貼上土壁，靜靜的聽。地上面，果然已有聲音傳下來，各種聲音。蕭咪咪自然要發怒，要暴跳如雷，要呼喚、咒罵，小魚兒雖然聽不到她在罵什麼話，也可想像得出。

江玉郎道：「我算了許久，算準她本來是絕對想不到我會藏在地下的，她必定以爲我已想法子溜了，但那蓋子……」

小魚兒道：「我想，她在氣得快發瘋的時候，是不會留意到糞坑的蓋子是否蓋著的。」

江玉郎道：「但願如此。」

他停了停，又道：「只要她找不著咱們，就必定不會再逗留在上面的，人已死光了，她還留在那裡幹什麼？」

小魚兒道：「不錯，她一定會走的。」

江玉郎道：「咱們最多在這裡耽半個月，她一定早已走了，那時，咱們就可以大搖大擺地走出去，也不怕她再來追。」

小魚兒道：「你知道那秘密的出口？」

江玉郎淡淡一笑道：「天下絕沒有一件能瞞住所有人的秘密。」

小魚兒笑道：「好，咱們就等半個月吧，在地下住半個月，倒也是件有趣的事，倒也不是每個人都能享受到的。」

他又躺下來，眨著眼笑道：「只不過……抱歉得很，我還是不能解開你的穴道。」

江玉郎道：「你……你真要這樣！」

小魚兒道：「我不能不這樣……只因爲我和你這樣的人日夜在一起，我實在有點不放心，實在不能不提防著你。」

他一笑道：「我差點忘了告訴你，我點你穴道所用的手法，你自己是絕對解不開的。」

這地洞就像是蛇穴一樣，江玉郎也正像是條蛇，和一條蛇一起睡在蛇穴裡，能睡著的人大概不多吧。

小魚兒卻睡著了。他吃了條香腸，吃了塊糯米糕，還喝了碗酒。他臉紅紅的，睡得很甜。

壁上自然有個小洞，洞裡自然有盞燈，燈光照著他紅紅的臉，江玉郎的眼睛，也在瞧著這張紅紅的臉。他暗中在數著小魚兒的呼吸，已數了四千多下了。小魚兒的呼吸均匀得很。

江玉郎已檢查過自己兩條腿的經脈，這該死的小鬼果然沒說假話，他用的竟不知是哪一派的該死的點穴手法。現在，他睡得很熟，因爲他知道江玉郎不敢殺他。

但江玉郎卻悄悄伸出了手。小魚兒仍在睡著，甚至開始輕輕的打呼。

江玉郎眼睛盯著他，手儘量往前伸。小魚兒呼聲愈來愈響。

江玉郎的手突然拿起了一本書，極快地翻開書，書裡面夾著張疊著的紙，江玉郎鬆了口氣，拿出了那張紙。

他輕輕將書放回去，小心地將那張紙疊得更小，想了想，想塞進靴子，最後卻終於是藏在髮髻裡。

這時，他蒼白的臉像是發出了光。然後，他嘆口氣，閉上了眼睛。不久，他也睡著了。

小魚兒的眼睛突然睜開，他睜得很大。燈光照在江玉郎蒼白的臉，眼睛裡帶著些譏嘲，也帶著些笑。

這雙眼睛像是在說：「你瞞不過我的，你什麼事都瞞不過我的。」

江玉郎的呼吸也均匀得很。小魚兒悄悄站起來，伸出一隻手，在江玉郎面前晃了十幾下，江玉郎呼吸仍然很均匀，完全沒有感覺。

這小狐狸的確太累，真的睡著了。小魚兒輕輕的、慢慢的，伸出了兩根手指，去掏江玉郎的頭髮，但還未觸及頭髮，這兩根手指突又改變了方向，向江玉郎的「睡穴」點了過去。

睡著了的江玉郎突然嘆了口氣，道：「你要拿，就拿去吧，又何苦再點我的穴道。」

小魚兒怔了怔，瞬即笑道：「原來你也沒有睡著。」

江玉郎苦笑道：「和你這樣的人在一起，我怎麼睡得著？」

小魚兒笑道：「但你假睡的本事卻真不錯，我竟也被你騙過了。」

江玉郎道：「彼此彼此。」

小魚兒大笑道：「妙極妙極……你頭髮裡的東西，借給我瞧瞧好麼？」

江玉郎苦笑道：「我能說不好麼？」

他苦笑著自髮髻中取出那張紙，指尖已有些顫抖，這張紙他看得比什麼都重，但此刻卻只有拿出來。對於不能反抗的事，他是從來不會反抗的。

他將紙拋給小魚兒，仰首長嘆道：「我只怕是上輩子缺了很大的德，老天才會讓我遇見你。」

小魚兒心裡委實充滿了好奇。他委實想不出這張紙上究竟有什麼秘密，但他相信江玉郎顯然如此看重這秘密，這秘密就絕對不是普通的。

他打開這張紙的時候，也不禁有些心跳，但他瞧了一眼……只瞧了一眼後，竟突然笑了起來。

江玉郎瞪著眼睛，道：「你很得意，是麼？」

小魚兒道：「是，是，我得意極了。」

江玉郎咬牙道：「你能瞧見這秘密，的確是該得意的，只因你一生之中，再也不會看到比這張紙更寶貴的東西。」

小魚兒道：「是，是，這張紙的確寶貴得很。」

他一面說話，一面竟將那張紙撕得粉碎。江玉郎大概一輩子也沒有像此刻這樣吃驚過。他的臉色更蒼白得好可怕，顫聲道：「你……你……你可知道這張紙的價值？」

小魚兒悠悠道：「我非但知道，還瞧見過……我自己也有過一張。」

江玉郎怔住了，道：「你……你自己有過一張？」

「我非但自己有過一張，而且還去過那藏寶之處。」

原來江玉郎的這張紙，就和鐵心蘭交給小魚兒的那張一模一樣，就是那騙死各種人不賠命的藏寶秘圖。

江玉郎自然不知道這其中曲折，此刻簡直被嚇呆了，道：「你……你去那藏寶之處！你沒有騙我？」

小魚兒道：「我爲何要騙你？」

江玉郎呼吸突然急促起來，道：「那寶藏……那寶藏已落入你手中？此刻在何處？」

小魚兒目光閃閃，道：「你先告訴我這張藏寶圖是從哪裡來的，我再告訴你。」

江玉郎兩隻手緊緊抓著自己的衣角，道：「我說出了，你真的告訴我？」

小魚兒笑道：「你說了我若不說，我就是烏龜。」

江玉郎喘了口氣，道：「這份藏寶圖，我是從我爹爹書房裡偷出來的。」

小魚兒道：「你父親又是從哪裡得來的？」

江玉郎道：「不知道，我真的不知道。」

小魚兒沉吟道：「不錯，聽說你父親也是個成名人物，這張圖想必是有人送給他的，卻不想他竟有個好兒子。」

他嘆了口氣，搖頭笑道：「連父親的東西都要偷，這麼好的兒子實在不多。」

江玉郎臉居然紅也不紅，道：「這又算什麼？我……」

小魚兒道：「你一心想得到這藏寶，連父親也不認了，一個人偷偷溜出來，溜到峨嵋山，哪知卻落入了蕭咪咪的手中。幸好你遇著她，否則此刻只怕已死了。」

江玉郎奇道：「爲什麼？」

小魚兒笑道：「你父親也幸虧有你這樣個寶貝兒子，否則就難免要上個大當。」

江玉郎吃驚道：「上當？」

小魚兒道：「老實告訴你，這藏寶圖根本是假的，根本一文不值，造出這藏寶圖的人，只是要尋寶的人自相殘殺！」

江玉郎完全怔住了，怔了半晌，吶吶道：「這人是誰？」

小魚兒恨恨道：「我也不知道這人是誰，但我一定要找出他來，我倒不是要爲大眾除害，只是他既然令我上了當，我就要他好看。」

江玉郎喃喃道：「難怪你要問我這張圖是從哪裡來的，難怪你……」

突然間，一陣呼聲從那地道中傳了進來。

竟是蕭咪咪的聲音在呼喚著道：「江玉郎……江小魚兩個壞蛋，你們在下面麼？」

小魚兒、江玉郎兩個人的手腳都嚇涼了，動也不能動。

只聽蕭咪咪咯咯笑道：「你們不出聲也沒用，我已知道你們在下面了。」

江玉郎顫聲道：「她……她只怕是在使詐。」

小魚兒道：「不會，此刻她就對著糞坑在喊，否則咱們是聽不見的。」

江玉郎道：「那蓋子……我就知道那蓋子要出毛病。」

小魚兒嘆道：「這女人真厲害……」

只聽蕭咪咪笑道：「江玉郎，你真是個天才，居然想得出躲在糞坑裡，也不怕臭。」

小魚兒笑道：「你聽，她也說你是個天才。」

江玉郎道：「你……你還笑得出？」

小魚兒道：「仔細想想，我爲何笑不出？」

江玉郎道：「你……你不怕她……」

小魚兒笑道：「就算她厲害，但咱們在這裡等著，她敢爬進來麼？以她的脾氣，也不會守在外面等著的。」

江玉郎想了想，笑道：「呀，不錯，她明我暗，她絕不會來冒這個險，就算她等，也等不了許久，咱們總有機會溜出去。」

只聽蕭咪咪道：「兩個小壞蛋，出來吧。」

小魚兒大喊道：「你這老壞蛋，你進來吧。」

蕭咪咪道：「你們不出來？」

小魚兒道：「你爲何不進來？」

蕭咪咪咯咯笑道：「你們情願在下面臭死？」

小魚兒大笑道：「你放心，咱們臭不死的，這裡舒服得很，有香腸，還有酒，你要不要下來陪我們喝兩杯？」

蕭咪咪笑道：「你們不怕臭，我卻怕臭。」

她語聲微頓，又道：「何況，我也不希望你們上來。」

小魚兒大笑道：「是嗎？」

蕭咪咪道：「你們若上來，我一發脾氣，說不定就宰了你們，那樣反而讓你們死得太痛快了，我要讓你們慢慢的死。」

小魚兒大笑道：「你有什麼法子讓我們……」

話未說完，突然再也笑不出了。

蕭咪咪嘻嘻笑道：「笑呀，小壞蛋，爲什麼不笑了？」

江玉郎面色也又變了，兩人齊聲大呼道：「蕭姑娘……蕭姑娘……」

地道中卻再也沒有聲音傳進來。江玉郎、小魚兒對望了一眼，兩人都面色如土。

只聽「轟」的一聲，接著嘩啦啦響個不住。

江玉郎顫聲道：「完了……」

小魚兒道：「好狠……最毒婦人心，我早該想到她有這一著。」

江玉郎慘笑道：「現在，再也用不著蓋子了……」

小魚兒精神突又一振，大聲道：「她雖然將外面堵死了，但咱們還是可以再挖出去。」

江玉郎嘆道：「她存心將你我困死在這裡，必定在上面蓋了鐵板、石板……」

小魚兒道：「咱們另外換個地方往上挖。」

江玉郎道：「當初建造此地之時，爲了防潮，這上面都鋪著一尺多厚的石板。」

小魚兒默然半晌，反手拍開了江玉郎的穴道：「想來你也不會再動我的腦筋了……」

江玉郎木然道：「半個月……半個月後，就得餓死在這裡。」

小魚兒重重的拍了拍他肩膀，大笑道：「振作些，莫要愁眉苦臉，咱們至少還有半個月好活……我本已死過好多次，這半個月已是撿來的。」

他雖在大笑，其實笑的聲音也難聽得很。

江玉郎只怕已有三個時辰沒有動了。

他就這樣坐在那裡瞪著兩隻眼睛發呆，也不知想些什麼，小魚兒打開酒罈，叫了他八次，他也像是沒聽見。

於是小魚兒就自己喝了起來。他喝一口，笑一聲，喝一口，又嘆口氣，喃喃道：「一個人知道自己要死了還不喝酒，這人一定是呆子。」江玉郎瞪著他，沒有說話。

小魚兒道：「唯一遺憾的是，咱們都死得太早了，我現在簡直有些後悔，方才本應和蕭咪咪風流風流才是，唉，人不風流枉少年……」他搖搖晃晃站起來，去摘掛在上面的香腸。

江玉郎冷冷道：「你醉了。」

小魚兒笑道：「醉死最好，醉死鬼總比餓死鬼好得多……」

江玉郎突然一掠而起，一掌向他後頸劈了過去。他身法好輕，出手好快，一掌就想要小魚兒的命！

卅一 柳暗花明

但小魚兒瞧見燈光一花，已霍然轉身，剛好接了他這一掌，兩個人身子俱都一震，兩個人都撞上土壁。

小魚兒瞪大眼睛，吃驚道：「你……你想殺我？」江玉郎道：「一點也不錯。」

小魚兒道：「你我反正是要死的，你爲什麼……」

江玉郎道：「這裡的食物本夠一個月吃的，多了你，就少吃半個月，殺你後，我就可以多活半個月。」

小魚兒道：「爲了多活一天你也會殺我？」

江玉郎道：「爲了多活一個時辰我也會殺你！」

小魚兒苦笑道：「我雖然知道你是個壞人，但真還沒有想到你竟壞成這樣子，若論心腸之狠毒，天下只怕得數你第一。」

江玉郎道：「你呢？」

小魚兒道：「和你比起來，我簡直就像是個吃長素的老太婆。」

這句話他還未說完，他的手已到江玉郎面前。這地洞是如此小，他身子根本不必動，就可以打著江玉郎的臉。

他這一掌也許是真打得快，也許是江玉郎根本沒有想到他會出手，所以根本沒有閃避。總之，這一掌是著著實實打著了。

只聽「吧」的一聲，江玉郎半面臉已紅了，人已倒下去。

小魚兒笑道：「你看來雖瘦，臉上的肉倒不少，我若是沒看清楚這一巴掌的確是打在你臉上，還真要以為是打著了個胖女人的屁股。」

江玉郎捂著臉嘶聲道：「你……你要幹什麼？」

小魚兒道：「你要殺我，我難道不能殺你？」反手又是一巴掌。

江玉郎的臉，看起來像條死魚的肚子，顫聲道：「你我兩個反正都已快死了，你……你何苦……」

小魚兒大笑道：「這話不錯，但你提醒了我，我若殺死你，就可多活半個月。」

江玉郎垂首道：「我……我該死……該死……」他突然將整個人都當做顆流星鎚似的，一頭撞向小魚兒的肚子，他的腦袋雖不算太硬，但總比肚子硬得多。

小魚兒早就留心他的一雙腿兩隻手，但說老實話，他實在沒有去留意他那顆小腦袋。整個人被撞入角落裡，像是個蝦米似的彎下了腰，捂著肚子，足足有半盞茶時候沒有喘氣。

江玉郎冷笑道：「現在，你知道該死的是誰了。」

他用足力氣，一腳向小魚兒下巴踢過去。

小魚兒呻吟著，彷彿已抬不起頭，但等到這隻腳到了他面前時，他捂著肚子的手突然閃電般伸出。他這雙手就像是搶著去抱一隻從宰相千金手裡拋出來的繡球似的，抱住了江玉郎的腳，右腳！然後，他把這隻右腿拚命的向左一扭。

江玉郎慘叫一聲，整個人魚一般翻了個身，撲地，跌在地上，跌了個狗吃屎，鼻血都流了出來。

小魚兒人已跳在他背上站著，笑道：「現在我的確知道該死的是誰了。」

江玉郎趴在地上呻吟著，道：「我服了你，我真的服了你，你什麼事都比我強，但我知道你不會真的殺我的，你若要真的殺我，也用不著等到現在。」這小子居然開始乞憐，開始拍馬屁，倒不是件容易事。但小魚兒聽了卻一點也不開心，反而有些毛骨悚然。小魚兒知道這小子心裡其實很想用一把刀子插入他喉嚨，或者是什麼別的地方，一些比較軟的地方。不過他現在沒有刀子，縱然有刀子也不行。一個人被別人踩著自己背脊的時候，是割不到別人喉嚨的。

他不過是在等一個機會，好用刀子慢慢的割。

小魚兒如果算不上十分窮兇惡極的話，至少可以說是十分聰明，他自然懂得江玉郎的意思。但他明知江玉郎要殺他，卻又偏偏要給江玉郎這機會。他要看江玉郎到底能用什麼法子殺死他。

這的確是件有趣的事。對於有趣的事，小魚兒從來不願意錯過的。尤其是當他已自知活不長的時候。

小魚兒有趣地想著，幾乎已忘了快要被困死的事。

就在他想得最有趣的時候，江玉郎身子突然用力拱了起來，把站在他身上的小魚兒彈了出去。若是在平時，這也沒什麼關係，但這裡卻是個地洞，一個很小的地洞，高個子在這裡幾乎不能抬頭。

於是小魚兒的頭就撞上了上面的頂。「咚」的，就好像打鼓一樣，然後他人也就鼓槌一樣倒下去。

但江玉郎也是過了許久才爬起的。他一爬起來，就扼住了小魚兒的脖子，陰險地笑道：「我知道你不會真的殺死我的，但我卻要真的殺死你。」

他手指用力，小魚兒卻一點反應也沒有。

江玉郎手指又放鬆了，他不願意在小魚兒暈過去的時候殺他，他要看小魚兒掙扎著，透不出氣來的樣子。

小魚兒竟偏偏不醒。江玉郎騰出一隻手，把那個已滾倒在旁邊的酒罈子拎起來，把罈子裡剩下來的酒全倒在小魚兒頭上。

他酒還沒有倒完，小魚兒的手突然從他兩隻手中間穿出去，一拳打在他喉嚨上。江玉郎疼得臉都變了形，但手裡的酒罈還是沒有忘記往小魚兒頭上摔下去。小魚兒自然早已料到他這一著，身子一滾，跟著飛出去一腳，踢在江玉郎某一處重要部位上。酒罈被摔得粉碎，江玉郎身子已蜷曲得像是隻五月節的粽子，動也不能動，連呼吸都接不上氣了。

小魚兒這一腳的確很有效，但卻並不十分漂亮，這簡直不能算是招式。從頭到尾，他兩人根本誰也沒有使出一著漂亮的招式。因爲在這種老鼠洞一般的地方，誰也使不出漂亮的招式，幸好他不是打來給別人瞧的，也沒有別人能瞧見他們。

燈光，像是漸漸黯了。

小魚兒突然跳起來，道：「不好。」

江玉郎道：「什麼不好？我們現在已夠壞了，還有什麼事更不好？」

小魚兒嘆道：「我們還沒有被餓死，已經要被悶死了。」

地道被堵死，空氣中的氧漸漸稀薄，連燈光都快要滅了，他感覺到呼吸已漸漸不通，眼皮已漸漸發重。

江玉郎顫聲道：「我什麼都算過了，就沒有算到這點。」

小魚兒道：「現在你就算能殺死我，最多也只能活半個時辰了。」

江玉郎道：「半個時辰……半個時辰……」

他牙齒已打起戰來。

小魚兒也是愁眉苦臉，喃喃道：「悶死……悶死的滋味不知如何？」

江玉郎道：「我聽人說過，悶死比什麼都痛苦，在悶死之前，人就會發瘋，甚至將自己的臉都抓得稀爛！」此刻他還有心情說這些話，只因他覺得只有自己一個人害怕太不公平，他得要小魚兒也分享這恐怖。

小魚兒默然半晌，突然笑道：「那也不錯，我就怕死得太平常，現在總算能很特別的死了！世上能被悶死的人總是不多。」

江玉郎也默然半晌，緩緩道：「但也不少！當初建造此地的人，只怕也是被活活悶死。」

小魚兒眨了眨眼，道：「到現在爲止，你還是在儘量想法子刺激我？」

江玉郎冷冷道：「你實在太開心，我不知你究竟能開心到什麼時候。」

小魚兒道：「你真的那麼恨我？」江玉郎道：「哼！」

小魚兒道：「你恨我，只因爲我什麼事都比你強是麼？」

江玉郎道：「也許我們生下來就是對頭！」

他說這句話的時候，絕不會想到這句話並沒有說錯。

火光，更弱了。小魚兒茫然瞧著這點漸漸小下去的火頭，喃喃道：「酒！該死的酒，卻被你這該死的人糟蹋了，現在，還有什麼事能比真正的爛醉如泥更好？」

他目光轉到地上，地上滿是酒罈的碎片。酒，已快乾了。但奇怪的是，酒竟非滲入泥土中去的。

這地面自然不平，酒從低處流……

小魚兒突然跳起來，把一缸水全都倒在地上。水，也在往低處流……

小魚兒狂呼道：「喂，你瞧……瞧！」

江玉郎道：「瞧……還有什麼好瞧的？」

小魚兒道：「你瞧這水……水一直在流。」

江玉郎道：「水自然要流，自然要往低處流。」

小魚兒指著一個角落，似已緊張得說不出話，吃吃道：「你瞧，水都往這裡流，但卻沒有積在這裡。」

江玉郎眼睛也瞪大了，道：「不錯，水沒有積在這裡。」

小魚兒道：「水沒有積在這裡，自然是流了出去，水流了出去，這裡自然有個洞，但這裡已經是地底下，怎麼會有個讓水流出去的洞？」

小魚兒再也不說話，拾起一塊碎罈子，在那塊地方拚命的挖了起來，江玉郎呆呆地瞧著，一雙手在抖。

兩個人此刻已更難呼吸了。微弱的光，突然熄滅，四下立刻一片黑暗，暗得伸手不見五指，江玉郎也不知小魚兒究竟挖得如何。只聽小魚兒在喘著氣，他自己也在喘著氣。

突然，砰的一響，像是木板碎裂的聲音，接著，小魚兒大叫道：「洞……我又挖出了個洞……外面竟是空的！」

江玉郎顫聲道：「你……你沒有弄錯？」

小魚兒道：「火摺子，火摺子……看在老天份上，你千萬莫要說沒有火摺子。」

有火摺子又有什麼用？小魚兒會說出這句話來，只怕是已經暈了頭了。

但火摺子卻亮了起來。小魚兒人已赫然不見了，那地方已多了個洞。

一陣陣陰森森的、帶著腐臭味的風，從洞外吹進來。

江玉郎呼吸竟漸漸通了，大喜喚道：「江……江公子，江兄。」

小魚兒的聲音在洞外道：「快過來，快。」

這聲音中充滿驚奇、狂喜。江玉郎幾乎像滾一樣鑽了進去。然後，他就呆立在那裡。

這裡竟是個八角型的屋子，那八面牆，有的是鐵，有的是鋼，有的是石板，竟還有一面像是金子。

而謝天謝地，他們這一面恰巧是木板——這一面若不是木板，他們此刻只怕已悶死在那裡了。

八角形的屋子裡，沒有桌子，沒有椅子，因爲在地底，所以也沒有蛛網、積塵，空氣也不知是哪裡進來的。

屋子裡只有絞盤，大大小小、形狀不同的機關絞盤，有的是鐵鑄，有的是石造，自然，也有的是金子的。

江玉郎幾乎連氣都喘不過來，喃喃道：「天呀！天呀！……這裡是什麼地方？打死我也想不出來！而……而這地方竟和我那洞只有一板之隔。」

小魚兒圍著這屋子在打轉，也驚奇得不知如何是好。這究竟是什麼地方？這些絞盤究竟是做什麼作用的？他看來看去，也看不出這些絞盤的巧妙，這個絞盤一個連著一個，也不知花了多少工夫才做出來的。

小魚兒一輩子也沒有見過這麼巧妙的東西。

江玉郎道：「你瞧出了麼？這究竟是什麼地方？」

小魚兒苦笑道：「誰能瞧出才是活見鬼了。」

江玉郎掠過去，用袖子擦一面牆，擦了一會兒，失聲道：「天呀，這牆果然是金子。」

小魚兒道：「牆是金子的倒不稀奇，稀奇的是這地方居然能通氣，建造這地方的人若是沒有發瘋，必定另有用意。」

江玉郎道：「什……什麼用意？」

小魚兒長長嘆了口氣道：「這只怕是你我這一輩子中所見的最大秘密。」他的手按在個絞盤上。

江玉郎道：「你……你要去搬它？」

小魚兒道：「你能忍得住不搬麼？」

他朝江玉郎擠了擠眼睛，笑道：「這裡說不定就是地獄的門戶，我絞盤一搬，說不定就將鬼都放了出來。」

江玉郎咬牙道：「你這笑話不錯，真是好笑極了。」

兩個人突然同時打了個寒噤。「吱」的一聲，絞盤已轉了。那面石板牆，已突然一轉，現出了個門戶。

小魚兒大笑道：「你瞧，地獄的門果然現出來了。」

其實他自己也知道，他這笑聲真不知有多難聽。

江玉郎爬回去，取出了那盞燈。

小魚兒拿著火摺子，走在前面，一陣陣腐臭氣從門裡飄出來，那味道小魚兒一輩子也沒有嗅過。他再也不想嗅第二次。

兩個人膽子總算不小，總算走了進去。死屍，這門裡竟是一屋子死屍！江玉郎的手在抖，不停的抖，只見這些死屍……

這些死屍的形狀，我縱然能說，也還是不說得好。何況，我根本說不出，只怕也沒有人能說得出。

這裡其實只是一屋子穿著衣服的骷髏。小魚兒打了個噴嚏，他面前一具骷髏的衣服突然化作了粉灰。

小魚兒只覺背脊發涼，道：「這些人，只怕已死了幾十年。」

江玉郎道：「他……他們都是餓死，你瞧他們的模樣，臨死前想必已餓得發瘋了，你瞧他……他們的手。」

小魚兒想到自己險些也要變成這模樣，突然忍不住想吐，竟將方才吃下去的酒肉全都吐了出來。

江玉郎道：「這些人，不知道都是些什麼人？」

小魚兒嘔出了最後一口苦水，喘息著道：「瞧他們的衣服都很粗俗，想必就是建造此地的工匠。」

江玉郎道：「想必是一群呆子。」

小魚兒道：「呆子？」

江玉郎道：「若不是呆子，怎會爲人建造如此秘密的地方？……爲人建造了如此秘密之地，本就是再也活不成的了。」

小魚兒道：「你瞧見這許多人如此慘死，一點都不同情？」

江玉郎道：「我若死了，誰來同情我？」

小魚兒嘆了口氣，道：「很好，你很好，我在天下惡人集中的地方學了十年，看來還不如你，看來我還得向你學。」

江玉郎道：「奇怪的是，蕭……」

話未說完，突聽一陣腳步聲傳了過來。這腳步聲緩慢而沉重，似是拖著很重的東西。

小魚兒全身的寒毛都悚立起來，他縱然是天下膽子最大的人，此時此刻，也不能不害怕了。

江玉郎的手又在抖，道：「這……這……」

他心腸雖狠毒，膽子卻不大，此刻已說不出話來，「噹」的一聲，他手裡的銅燈也跌落到了地上。腳步聲似從上面傳來的，已愈來愈近。

小魚兒手腳也駭軟了，手裡的火摺子不知何時也跌落在地，四面立刻又是一片黑暗，該死的黑暗。

沉重的腳步聲，像是已踩破他們的苦膽。兩個人想往外逃，竟抬不起腿！

突然間，上面露出了個洞，一片昏黃的光線照了下來。小魚兒、江玉郎即都屏住呼吸，動也不敢動。

他們看到了一雙腳。

這是纖細的、穿著繡花鞋的腳。腳上面還有一截綠色的裙子，再上面就瞧不見了。

兩個偷偷對望一眼，幾乎忍不住要同時脫口道：「蕭咪咪！」

這不是女鬼，竟赫然真的是蕭咪咪。

只聽蕭咪咪的語聲喃喃道：「你們就在這裡歇歇吧，這地方還不錯，雖然稍微太擠了些……」

語聲中，一條人影直落下來。這女妖怪又在害什麼人？

小魚兒、江玉郎又是一驚，但瞬即發覺這不過是具死屍——死屍就這樣一具具被秘密拋落了下來。

蕭咪咪的語聲又道：「能住在這麼豪華的墳墓裡，你們也算死得不冤了，再見吧，各位……說不定有時我也會想想你們的。」

「砰」的，洞又闔起，又是一片黑暗。

江玉郎、小魚兒在黑暗中等了許久許久，才長長透出一口氣。小魚兒突然哈哈一笑道：「江玉郎，這些死屍就是被你害死的人，你不怕他們找你索命？」

江玉郎道：「他們活的時候我都不怕，死了我怕什麼！」

小魚兒在腳旁摸著了火摺子，火摺子亮起，照著江玉郎的臉，那幾乎也已不像是張活人的臉。

小魚兒笑道：「你不怕，臉怎麼駭成這副樣子？」

江玉郎突然拾起銅燈，大步走了出去。小魚兒也趕緊跟出去，他可不想被江玉郎關在這裡。老實說，從今以後，誰也無法再讓他走進這裡一步了！

如此「豪華」的地方，他實在吃不消。江玉郎站在一旁，也在嘔，他嘔的全是苦水。

小魚兒喃喃道：「我本就懷疑這地方絕不是蕭咪咪建造的，女人，怎會有這麼大的手筆，現在已可證明我懷疑的果然不錯。」

江玉郎道：「哼。」

小魚兒道：「她不知走了什麼運，被她發現上面那地方，但找到這裡時，她瞧見那許多死屍，就再也不敢往下找了，卻不知她找著的只不過是這地下宮闕的一部份而已，說不定只是最差勁的一部份，精采的全在後面哩。」他長長嘆了口氣，接道：「但這地方又是誰建造的？普天之下，誰有這麼大的手筆？」江玉郎冷冷道：「至少，總不會是你吧？」

小魚兒朝他扮了個鬼臉，道：「你莫要忘記，我武功比你強，還是隨時都可以宰了你。」

江玉郎情不自禁，後退一步，變色道：「你……你……」

小魚兒嘻嘻一笑，道：「但你也莫要著急，我只不過是要你說話客氣些。」

江玉郎瞪著眼瞧了半晌，垂頭道：「我年紀還輕，什麼事都不懂，若是說話得罪了你，你總該原諒我一些，我……我心裡總是把你看成我的大哥的。」

小魚兒笑道：「幸好你並非真的是我弟弟。」

他舉著火摺子，圍著這八角屋子走了一圈，一隻手東摸摸，西敲敲，眼珠子不停地轉，口中道：「這裡八面牆，只有一面是土磚砌成的，其餘七面除了石牆和木壁之外，還有金、銀、銅、鐵、錫。」

江玉郎道：「他們用八種不同的東西來造這八面牆，想必也有用意。」

小魚兒道：「不錯，你可知道是什麼用意？」

江玉郎陪笑道：「我就是不知道，所以才請教大哥你。」

小魚兒瞧了他半晌，緩緩道：「你聽著，我告訴你兩件事。」

江玉郎道：「但請大哥吩咐。」

小魚兒瞪著眼道：「第一，你以後千萬莫叫我大哥，這稱呼我聽了肉麻。」

江玉郎怔了怔，立刻垂下頭，道：「是。」

小魚兒道：「第二，以後也莫要在我面前裝傻。我知道你是個聰明人，很聰明，你裝傻也是沒有用的。」

江玉郎乖乖地點頭道：「是。」

小魚兒一笑，道：「現在，你且說你猜他們是何用意？」

江玉郎囁嚅道：「我不知猜得可對……他們造這八面不同的牆，一來表示在八面牆後面，藏著不同的東西。」

小魚兒道：「不錯，二來呢？」

江玉郎道：「二來，便和這絞盤有關係，這石絞盤是控制這石壁的，那金絞盤想必就是控制金壁的。」

小魚兒笑道：「很好……說下去。」

江玉郎道：「那木壁後是咱們出來的地方，自然不會有什麼東西。石壁後是墳墓，咱們也不想再看了。至於這土牆，看來是實心的，想必也不會有什麼巧妙。現在剩下的只有金、銀、銅、鐵、錫這五面牆了！」

小魚兒道：「不錯，這五面牆壁後，必定有些花樣。」他眨了眨眼睛，接道：「你說，咱們先試哪面牆呢？」

江玉郎道：「金的。」

小魚兒道：「很好，這一次你倒沒有說假話，我心裡其實也是想先試這面金牆的，其實世上的人又有誰不是如此？」

卅二　地下寶藏

黃金的絞盤轉動，黃金的牆壁果然隨之移動，現出了道門戶。江玉郎、小魚兒人還未走進去，已有一片輝煌的光灑了出來。這金色的牆壁後，竟赫然全都是珠寶，數不清的珍寶，任何人做夢都想不到會有這麼多的珠寶！

江玉郎站在那裡，整個人都已呆住了，蒼白的臉上，竟泛起了異樣的紅暈，指尖也開始微微顫抖。

小魚兒的眼睛卻只不過在這些珠寶上打了個轉，便轉到江玉郎那張激動的臉上，微微笑道：「你喜歡麼？」

江玉郎道：「我……我……」

他初初凸起的一點喉結上下移動，強笑道：「我想，世上沒有人不喜歡這些的！」

小魚兒道：「你若喜歡，這些就全算你的吧！」

江玉郎驚喜地瞧了他一眼，但瞬即垂下了頭，陪笑道：「這寶藏是你先發現的，自然歸你所有，我……我……只要能分我一點，我已感激得很。」

小魚兒道：「我不要。」

江玉郎猝然抬起了頭，失聲道：「不要？……」但立刻又垂下，陪笑道：「我性命都是你所賜，你縱然不肯分給我，我也毫無怨言。」

小魚兒笑道：「你以爲我在試探你，在騙你？這些東西飢不能當飯吃，渴不能當水飲，帶在身上又嫌累贅，還得擔心別人來搶，我爲什麼要它？」

江玉郎呆在那裡，再也說不出話來。

小魚兒也不理他，又在這屋子裡兜了個圈子，喃喃嘆道：「這裡也全都是死的，出路想必也不在這裡。」

江玉郎突然咯咯笑了起來，笑個不停。

小魚兒道：「你瞧見鬼了麼！」

江玉郎笑道：「這些東西，我也不要了。」

小魚兒道：「哦，這倒稀奇得很，爲什麼？」

江玉郎道：「我連人都不知是否能活著走出去，要這些東西作什麼？」

小魚兒拍手笑道：「你畢竟還沒有笨得不可救藥，畢竟還是個聰明人，我就瞧見過有些人不惜爲這些東西送命，你說他們的腦子是否有些毛病？」

小魚兒轉動了銅絞盤。

於是，他就瞧見了一生中從未瞧見那麼多的兵器，各式各樣的兵器，還有各式各樣的暗器。有些兵器，固然是小魚兒熟悉的，但還有些兵器，小魚兒非但沒有瞧見過，簡直還不知道它們的名字。

金鐵之氣，砭骨生寒，森森的寒光，將他們的臉都照成了鐵青色。小魚兒不禁縮起了脖子。

槍，最長的長達丈八，最短的才不過三尺，劍，最大的宛如木槳，最小的竟宛如筷子。長槍短劍，整齊地排列著，它們雖然沒有生命，卻又似含蘊著殺機，令人膽寒的殺機！

普天之下，所有的兇殺之器，只怕都盡在這屋裡。

小魚兒隨手拔出了一柄劍，只聽「嗆啷」一聲，劍作龍吟，森森的劍氣，直逼他眉睫而來。

他忍不住脫口讚道：「好劍！」

江玉郎沉聲道：「這口劍雖是利器，但在這屋子裡，卻算不得什麼。」江玉郎取起了一件兵刃，道：「你可知道這件兵刃是什麼？」

這件兵刃驟眼看去，就像是金龍，龍的角，左右伸出，張開的龍嘴裡，吐出一條碧綠色的舌頭。

小魚兒道：「看來，這像是條金龍鞭。」

江玉郎道：「不錯，這是金龍鞭，但這條金龍鞭，卻與眾不同。這叫做『九現神龍鬼見愁』，一件兵刃卻兼具九種妙用。」

小魚兒道：「有趣有趣，你且說來聽聽。」

江玉郎道：「這條鞭全身反鱗，不但可黏人兵刃，使對方兵刃脫手，還可黏住暗器，龍角分犄，專制天下名門各派軟兵刃，龍舌直伸，打人穴道，那張開的龍嘴，咬人刃劍如探囊取物，除此之外，一雙龍眼乃是霹靂火器，龍嘴之內，可射出一十三口『子午問心釘』，見血封喉，子不過午，在必要時，那渾身龍鱗，也全都可以激射而出，若不知這件兵刃的底細，只怕神仙也難躲過。」

他滔滔說來，竟是如數家珍一般。

小魚兒嘆道：「好個鬼見愁，果然厲害。」

江玉郎道：「只可惜普天之下，這同樣的兵刃，一共才只有兩件，卻不知這一件又怎會出現在這裡。」

小魚兒道：「還有一件呢？」

江玉郎道：「這兵刃在江湖中絕跡已久，還有一件，也不知到哪裡去了……那一件若是在江湖出現，又不知有多少人的性命要葬送在它手上！」

小魚兒笑瞇瞇道：「想不到你年紀輕輕，竟對這種絕跡已久的獨門兵刃也熟悉的很。」

江玉郎眼珠子一轉，似乎已覺出自己話太多了，強笑道：「我只不過偶然聽人說的……你知道家父交遊素來廣闊，其中自然有一兩個『萬事通』先生的。」

小魚兒笑瞇瞇瞧著他，淡淡道：「如此說來，這件兵刃你是會用的了？」

江玉郎笑道：「我……我若會用就好了。」

他像是滿不在乎似的，隨手放下了這件兵刃。其實，他的眼睛一直在瞬也不瞬地盯著小魚兒的手。小魚兒也像是滿不在乎地笑著，其實他的眼睛也未嘗有片刻離開過江玉郎手裡的鬼見愁。

這兩人雖然還都是孩子，但心計之深，縱然有三百八十個七十歲的老頭子加在一起，也比不上他們一個。

小魚兒笑道：「如此說來，這屋裡的兵刃，無論哪一件拿出去，只怕都可以在江湖中轟動轟動，尤其是這『鬼見愁』……唉，我反正不會使它，不如你拿去吧。」

江玉郎不等他話說完，已遠遠走了開去，笑道：「如此歹毒的兵刃，我可不要它。」

小魚兒笑道：「其實，兵刃究竟是死的，人才是活的，只要人強，無論用什麼兵刃都是一樣，這種兵刃倒真不要也罷。」

他突然拔出一口吹毛斷髮的利劍，劍光展動，竟將這天下第一歹毒的外門兵刃砍得稀爛。

江玉郎臉上自然還是帶著笑的，連連道：「好極了，毀了它最好，免得它落在別人手上害人……」一面說話，一面轉過頭去，眼裡立刻好像冒出火來。

小魚兒輕撫著手中的劍，笑道：「好劍呀好劍，我本來也有心將你帶在身邊，但想了想，還是將你留在這裡的好，像我這樣的人，縱然空手，也……」

突聽江玉郎驚呼道：「看……看這裡……」

寒光劍氣下，一具骷髏斜斜躺在角落裡。這具骷髏不但衣衫已腐爛，本應是灰白的骨架，此刻竟也變成烏黑色，在寒光下看更是可怖。

江玉郎喃喃道：「奇怪，這人怎會死在這裡？怎地未被拋入那墳墓？」

小魚兒道：「能進到這屋子裡來的，只怕便是此間的主人，此間的主人，自然十成十是武林絕頂高手。」

突又皺眉道：「但此間的主人，又怎會死在這裡？又是被誰殺死的？瞧他躺著的樣子，絲毫沒有掙扎之態，竟顯見是被人一擊而死！」

江玉郎道：「瞧他骨骼都已變色，又像是中毒而死。」

小魚兒道：「不錯。」

兩人目光閃動，突然同時失聲道：「原來他竟是中了別人的毒藥暗器！」

兩人已發現在那烏黑的骨骼上，竟釘著無數根細如牛芒的銀針，如此細小的銀針，竟能穿透皮肉直釘入骨頭裡。

小魚兒駭然道：「好厲害的暗器，好歹毒的暗器。」

江玉郎道：「這是……這不知是誰下的手？」

小魚兒瞧他一眼，道：「你也用不著改口，認得這暗器的人只怕不止你一個，我也認得的。」

江玉郎苦笑道：「這『天絕地滅透骨穿心針』，果然不愧是天下第一暗器……」他眼角突然瞥見兵刃架下，有個金光燦燦的小圓筒，立刻就用身子擋住了小魚兒的目光，一面彎腰咳嗽，一面移動了過去。

小魚兒笑道：「你再咳嗽，我也要被你染上了。」

他竟真的咳嗽起來，咳得彎下了腰。江玉郎等他一彎腰，就飛快地伸出手，伸手起下了那小圓筒，卻不知小魚兒同時也在那骷髏的手掌裡輕巧地抽出樣東西，塞在衣裡。但那只不過是個竹筒，小魚兒其實也並未瞧出它有什麼用，他只不過覺得，這個人到死時手裡還緊握住的東西，若是沒有用才怪。

江玉郎勉強忍住心裡的歡喜，故意皺眉道：「此人若是此間的主人，又怎會被人暗算死在這裡？……但他若不是此間的主人，更沒有道理死在這裡。」

小魚兒道：「嗯，他若不是此間的主人，根本進不來。」

江玉郎道：「那麼，這究竟是怎麼回事？」

小魚兒道：「看來，此間還有許多秘密。」

們都沒有拿走任何東西。

江玉郎嘆了口氣，道：「許多可怕的秘密。」

小魚兒笑道：「世上沒有可怕的秘密，世上所有的秘密，都是有趣的……」

兩個人並肩走出了這可怕而又有趣的屋子，兩個人都故意用雙手舉著燈火，表示他們都沒有拿走任何東西。

鐵壁移動，燈光照入了這寒氣森森的鐵屋。

江玉郎首先走了進去，目光轉處，突然驚呼一聲，退了出來，那神情看來就像是隻中了箭的兔子。

小魚兒皺眉道：「這裡面又有什麼？」

江玉郎臉色蒼白，道：「你瞧見會站著的骷髏麼？」

小魚兒笑道：「站著的骷髏？這倒有趣。」

他大步走了進去，卻也有些笑不出來了。只見這鐵屋特別大，特別高，四壁空空，什麼也沒有，一個人站在裡面，就好像站在曠野中似的。

就在這空曠而陰森的屋子中央，孤零零地站著兩具骷髏，兩具慘白色的骷髏，緊緊擁抱在一起。死人的血肉已化，但骷髏至今猶屹立不倒。

小魚兒瞧得心裡實在也有點兒發毛，口中卻笑道：「這只怕是一男一女，瞧他們臨死前還抱在一起，捨不得放手，可見他們交情必定不錯！說不定是殉情而死。」

江玉郎跟了進來，道：「若是交情不錯，就不會站著了。」
小魚兒失笑道：「呀，這點我倒沒想到，在這方面，你經驗的確比我豐富。但這兩人若都是男的，卻又抱在一起幹什麼？」
他嘴裡說話，人已走了過去，站在這兩具骷髏面前，像是發了會兒呆，又長嘆了口氣，道：「這兩人果然全是男的。」
江玉郎突然笑道：「男人和男人，交情有時也會不錯的。」
小魚兒道：「但這兩個交情非但不好，而且壞透了。」
江玉郎道：「你怎知道？」
小魚兒道：「你過來瞧瞧也知道了。」
這兩具骷髏其實並非擁抱在一起的，左面一人的右掌，直插入右面一人的脅骨裡，他赤手一抓，便能直透入骨，這是何等驚人的武功，何等驚人的掌力！但他自己的胸骨卻也折斷了七、八根之多，脖子也被對方捏斷，一顆頭軟軟垂下來，倒在對方肩上。
這兩人竟是在惡鬥之下，各施殺手，同歸於盡！
江玉郎駭然失聲道：「好厲害的鷹爪功！好厲害的拿力！看來這兩人想必都是絕頂的武林高手，卻不知怎會死在這裡！」
話猶未了，只聽「嘩啦啦」一響，兩具骷髏都被他語風震倒，兩個絕頂武林高手，此刻便化爲一堆枯骨。

小魚兒沉吟道：「瞧這兩人的武功，只怕也是此間的主人之一，兩人既然共同隱居在這種秘密之處，情誼必定非淺，爲何又要拚個你死我活，結果弄得誰也活不了？」一面說話，一面又自枯骨堆裡拾起了兩件東西。

江玉郎道：「這地底宮闕裡別的人都到哪裡去了，難道也都死光了不成？」

小魚兒道：「非但死光，而且還一定要是同時死光的，否則他們枯骨就絕對不會一直留到現在，害得咱們嚇一跳。」

江玉郎道：「他們若是同時死光，卻又是誰下手殺他們的？」

小魚兒嘆道：「我早就說過，此間必有絕大的秘密。」

江玉郎喃喃道：「有趣的秘密。」

小魚兒笑道：「很好，你終於學會了。」

這時，他們才發現這陰森森的屋子裡，還有五張矮几，几上居然還放著些筆墨、書冊。

小魚兒笑道：「看來這屋子居然是個書房，有趣有趣。」

他走過去，將矮几上的書冊隨意翻了翻，面色突然變了。江玉郎瞧了瞧他，也趕緊去翻另一張矮几上的書冊。

瞧了兩眼，他面色也變了。這些柔絹訂成的書冊上，記錄的竟是最高深的武功！

小魚兒和江玉郎的武功雖俱是名師傳授，但此刻仍不禁瞧得冷汗直冒，只因他們忽然發現自己以前所學的功夫，和這些武功比起來，簡直一文不值。兩人手裡拿著這絹冊，再也捨不得放下來。

良久良久，小魚兒透了口氣，道：「我知道了。這裡本來必定有五位絕頂高手，他們五個人一起在這屋子裡練武，有了心得，就趕緊在矮几上記錄下來。」

江玉郎道：「不錯，高手練武的所在，屋子必定要特別大了。」

小魚兒道：「五位高手，咱們已瞧見死了三個，若是我沒有猜錯，另外兩間屋子裡，必定還有另外兩具屍身。」

江玉郎道：「想來必定如此。」

小魚兒道：「走，咱們瞧瞧去吧。」

江玉郎的眼睛這時才從書上抬起來，失聲道：「走？……你說走？」

小魚兒道：「你突然聽不懂我的話了麼？」

江玉郎道：「但這些……這些武功秘笈……」

小魚兒道：「放在這裡，它們跑不了的。」

江玉郎垂頭道：「好，你說怎樣就怎樣……」突然自懷中取出了那金色的圓筒，獰笑道：「你可認識這是什麼？」

小魚兒像是一驚，道：「天絕地滅透骨針……」

江玉郎道：「不錯，算你還有些眼力……我本想出去之後，才用這對付你的，但現在，我卻再也不容得你。」

小魚兒道：「你殺了我，一個人留在這裡不害怕麼？」

江玉郎大笑道：「此間這絕世的武功，絕世的寶藏，已全是我的了，我等找著出路，立刻便成爲天下第一人，我還怕什麼？」

小魚兒嘆了口氣，道：「好，既是如此，你殺吧。」

江玉郎獰笑道：「你不怕？」

小魚兒突然大笑起來，笑道：「你這針筒是空的，我怕什麼？」

江玉郎變色道：「空的！」

小魚兒笑道：「你難道不想想，這針筒若不是空的，怎會被人拋在地上……這裡面的透骨針早已被他用來將那人殺死了，他殺過人後才會隨手將針筒一拋，如此簡單的道理，你難道都想不到麼？」

江玉郎顫聲道：「你……你……」

小魚兒道：「你方才假扮咳嗽，撿這針筒時，我早就瞧見了，若不是我早就知道這針筒是空的，怎會讓你去撿？」

他笑了笑，接道：「而且這『天絕地滅透骨針』，打造最是困難，昔年能製此針的，也不過只有『神手匠』一個人而已，如今他早已死了，這空的針筒，已是個廢物……哈哈，簡直比廢物都不如。」

江玉郎滿頭冷汗，道：「我……我方才不是真的要……要殺你，只是……」只聽「噹」的一聲，他手裡的針筒已落在地上。

小魚兒笑道：「我知道，你只不過是開玩笑的。」

江玉郎道：「我始終將你視如兄長，此心可誓天日。」他說的竟像是誠懇已極，居然沒有臉紅。

小魚兒笑瞇瞇瞧著他，道：「現在，你可以出去了麼？」

江玉郎道：「是。」垂首走了出去。

小魚兒大笑道：「江玉郎呀江玉郎，你真是個乖孩子！」

卅三 當代人傑

現在，小魚兒已在搬動那錫製的絞盤。

小魚兒道：「石屋子是墳墓，鐵屋子練武，金屋子藏寶，銅屋子放兵器，這倒都很合理，這錫屋子裡面是什麼，你猜不猜得到？」

江玉郎眨了眨眼睛，道：「莫非是臥房？」

小魚兒大笑道：「在錫屋子睡覺，那真是活見鬼了。」

那面錫牆已在移動，他話未說完，裡面突然撲出了一條猛獅，幾乎就撲到站在牆外的江玉郎身上。江玉郎吃了一驚，退出七、八尺。

再看那獅子毛髮雖存，但皮肉也已不見，只剩了一副骨架，一副駭人的骨架。小魚兒笑道：「這獅子想必是餓極了，一心想撲門而出，臨死前還倒在門上，不想卻害得咱們江公子又駭了一跳。」

說到這裡，他人已走了進去，突然失聲道：「原來用意在此！」

江玉郎跟過來，只見這間灰白色的屋子裡，竟是五光十色，琳瑯滿目，驟然望去，又彷彿是另一寶藏。

仔細一看，才發覺這「寶藏」不過是許許多多顏色不同，大小各異的小瓶子，每一個瓶子的形式都詭異得很。

小魚兒道：「你總該知道這些瓶子裡是什麼吧？」

江玉郎深深吸了口氣道：「毒藥！」

小魚兒道：「不錯，他們豢養這頭猛獅，正是爲了看守這毒藥的。」

小魚兒突然彎下了腰，道：「第四人的屍身果然在這裡！」

江玉郎瞧他只不過撿起了根骨頭，想了想，不禁失色道：「他……他的屍身，莫非已飽了獅吻？」

小魚兒嘆道：「這人也算是時運不濟，不但被人害死在這裡，屍身還餵了獅子……」

江玉郎突然咯咯笑了起來。

小魚兒道：「什麼事如此開心？」

江玉郎笑道：「你回頭瞧瞧。」

他手裡不知何時已多了黑黝黝的，像竹筒般的東西，口中哈哈笑道：「我運氣當真不錯，居然能找到這寶貝。」

小魚兒眨了眨眼睛，道：「這是什麼？」

江玉郎道：「你若不認得此物，當真是孤陋寡聞。昔年滇邊第一劍客『絕塵道長』，便是死在這東西手上。」

小魚兒笑道：「我還是不認得。」

江玉郎冷笑道：「告訴你，這就是昔年『白水宮』的『五毒天水』。無論是誰身上，只要沾著一點，不出半個時辰，便要周身潰爛而死。」

小魚兒笑道：「如此說來，你可得拿遠些，莫要濺著我。」

江玉郎道：「這一次，你再也休想跑了。我方才已試過，此中滿滿的盛著的一筒『五毒天水』，只要我手一動，你就完了。」

小魚兒苦笑道：「你難道非殺我不可？」

江玉郎道：「你方才若不多事，由得我把那些武功秘笈取走，我也許會容你多活些時，但現在你已非死不可了！」

小魚兒道：「你莫忘了，我本可殺你的，但卻沒有下手。」

突又大笑道：「但你且先瞧瞧我手裡是什麼？」

他手裡拿著的，竟是方才江玉郎拋在地上的「天絕地滅透骨針」的針筒。江玉郎大笑道：「我看你已駭瘋了，竟想拿這空筒子來嚇人。」

小魚兒笑嘻嘻道：「空筒子？誰說這是空筒子？」

江玉郎怔了怔，道：「你……你自己方才……」

小魚兒笑道：「不錯，我自己方才曾說是空筒子，但那不過是我騙你的，試想在那種時候，我不騙你騙誰？你可知道，這『天絕地滅透骨針』就因爲製作費時，是以每個針筒裡都有三套透骨針。」

他大笑接道：「這『天絕地滅透骨針』每筒只能用一次，用完了又得找那『神手匠』，還有誰會將它看得那般珍貴？如此簡單的道理，你難道都想不到！」

江玉郎的手已開始顫抖，道：「你……你休想騙我，你根本不知道……」

小魚兒冷笑截口道：「我不知道？我自幼生長在『惡人谷』，對這種歹毒的暗器，知道得會沒有你多？」

江玉郎的手已軟了，顫聲笑道：「大哥自然是見多識廣，小弟自愧不如。」

話未說完，他已將手裡的「五毒天水」放了回去。

小魚兒笑嘻嘻瞧著他，悠悠道：「我若不殺你，就是我活該倒楣，是麼？」

江玉郎道：「小……小弟年幼無知，胡言亂語，大哥你……你想必能原諒的。」他一面說，身子已一面往後直退。

小魚兒嘆了口氣，道：「你的確是個聰明人，知道的事的確不少，只可惜比我還差了一點！只差了那麼一點點……」

他手指輕輕一按，手裡針筒突然「喀」的一響。

江玉郎全身都軟了，幾乎嚇得暈了過去。但針筒裡什麼也沒有射出來。

小魚兒已將那五毒天水，拿在手裡，哈哈笑道：「告訴你，這針筒其實是空的。『天絕地滅透骨針』一發便是一百三十根，這小小的針筒裡，哪裡裝得下三套？如此簡單的道理，你卻想不到？」

江玉郎呻吟一聲，真的暈了過去。他自然不是被駭暈，只是被氣暈了。

銅燈裡油已快乾了。

江玉郎乖乖的爬回去那地洞，乖乖的加滿了油，又帶出些清水食物，乖乖的送到小魚兒面前。等到小魚兒吃完了，他才敢吃那剩下的。他爹爹此刻若是在旁邊瞧見，只怕要氣得直翻白眼。只因他對爹爹都從來沒有如此孝順過。

小魚兒抹著嘴，喃喃道：「只剩下最後一間屋子沒有瞧過了，出路，想必就在這屋子。嗯，不錯，將出路設在臥房裡，正是合理得很。」

他終於轉動了銀絞盤。這銀色的牆背後，竟是個奇妙的天地！

這裡，才真正是地下的宮闕，蕭咪咪那幾間屋子也算奢華的了，但和這裡一比，簡直像是土窯。

銀牆後是條甬道，地上鋪著厚厚的、柔軟的地氈，甬道兩旁，有六扇門，門上掛著珠簾。小魚兒他們走在繽紛的光影裡，就像是走入了七寶瑤池，走入了天上的仙境。

小魚兒卻根本瞧也不去瞧它，只是喃喃道：「奇怪，五個人，怎會有六間屋子？難道這裡還有第六個人？……縱有第六個人，只怕也是不會武功的，否則那邊又怎會只有五張矮几！」

說話間，他已走入了第一間屋子。

這屋子佈置得竟像是女子閨房，對旁的梳妝台上，居然還放著整套的梳妝用具，床後面居然還有個馬桶。

這一下，小魚兒倒真是怔住了。他瞪大眼睛，失聲道：「是女的？……這裡的主人會是女的，打死我也不相信。」

繡花的帳子，略垂下來的。

小魚兒掀開帳子，床上直直的躺著具骷髏。髮髻、環珮，還都完整的留在枕頭上，自然是個女子。

第二間屋子，還是間女子的繡房，床上躺著的還是個女的。第三間、第四間，全都是如此。

小魚兒直是搖頭，苦笑道：「原來這裡非但不止五個人，也不止六個人，原來這些武林高手是帶著老婆來的。他們被人害死，連老婆也被人害死了。」

江玉郎道：「看來這些女子全都是被人點了穴道，然後才慢慢被餓死的。」

小魚兒道：「這種死法，大概是世上最不好受的死法了。下手的這人，心腸看來竟比你還毒，手段竟比你還狠。」

江玉郎雖然垂下了頭，連臉都沒有紅。

他走入第五間屋子，又掀起了床帳，嘆道：「人真是奇怪得很，縱然明知這床上還是副女人骨頭，還是忍不住要掀起帳子來瞧一瞧。」

他話未說完，就知道自己弄錯了。這床上竟有兩具屍身，一男一女，男人面朝下，脊椎竟已被打得粉碎，顯然是一擊之下，便已斃命。

小魚兒吐了口氣，道：「這才真正是第五個人。」

江玉郎道：「那第六間屋子，只怕就是他的……」

小魚兒掀開了第六間房子的珠簾，他往屋子裡只瞧了一眼，整個人突然被駭得呆在那裡。

火光閃動下，一條頭戴珠冠、滿面虬髯的大漢迎門而坐，雙手按在桌子上，竟似要作勢撲起，驟眼望去，只見他濃眉如戟，環目圓睜，滿臉殺氣，仔細一瞧，他眼鼻七竅之中，俱都流出了鮮血，只是血跡早已乾枯，是以瞧不清楚。

小魚兒嘆了口氣道：「這人原來也死了。」

江玉郎摘下顆珠子拋過去，擊在這虬髯大漢身上，只聽「篤」的一聲，珠子竟又被彈了回來。

這人的身子竟堅硬如石！

小魚兒道：「這莫非只是個木偶？」

江玉郎道：「是人，死人。」

小魚兒嘆道：「說他是木偶，他的確像是個人，但說他是人，又怎會硬得像木頭一樣？」

江玉郎一言不發，走過去掀起了帳子。

床上，果然也躺著一個人，女人，絕色的女人。她身子果然也完整如生，一點也沒有腐壞，若不是臉色鐵青得可怕，她實在可算是世上少見的美女。

事實上，江玉郎簡直一生中從未見過如此美麗的女子，她臉色縱然鐵青，江玉郎縱然明知她是死人，但瞧過一眼後，仍不覺有些癡了。

小魚兒嘆道：「這女子活著的時候，想必不知要有多少男人被她迷死，蕭咪咪和她比起來，簡直是個醜八怪。我真不懂，她的屍身爲何也……」

江玉郎沉聲道：「這兩人的死法和別人不同，他們是中了一種極奇怪的毒而死的。這種毒性竟可以使他們的屍身永不腐爛。」

他嘆了口氣，緩緩接道：「看來，她對自己的容貌極爲珍惜……這原本也是值得珍惜的。」

小魚兒道：「你的意思是說她是自殺的？」

江玉郎道：「別人若要殺她，何苦去尋如此珍貴的毒藥？」

小魚兒點頭道：「這也有道理，只是……這男的又如何？瞧這男子死後數十年還有如此氣概，生前想必是個好角色。」

江玉郎道：「也許，他就是這裡真正的主人。」

小魚兒道：「不錯，他看來的確會有這麼大的手筆。」

江玉郎道：「若說那五個人都是被他殺死的，他自己又是如何死的？他的妻子又爲何要自殺？他和那五人又是什麼關係？他爲何要花費這許多人力物力來造這地下的宮闕？他爲何要藏得如此秘密？」

小魚兒苦笑道：「你這麼一說，把我的頭都說暈了。」

兩個人雖然都聰明絕頂，但還是打破頭也猜不透這秘密，兩個人的眼睛雖然都不小，但卻誰也沒有瞧見枕頭旁還有本絹冊——他們若瞧不見這本絹冊，就一輩子也休想猜得出這秘密。

幸好，小魚兒終於瞧見。

他翻了兩頁，突然大呼道：「在這裡……所有的秘密全都在這裡！」

淺黃的絹冊，秀麗的字跡，顯然是女子的手筆。

這正是此刻躺在床上這絕色女子一生淒涼、悲慘、離奇，幾乎令人難以相信的遭遇。她臨死前揭開了這地底宮闕的全部秘密。

自然，她不是寫給小魚兒看的，也不是寫給任何人看的，她只不過臨死前想將自己心事傾訴傾訴而已。只是，她死的時候這裡已沒有活著的人，於是她只有將心事付於紙筆。

她說：她的名字叫方靈姬，她的家本是江南的望族，她們家四代同堂，日子本來過得幸福而平靜。但她自己，並沒有享受過這享福的日子。

她四歲的時候，她母親帶她到蘇州去探親，等她回去的時候，她們家佔地百畝的莊院，已變爲一片瓦礫。她們家大大小小三百多口，已被人殺得乾乾淨淨。

仇人，自然要斬草除根。她和她母親就開始天涯亡命，她雖然沒有詳細敘出這一段經歷，但想必是充滿了辛酸和艱苦。

在這段艱苦的日子，她們終於查出了仇人的名姓！

歐陽亭。「當世人傑」歐陽亭！她的仇人竟是當日江湖中享譽最隆的俠士，武功最強的高手之一，家財億萬的富豪。

她母子孤苦伶仃，雖有些武功，但若想尋仇，實無異以卵擊石。她母親憂憤之下，終於一病不起。

三年後，她竟設法嫁給了她的仇人。她只有用她絕世的美貌，作爲她復仇的武器！

但歐陽亭一代人傑，畢竟不是容易被暗算的，她只有忍受著屈辱和憤恨，苦苦等候著復仇的良機。

不幸歐陽亭竟有個最可怕的習慣，他永不和任何人睡在一起。她和他雖是夫妻，竟也不知道他睡在哪裡。

小魚兒瞧了那虬髯珠冠的大漢一眼，道：「這小子想必就是歐陽亭了。」

江玉郎嘆道：「此人當真不愧爲一代人傑，方靈姬雖然恨他入骨，但筆下寫來，字裡行間，仍不禁流露出對他的佩服之意。」

小魚兒笑道：「只要假以時日，你就是第二個歐陽亭。」

江玉郎不敢答話，轉過話題，道：「奇怪的是，這歐陽亭在人世間既有名譽，又有地位，爲何又要建造這地下宮闕？是什麼事會讓他寧願過這種暗無天日的日子？」

小魚兒道：「你看下去不就可以知道了麼！」

於是，他們接著看了下去！

她說：「歐陽亭爲了建造這地下的宮闕，可說是費盡了心血，一年中總有三個月的時候，他要屏絕一切，來此督工。」

然後，他不知用了什麼手段，竟將當時武林中武功最高的五位高手騙到這裡，他說服他們要他們創造出一套驚天動地，空前絕後的武功。他說，這武功留傳後世，他們便可名留千古。

「千古留名」這句話，果然打動了這五大高手的心，他們合五人的智慧與經驗，共同探尋武功中最深奧的秘密。

但他們卻再也想不到，他們成功的日子，便是死的日子。

她這樣寫著：「到了這『地靈宮』裡，他終於不再獨睡，只因他對我絲毫沒有懷疑之心，他再也想不到我竟是他的仇人。我雖然有了下手的機會，卻始終沒有下手。

我還要等。

他還有個野心。在武林的記載和江湖的傳說中，古往今來，雖有不少稱雄一時的英雄，但卻從無一人的武功真的能橫掃天下。他便要做這空前絕後，震古爍今的英雄！

只可憐那被江湖人稱為『天地五絕』的五位高手，顯然要成為滿足他野心的犧牲，只因這五人各有弱點，而抓住別人的弱點，正是他最擅長的事，這五人也絕不會想到他的奸謀，只因歐陽亭的慷慨豪爽，天下知名。

他早已有殺他們的計畫，我雖不知道這計畫究竟如何，但歐陽亭的毒計，從來都是天衣無縫的。我縱有揭穿他陰謀之心，但卻抓不著他的證據，說來了別人也不會相信，我怎敢輕舉妄動。

但我早已準備好殺他的計畫，只等他成功之日。

現在，他成功的日子已快到了，他眼看便要到達前無古人成功的巔峰。

現在，在這裡等著他的是一杯毒酒。我要和他共飲……」

小魚兒眼睛像是有些濕了，突然將這本絹冊遠遠抛出，說道：「她爲何要將這些事寫下來？讓別人瞧見也難受，這豈非害人麼……女人，活見鬼的女人！」

江玉郎卻像是癡了，喃喃道：「人類成功的巔峰……空前絕後的英雄，唉！可惜呀，可惜！」

小魚兒瞧著歐陽亭的屍身，道：「他殺了『天地五絕』，正想和他的愛妻共飲一杯慶功之酒，哪知道這杯慶功的酒，卻是杯毒酒……哈，有趣，有趣。」

江玉郎嘆道：「這方靈姬倒也是了不起的人物，只是，她既然報了她的血海深仇，爲何要陪著她的仇人死呢？」

小魚兒長長伸了個懶腰，道：「我早就說過，女人的心事最難猜測，誰若花工夫去猜女人的心事，他不是呆子，就是瘋子，唉……女人……」

江玉郎道：「但她還是不得不殺他，殺了他後，她心裡又未嘗不痛苦，她只有陪著他死，只因她已沒法子一個人活下去。」

他長嘆一聲，悠悠道：「方靈姬之與歐陽亭，豈非正如西施之與吳王？唉，國仇家恨與深情厚愛，究竟孰重？只怕很少有人能分得清的。」

小魚兒瞧著他，突然笑道：「有時我真奇怪，不知你究竟是男是女？」

江玉郎怔了怔，失笑道：「你不知道我究竟是男是女？」

小魚兒道：「有時你心狠手辣，六親不認，但有時你又會突然變得多愁善感。男人，是很少這樣的，只有女人的心，變化才會這麼快，這麼多。」他大笑著接道：「若不是我親耳聽見蕭咪咪叫你小色鬼，我真要以為你是女扮男裝的……」

卅四　蓋世惡賭

突聽一人嬌笑道：「不錯，我可以爲他證明，他全身上下，每分每寸都是男人，絕沒有半分假。」

如此嬌媚的語聲，除了蕭咪咪還有誰！

小魚兒骨頭都彷彿酥了，要想回身，只覺一個尖尖的、冰涼的東西抵住了他的後腦勺子。

蕭咪咪柔聲道：「乖乖的，不要動，不要回身。」

她朝那已嚇呆了的江玉郎招了招手，道：「玉郎，你也過來好麼……嗯，這樣才是乖孩子，現在，你也背轉身，和他並排站著好麼。」

小魚兒只希望江玉郎莫要太乖，只希望他稍微有些反抗，那麼，小魚兒就可以將懷裡的「五毒天水」拿出來。

但這見鬼的江玉郎卻偏偏乖得很，低著頭，垂著手走過來。小魚兒朝他直打眼色，他也瞧不見。小魚兒恨得牙癢癢的，但也沒法子，一個人若被一柄劍抵住了後腦，他縱有一萬個法子也是使不出來的。

但他還沒有灰心，他還在等著機會，只要讓他能取出那「天水」，甚或那針筒，蕭咪咪可就完蛋了。蕭咪咪沒有完蛋，完蛋的是小魚兒。

她突然伸過手來，將小魚兒懷裡的東西都摸去了，咯咯笑道：「喲，小鬼，看樣子你們真得了不少好東西，『透骨針』、『五毒水』，幸好我沒有大意，否則可真慘了。」

小魚兒長長嘆了口氣，道：「現在我慘了。」

蕭咪咪笑道：「還不算太慘，暫時我還不會殺你。」

她突然將小魚兒的右手和江玉郎的左手拉在一起，笑道：「你們是好朋友，先拉拉手……」

小魚兒只覺江玉郎的手冷冰冰，不停地在發抖，滿手都是冷汗。其實，他自己的手又何嘗不是如此？只聽「喀」的一聲，兩個人的手上，突然多了副手銬，又黑又重的手銬，將兩人銬在一起。

蕭咪咪銀鈴般嬌笑著，終於走過來，走到他們面前，嫵媚的眼睛，笑瞇瞇地瞧著他們，柔聲道：「現在，你們真可以算是好朋友了，活要活在一起，死也要死在一起，誰都別想拋下另一個人走。」

小魚兒苦笑道：「現在，我倒寧願他是女的了。」

蕭咪咪道：「我喜歡你，在這種時候還能說笑話的人，世上並沒有幾個。」

江玉郎道：「你……你……你怎會來的？」

蕭咪咪眼波一轉，笑道：「你們奇怪麼？」

小魚兒嘆道：「若不奇怪那才見鬼哩！」

蕭咪咪道：「聰明的孩子們，你們怎麼也突然變得笨了，你想想，你們對我這麼好，我怎捨得悶死你們？」

小魚兒道：「我還是不大明白……」

蕭咪咪道：「那時，我雖然明知你躲在下面，但我還是不敢下去的，我根本不知道下面究竟是怎麼回事，若是下來了，不被你們弄死才怪。」

她嘆了口氣，接道：「你們對我，決不會像我對你們這麼客氣的。」

小魚兒道：「你的確太客氣了，所以你要悶死我們。」

蕭咪咪嬌笑道：「我想，這樣也許未必真的能悶死你們，但最少也可以讓你們不再防備著我。你們以爲我既然要悶死你們，就絕對不會再下來瞧的了，是麼？」

小魚兒嘆道：「我現在才知道，一個人若沒有被悶死，已是非常不幸，假如他再被女人喜歡上，那麼他更是倒了窮楣了。」

蕭咪咪咯咯笑道：「這話真好笑，真要笑死我了！我下次一定要告訴別人，被人討厭才不倒楣，被人悶死就是走運。」

她像是根本不再去聽小魚兒的話，她的心開始完全貫注在這屋子裡的東西上。

她將這裡每間屋子都仔仔細細搜索了一遍，那種仔細的程度，就好像個妒嫉的妻子搜查她丈夫的口袋一樣。

然後，她的臉上發了光，眼睛也發了光。她終於找著了她所要找的。

那是本淡黃絹冊，自然也就是那五大高手心血的結晶。

她將這絹冊捧在懷裡，貼在臉上，親了又親。她吃吃的笑個不停，喃喃道：「心肝呀心肝，我有了你，還怕什麼！今後天下武林第一高手是誰？你們可知道？……那就是我，蕭姑娘。」

江玉郎眼睛盯著她手裡的絹冊，幾乎已冒出火。

蕭咪咪摸了摸他的臉，咯咯笑道：「說起來，我還得感激你們，若不是你們，我怎會得到『它』？」

她輕盈地轉了個身，看起來真的像是年輕了十幾歲。

她接著笑道：「現在，你們領路，每個地方都帶我去瞧瞧，那些東西想來都是上天賜給我的，我若客氣，肚子會疼的。」

其實，蕭咪咪自己當真也未想到「上天賜給她」的東西竟會有這麼多，她簡直連眼睛都花了。

她將每間密室都瞧了一遍，然後，便瞧著小魚兒和江玉郎，她的眼睛看來是那麼溫柔；笑容看來是那麼甜蜜。

她柔聲笑道：「好孩子，你們可知道我爲什麼直到現在還沒有殺你們？」

小魚兒眼睛卻瞧著那面土門土牆，像是沒有聽見她的話。江玉郎臉色發白，根本已說不出話來。

蕭咪咪道：「老實說，叫我一個人在這種鬼地方兜圈子，我實在也有點害怕，所以，我自然要留下你們陪著我。」

江玉郎緊咬著嘴，臉色更白了。

蕭咪咪瞧了小魚兒一眼，笑道：「現在你們的任務已完了，你們兩個人已連成一個，要再從那地洞爬回去，看樣子也困難得很，不如就留在這裡吧。」

江玉郎嘴唇已咬破了，眼淚已不停地往下流。

江玉郎突然跪了下去，顫聲道：「求求你，莫要殺我，只要你放過我，我一輩子都做你的奴隸，無論你要我做什麼都可以……」

蕭咪咪道：「抱歉得很，只有這件事，我不能答應你，除此之外，你們無論想要怎麼樣死法，我都可答應的。」

她又瞧了小魚兒一眼，道：「小魚兒，你聽見麼？」

小魚兒眼睛仍在瞧著那土牆，茫然道：「嗯。」

蕭咪咪道：「有個最特別又最舒服的死法，我可以建議你們，不知你們願意不願意。」

小魚兒道：「嗯。」

蕭咪咪道：「我咬死你們，好嗎？」

她伸出纖纖玉手，摸著小魚兒的喉嚨，媚笑道：「我只要在這裡輕輕咬一口就行了。」

小魚兒眼睛瞬也不瞬，道：「嗯。」

蕭咪咪皺了皺眉，道：「那土牆有什麼好看的，你究竟在想什麼？」

小魚兒嘆了口氣，道：「我反正已要死了，想什麼都沒關係了。」

「我倒想聽聽。」

小魚兒道：「我看你還是趕緊殺了我算了，免得麻煩。」

蕭咪咪道：「你愈不說，我愈要聽。」

小魚兒又嘆了口氣道：「你既然要聽，我只好說。」

他眼珠子一轉，接道：「我在想，既然每扇牆裡面都有些古怪的東西，這面土牆後面就絕不可能是空的，但裡面究竟是什麼呢？」

蕭咪咪眼睛又亮了，道：「是呀，裡面會是什麼呢？」

她眼珠子也開始四下轉動，喃喃道：「只可惜這裡沒有土製的絞盤，這土牆不知要怎樣才能開開。」

小魚兒眨著眼睛道：「雖沒有土製的絞盤，但上面卻有個吊環還未拉過。」

蕭咪咪道：「呀，不錯，你快去拉拉看。若不將這土牆開開看，我以後怎麼睡得著覺呢！」

小魚兒滿心不情願地走過去，心裡卻歡喜得很。他其實也不知道這土牆裡是什麼東西，但想來必定不會是什麼好東西，只是，此時此刻，無論什麼東西，都已不可能令他的處境更壞了，他反正是一個死，土牆裡就算藏著群妖魔鬼怪又有何妨！

上當的，只不過是蕭咪咪。

那銅環吊得很高，拉起來很費力，小魚兒拉了拉，銅環本來動也不動，但小魚兒和江玉郎拚命一使力，銅環突然完全落了下來。

接著，只聽「轟隆隆」一連串大震，就好像山崩地裂似的，整整一面土牆，突然間完全崩潰！

一股洪水，有如排山倒海一般倒灌了進來！

蕭咪咪驚呼一聲，面色慘變——她平時面色雖然千變萬化，但這一次卻變得和平時大不相同。

她就像一個看見老鼠的小丫頭似的，拚命跳上了一架絞盤。怎奈那水勢來得實在太快，晃眼間已將那絞盤淹沒。

此刻她除了想趕緊逃走之外，別的什麼都顧不得了，甚至連小魚兒和江玉郎都可放過一邊。怎奈那唯一的一條逃路──那地道也被水灌了進去。

要知這塊地方，和地道那邊的出口「廁所」是平行的，所以地道中雖灌滿了水，水勢還是無法宣洩。

小魚兒和江玉郎此刻自然也已泡在水裡。江玉郎的水性竟然高明得很，踩著水就像踩在地上似的。

他瞧著蕭咪咪的模樣，臉上不禁露出惡毒的微笑，喃喃道：「這女妖怪居然不通水性，妙極！妙極。」

小魚兒大笑道：「這就叫歪打正著。」

江玉郎突然回頭瞧著他，道：「你會游水麼？」

小魚兒的手吊在他手上，聲色不動，笑道：「你難道忘了我叫什麼名字？天下可有不會游水的魚麼？」

他說得實在不像有半分假的，江玉郎瞪了他半晌，終於展顏一笑，道：「很好，好極了。」

水不停地往裡灌，整個屋子都快被灌滿了。

蕭咪咪非但不會水，而且看來還十分怕水，她此刻簡直慌了手腳，手腳亂動，愈動愈要往下沉。

江玉郎低聲道：「她雖不會水，但若沉得住氣，莫要亂動，也不會往下沉的。何況，她還有一身武功，縱然沉下去，也不會喝著水。」他陰陰的笑了笑，接道：「但像她現在這樣，卻是非喝水不可，兩口水喝下去，她就算有天大的本事，也完全沒用了。」

那邊蕭咪咪果然已喝了兩口水下去，忍不住嘶聲叫道：「救命呀……你們難道真的眼看我死麼？」

江玉郎柔聲道：「我們自然不忍瞧著你死的，只要你先將那秘笈拋過來，我就救你。」他現在自然還不敢過去，只因蕭咪咪若是一把拉住他，他也慘了。

但那秘笈若是在水中泡久了，字跡也難免模糊。

蕭咪咪現在倒是真聽話，立刻就將「秘笈」拋了過來，叫道：「快！快來救……」咕嘟，又是一口水灌了進去。

江玉郎趕緊將秘笈接住，小魚兒也不和他搶，因爲他接書的手本和小魚兒連在一起，他另一隻手是把著燈的，只聽他咯咯笑道：「傻孩子，你真以爲我會救你麼？」

蕭咪咪顫聲呼道：「求……求求你……」

江玉郎大笑道：「我要在這裡瞧著你喝水，一口口喝下去……等你死的時候，你肚子就會脹得像個球，那模樣想必好看得很。」

蕭咪咪大罵道：「你……你這狗賊。」

江玉郎道：「你罵吧，最好過來打我一拳……過來呀，你有這本事麼？」

蕭咪咪掙扎著想撲過去，但愈是掙扎，水喝得愈多。不會水的人被泡在水裡，那種恐懼和驚慌，若非嚐過滋味的人，誰也想像不出。

江玉郎大笑道：「今後天下武林第一高手是誰？蕭咪咪你可知道麼？……告訴你，那就是我江大少爺。」

小魚兒冷冷道：「只怕未必。」

江玉郎趕緊接著道：「自然還有咱們的魚兒。」

小魚兒嘆了口氣，道：「你我兩人，誰也莫要做這夢了。現在唯一的出口已被水淹，你我除非真的有魚那樣好的水性，否則照樣也得淹死在這裡。」

江玉郎怔了怔，立刻又變得面如土色，抓住小魚兒的手，道：「你……你快想想法子。」

小魚兒道：「我早已想過了，金、銀、銅、鐵、錫，都是死路，那石頭墳墓雖有道門向上面，但那門卻是從外面開的。」

江玉郎苦笑道：「墳墓的門自然是在外面開的，死人反正不會要出去……唉，該死，你我難道真的也要死在這裡！」

小魚兒道：「也許，咱們還有一條路可走。」

江玉郎大喜道：「什麼路？」

小魚兒道：「那木絞盤咱們還未動過。」

江玉郎喜色立刻又沒有了，恨聲道：「你難道忘了，咱們豈非就是從那木牆後出來的？」

小魚兒悠悠道：「咱們是往下面鑽上來的，上面呢？」

江玉郎大喜呼道：「不錯，我爲何沒有想到！」

小魚兒笑嘻嘻道：「只因爲我比你聰明得多。」

江玉郎嘆道：「此時此刻，還能想到這種事的人，除了你之外，實在不多了……」

只見蕭咪咪頭髮漂在水上，已完全不會動了。

江玉郎潛下水，搬動了木絞盤，他手上本來一直舉著燈的，但此刻一潛下水，四下立刻又是一片黑暗。

突聽「吱」的一響，大水忽然往外沖，小魚兒和江玉郎身不由主，也隨著水勢被沖了出去，心胸突然一暢。

木牆外，赫然正是出口，數百級石階直通上去，一線天光直照下來，江玉郎歡呼一聲，眼淚不覺又往下直流。

石階盡頭，竟然有天光照下，這的確也出人意外。

江玉郎滿心歡喜，卻又不禁奇怪，道：「這樣的出口倒也奇怪，難道不怕被人發覺麼？這裡一切既造得如此隱秘，出口本也該隱秘些才是。」

小魚兒笑道：「咱們從這裡瞧著雖不隱秘，想來必定是隱秘的。若不隱秘，這許多年早該有人尋來了。」

突然間，上面竟有語聲傳了下來。

兩人不禁又是一驚，腳步更輕、更快，一口氣跑上去，只見那出口處蓋著塊石板，兩旁卻留半寸空隙。

天光，便是自這兩條空隙中照下來的，語聲也是從這兩條空隙中傳下來。兩人又驚又奇，悄悄往外一瞧。

只見外面竟是個小小廟宇，但這廟宇裡供的是什麼神像，兩人卻瞧不見，只因那神像便在他們頭頂的石板上：誰能想得到一個小廟的神像下竟會有世上最神秘、最奇異，也最偉大的地底宮闕，誰能說這出口不隱秘？

外面，自然有張神案。此刻神案上並沒有香燭供禮，卻赫然有一雙腿，這雙腿黝黑如鐵，上面還長滿了黑茸茸的毛，褲管直捲到膝蓋，泥腳上穿的是雙草鞋，再往上面，他們便瞧不見了。

神案上還有個特別大的酒葫蘆、兩隻半燻雞、一大塊牛肉、一串香腸、一堆豆腐乾、一堆落花生。酒香、菜香，混合著那雙腳上的臭氣，隨風一陣陣吹下來，小魚兒聞了，當真可知是什麼滋味。

他真想衝出去，但瞧見神案對面站著的五個人，卻又不敢動了，非但不敢動，還幾乎驚呼出聲來。只見最左面站著的是個員外冠、福字履，肚子已漸漸開始膨脹的中年人，身上還掛著隻香袋。

他旁邊一人，衣服也穿得不錯，滿臉精明強幹的樣子，但瞧那氣概，卻必定是那富商的跟班長隨。

另外三個人竟赫然是那「視人如雞」王一抓、「天南劍容」孫天南，以及那銀槍世家的邱清波邱七爺。

他三人平日是何等飛揚跋扈，不可一世，但此刻一個個卻是垂頭喪氣，滿面俱是畏懼驚惶之色。

箕踞在神龕上的這位泥腿客，竟能使這三人如此畏懼，小魚兒委實想不出他是何等人物。

小魚兒既不敢妄動，江玉郎更不敢動了。

只見一雙毛茸茸的大手垂了下去，右手雖完完整整，左手卻只剩下拇指與食指兩根手指。

這雙手撕下條雞腿，用雞腿向那富商一指，道：「你過來！」

那富翁平日保養得法的一張臉，此刻已嚇得面無人色，一步一挨，戰戰兢兢走了幾步，顫聲道：「小人張得旺叩見大王。」

那洪鐘般語聲大笑道：「格老子，老子明明曉得你龜兒子就是城裡的土財主王陵川

王百萬，你龜兒還想騙老子。」

他一句話裡說了四句「老子」，兩句「龜兒子」，正是標準的四川土話，只是說來有些含糊不清，想來因為嘴裡正咬著雞腿。

那王百萬撲地跪倒，苦著臉道：「小人身上銀子不多，情願都獻給大王，只要大王……」

那語聲大罵道：「放屁，哪個要搶你龜兒子的錢！老子聽說你賭得比鬼還精，所以特地把你找來賭一賭的。」

王百萬喘了口氣，陪笑道：「大王若要賭，無論骰子、牌九、馬吊、花攤，小人都可奉陪，只是這裡沒有賭具，小人回城之後，一定準備得舒舒服服的和大王……」

那語聲拍案道：「哪個和你龜兒子賭這些囉裡囉嗦的東西，老子就和你賭猜銅板，是正是反，一翻兩瞪眼。」

王百萬吶吶道：「卻不知大王要賭什麼？小人賭本帶得不多。」

那語聲道：「老子賭你一隻手，一條腿……」

王百萬剛站起來，腿又軟了，噗地坐倒，咬牙道：「大王若輸了呢？」

那語聲道：「老子若輸了，就割一根手指給你。」

王百萬道：「這……這……」

那語聲怒道：「這個什麼！老子一根手指，就比你四條腿都貴得多！」

王百萬牙齒打戰，道：「小人不……不想賭。」
那語聲道：「格老子，不賭不行。」
王百萬像是也豁出去了，大聲道：「世上只有強姦，哪有逼賭的！」
那語聲咯咯笑道：「老子平生別的壞事不做，就喜歡逼賭。你龜兒子好賭一輩子，今天叫你遇見我『惡賭鬼』，算你走運。」
王百萬眼睛立刻圓了，失聲道：「你……你是軒轅……」
那語聲道：「老子就是軒轅三光，你龜兒子也曉得？」
王百萬苦著臉道：「城裡城外賭錢的人，都拿你來賭咒，誰要賭錢出郎中，就要他遇見軒轅三光，但……但我賭時從未騙過人，老天怎地也讓我遇見你？」
軒轅三光大笑道：「你既然知道老子，就該知道老子賭得最硬，從來不賴，你怕個啥子？」
只見一個銅板在空中翻了無數個身，「噹」的落在神案上，軒轅三光的大手立刻將之蓋住，大聲道：「是正是反？猜！快！」
小魚兒也在那裡直抽涼氣，他實在未想到這泥腿大漢，居然竟是「十大惡人」中的「惡賭鬼」軒轅三光！
他最未想到剛從「十大惡人」手裡逃脫，如今竟立刻又遇見一個，而且，看樣子，他遇見的「十大惡人」，竟是一個比一個兇惡！但他方才卻看見那制錢是「通寶」一面朝上，他相信王百萬必定也瞧見了，那麼這「惡賭鬼」豈非必輸無疑！

只見那王百萬連嘴唇都白了，嘴張了好幾次，還是說不出一個字，軒轅三光那隻手背上青筋暴露，也像是有點緊張，厲聲喝道：「快，再不說就算你輸了！」

王百萬道：「通……通寶！」

軒轅三光手一翻，大笑道：「龜兒子你輸了！」

王百萬眼睛一閉，小魚兒也吃了一驚。

他明明看見「通寶」在上，怎地變了？莫非是軒轅三光故意要王百萬看見是「通寶」，等他手蓋下去時就變了過來！

嚴格說來，這手法並不能算是騙人呀，誰叫王百萬要偷看的？小魚兒暗中嘆了口氣，苦笑忖道：「這惡賭鬼倒真是厲害！」

軒轅三光笑道：「你輸了，還不快切下一條腿、一隻手來抵帳。」

王百萬嘶聲道：「小人……小人情願將城裡的十一家當舖都過戶給你老人家……再加上城北那三家米店，只求你老人家饒了小人這一次。」

軒轅三光咯咯笑道：「你這爲富不仁的老畜牲，你以爲老子真要你的那條豬腿麼？老子雖然也是惡人，但卻最看不慣你專會在窮人頭上打主意！」

他一拍桌子，大聲道：「當舖和米店老子都收下，快滾去將條子打好，等著老子去拿，反正老子也不怕你龜兒子賴帳。」

王百萬道：「是，是……」屁滾尿流，連滾帶爬地逃了。

他那邊剛逃，這邊他那跟班的已跪了下來，道：「小人不過是個低三下四的人，你老人家想必不屑和小人賭的，求你老人家就放了小人吧。」

軒轅三光大笑道：「你龜兒錯了，你知不知道老子還有個外號叫『見人就賭』，皇帝老子也跟他賭屁。」

那跟班的狠了狠心，道：「你老人家要賭什麼？」

軒轅三光道：「老子賭你知不知道自己身子有多少個鈕扣。你若輸了，老子就割下你的鼻子，你若贏了，老子就把那十七家當舖，三家米店都給你。」

那跟班的面色如土，情不自禁用手掩住了鼻子。

軒轅三光大笑道：「想想看，若憑你自己，一輩子也休想發這麼大的財……呔，不准往身子看，否則老子就先挖出你的眼珠。」

那跟班的眼睛果然只敢直勾勾的瞧著前面，道：「但那當舖和米店，現在還在王老爺手裡。」

軒轅三光笑道：「你龜兒放心，只要你贏了，老子負責要他給你！」

那跟班的突然一笑，道：「小人從小有個毛病，專喜歡將扣子吞下肚，所以小人的娘替小人做衣服時，從來不用鈕扣，都是用帶子繫著的，長大了也成了習慣！」

卅五　智得銅符

那跟班站了起來，拍了拍自己衣裳，道：「所以小人從裡到外，從頭到腳，身上一粒扣子也沒有。」

軒轅三光像是也怔住了，王一抓、邱清波等人看來也想笑，卻又笑不出，小魚兒若不是拚命忍住，早已笑破了肚子。

「這惡賭鬼原來也有上當的時候。」

軒轅三光怔了半晌，突也大笑起來，道：「算你龜兒走運，回去等著當大老闆吧！」

那跟班的躬身行了一禮，笑道：「小人叫王大立，日後你老人家進城時，千萬莫忘了到小人店裡去，小人自當略盡地主之誼。」

他四面作了個揖，笑嘻嘻走了！

軒轅三光大笑道：「王大立，你這龜兒當真是從頭精到腳……」他轉眼間贏了百萬家財，轉眼間又輸出去，卻像是全不在乎，反而笑得開心得很。

邱清波全身突然變得不自然起來，想必是軒轅三光的目光已轉到他身上，他臉上也漸漸發白。

邱清波厲聲道：「你若要賭，在下可以奉陪，否則……」

軒轅三光格格笑道：「不錯，堂堂邱公子，自然是吃喝嫖賭，樣樣精通，你要賭什麼，花樣不妨由你出，老子都奉陪，賭注可要由我。」

邱清波笑道：「只望你賭注莫要下得太大，正如你所說，在下正是吃喝嫖賭，樣樣精通，你也未必贏得了。」

軒轅三光縱聲笑道：「你龜兒這是在唬老子！老子從六歲就開始賭，天下無論哪種賭法，老子至少也要比你龜兒強些。」

邱清波冷冷道：「無論哪種賭都有假，除了一種。」

軒轅三光道：「你說哪一種！」

邱清波道：「在下腰畔這繡囊中，有幾錠紫金錠，你猜是單是雙？」

軒轅三光又撕下條雞腿，一面大嚼，一面道：「聽說你的老婆本是蘇州第一美人……」

他只說了一句，邱清波臉色已變了，失聲道：「你……你想怎樣？」

軒轅三光道：「老子就賭你的老婆，你輸了，就將老婆讓給我，老子輸了，也將老婆讓給你……三個老婆都讓給你，讓你佔個便宜。」

邱清波面如死灰，道：「你……你瘋了……」

軒轅三光大笑道：「老子清醒得很！」

邱清波厲聲道：「不可以……萬萬不可以。」

軒轅三光道：「花樣是你出的，你現在已非賭不可，反正老子也未必會贏的。」

邱清波站在那裡，全身顫抖。他若萬一真的將老婆輸了，以後他還有何面目去見親戚朋友？

他出身世家，這個人他怎丟得起？

軒轅三光悠悠道：「現在老子要猜了，你那裡面的紫金錠子是……」

邱清波狂吼一聲，道：「且慢！」

軒轅三光道：「還要等什麼？」

邱清波厲聲道：「你怎可逼使每個人都非和你賭不可？」

軒轅三光笑道：「遇見惡賭鬼，不賭也得賭。」

邱清波冷笑道：「但有一種人你卻萬萬不能逼他和你賭的。」

軒轅三光道：「哦，有這種人？」

邱清波大喝道：「當然有。」

軒轅三光道：「你且說說是哪一種人？」

邱清波道：「死人！」

突然反手一掌，向自己「天靈」拍了下去。

世上竟有寧可自殺，不肯丟人的硬漢，這倒是出人意外——世家子弟的行爲，有時的確是別人想不通，也想不到的。

軒轅三光顯然也吃了一驚，雞腿也掉在桌上，他此刻自然只去瞧邱清波的屍身，絕不會去留意王一抓。

但小魚兒卻瞧王一抓與孫天南打了個眼色，也許是邱清波的死激發了他們的豪氣。兩個突然飛身而起，向軒轅三光撲了過來。

小魚兒瞧得清楚，只見這兩人身法既快，出手更狠，王一抓的一雙手掌，幾乎已完全變成死黑色。

他倒並沒有打招呼，他們就是要軒轅三光措手不及！

以小魚兒看來，世上能躲得過他兩人全力這一擊的人，只怕不多，簡直可以說沒有幾個。

以江玉郎看來，軒轅三光更是凶多吉少。

只聽軒轅三光怒喝一聲，兩隻拳頭飛了出去。

小魚兒和江玉郎也瞧不清他用的是什麼招式，只聽得「砰，砰」兩聲，王一抓和孫天南便飛了出去！

他隨手兩拳，竟然就將兩個武林高手擊退，那麼狠毒的招式，到了他面前，竟好像完全沒有用了。

小魚兒倒抽了一口涼氣，只見孫天南如斷了線的風箏似的，直飛出窗外，遠遠跌了下去！

又見王一抓凌空一個翻身，飄落在地上，居然拿樁站穩了，只是那張本已乾枯的臉，此刻更難看而已。

軒轅三光大笑道：「好，你龜兒子果然有兩下子。」

王一抓道：「哼。」

軒轅三光道：「現在你賭不賭？」

王一抓咬了咬牙，道：「賭！」

軒轅三光道：「老子先賭那孫天南胸口十八根骨頭都已斷了，若有一根不斷的，老子就算輸，輸腦袋給你！」

王一抓道：「嗯。」

軒轅三光道：「老子再賭這一拳已打死了你，你若能不死，隨便用你哪雙鬼爪子在老子喉嚨上抓幾個洞都沒關係。」

王一抓默然半晌，嘴角泛起一絲慘笑，道：「我輸了！」他前面說的幾個字，都是閉口音，此刻「了」字一出口，一口鮮血隨之噴出，人也仆地而倒！

江玉郎瞧得手腳冰冷，只見桌子上的兩條泥腿，緩緩移了下去，接著，便現出了他的背。

他穿的是件破破爛爛的衣服，身子又高又大，一個肩膀似乎有別人兩個那麼寬，一個頭也有別人兩個那麼大。

只聽他喃喃道：「無趣無趣，老子不想殺人，這些龜兒子偏要老子殺，老子一心想賭，這些龜兒子偏不陪老子賭。」

他反手拿起那酒葫蘆，拖著腳步走了出去，走到門口，長長伸了個懶腰，嘆了口氣，喃喃又道：「這年頭像王大立那樣的賭鬼，怎地愈來愈少了……」

小魚兒這才鬆了口氣，吐了吐舌頭，道：「這賭鬼好厲害的武功。」

江玉郎道：「咱們還不趕緊跑？」

小魚兒笑道：「格老子，不跑的是龜兒子。」

這兩句話他竟已學會了——無論是誰，要學另一省的方言，那些罵人的話，總是學得最快的。

兩人一搭一檔，總算將上面的石板抬起，一溜煙鑽了出去，這才瞧見，供的神像是趙玄壇。

小魚兒順手抓起隻雞，邊吃邊笑道：「只可惜咱們沒有瞧見那『惡賭鬼』的臉，不知道他長得是否和這位趙將軍差不多……也許還黑一點。」

江玉郎道：「求求你，快走吧。」

小魚兒笑道：「你想追上那賭鬼麼？」

江玉郎呆了呆，嘆了口氣。

小魚兒道：「吃雞呀，不吃白不吃。」

突然瞧見江玉郎的眼睛發直，他回過頭，便終於瞧見了「見人就賭，惡賭鬼」軒轅三光的臉。

只見他面如鍋底，滿臉兜腮大鬍子，一雙眉毛像是兩根板刷，眼睛卻像是一隻銅鈴，他眼睛已只剩下一隻，左眼上罩著個黑布罩子，卻更增加了他的慓悍，兇猛之氣，也增加了幾分神秘的魅力。

此刻，這一隻銅鈴似的眼睛正瞪著小魚兒。

小魚兒咧嘴笑了笑道：「這雞的味道不錯，只可惜沒有酒。」

軒轅三光目光閃動，像是覺得很有趣，居然將那特別大的酒葫蘆送到小魚兒面前，嘻嘻一笑道：「這酒兇得很。」

小魚兒仰起脖子，「咕嘟咕嘟」，一口氣喝了十來口之多，伸手抹了抹嘴，居然面不改色，笑嘻嘻道：「這麼淡的酒你還說兇？你當我是小孩子！」

軒轅三光笑道：「你這小鬼倒有趣，從哪裡來的？」

小魚兒眨了眨眼睛，道：「哪裡來的？自然是從窗子裡爬進來的。」

軒轅三光道：「從窗子裡爬進來偷人家的雞，還敢理直氣壯？」

小魚兒道：「死人可以從窗子裡飛出去，活人爲什麼不能從窗子裡爬進來？」

軒轅三光臉一沉，道：「你早就來了？」

小魚兒笑嘻嘻道：「不能來麼？」

軒轅三光瞪起眼睛，厲聲道：「你小小年紀，到這荒山來作什麼？」

小魚兒道：「作什麼？找人賭一賭呀。」

軒轅三光瞪著眼瞧了他半晌，哈哈大笑道：「有趣有趣，實在有趣……」一把將小魚兒手裡的酒葫蘆搶了過來，「咕嘟咕嘟」灌了十來口下去。

小魚兒又從他手裡將酒葫蘆搶過來，也灌了十來口，笑道：「你莫小氣，煙酒不分家，有酒大家喝。」

軒轅三光目光閃動，獰笑道：「你這小鬼居然不怕我？」

小魚兒也瞪起眼睛，齜牙笑道：「格老子，我既沒有當鋪給你，也沒有老婆輸給你，最多也不過輸個腦袋給你，我爲什麼要怕你？」

軒轅三光大笑道：「你竟敢和老子賭腦袋？」

小魚兒道：「爲什麼不敢？不過……你的腦袋我卻不要，你腦袋我嫌太大了，口袋裡放不下，提在手裡又太重。」

只聽一人緩緩道：「這腦袋我要。」

軒轅三光的狂笑聲，就像是被人一刀砍斷似的突然停頓，小魚兒也不覺瞪大了眼睛，閉緊了嘴。

這語聲雖然緩慢，雖然只說了五個字，但已顯示出一種堂堂的氣勢，一種莊嚴的懾人之力。

軒轅三光背對著門，此刻仍沒有回頭，只因他已覺出有一股殺氣襲人而來，若他一動，先機盡失！

他只是緩緩道：「是誰敢要軒轅三光的頭顱？只要真的是英雄好漢，軒轅三光又何惜將這大好頭顱相送！」

那人緩緩道：「軒轅三光果然豪氣如雲，果然痛快！」

一個烏簪高髻，白襪藍袍的清癯道人，隨著語聲，緩步走了進來，他右手緊握著懸在左腰的劍柄，劍已出鞘四寸！

雖只出鞘四寸，但卻有一股凌厲的劍氣逼人眉睫！

軒轅三光厲喝道：「來的可是峨嵋掌門？」

小魚兒自然認得這藍衫人便是神錫道長，但軒轅三光連頭都未回，卻又怎會認出了他？

這惡賭鬼莫非連背後都長了眼睛不成！

神錫道長似乎也覺得有點奇怪，沉聲道：「閣下怎知是貧道？」

軒轅三光縱聲大笑道：「若非一門一派的宗主掌門，誰能有如此堂堂的劍氣！」

神錫道長緩緩道：「軒轅三光，果然了得！」

軒轅三光突然頓住笑聲，道：「只是，道長未入門，劍已出鞘，難道不怕失了你宗主掌門的身分？」

神錫道長神色不變，冷冷道：「面對名震天下的軒轅三光，貧道不能不分外小心。」

軒轅三光喝道：「如此說來，道長是一心想要某家的腦袋了？」

神錫道長沉聲道：「此乃峨嵋聖地，殺人者死！」

軒轅三光狂笑道：「好一個殺人者死！道長莫非要某家爲這幾塊廢料償命不成？」

神錫道長道：「貧道並非爲人報仇，只是護山之責，責無旁貸！」

軒轅三光厲聲道：「很好，只是……某家的頭顱雖在，道長卻未必便能隨意取去！」

神錫道長道：「軒轅三光先生一生好賭，也不知贏過多少人的大好頭顱，此番縱然將頭顱輸給貧道，想來也不算什麼！」

軒轅三光大笑道：「如此說來，道長莫非有意和某家賭一賭？」

神錫道長道：「正是如此！」

小魚兒瞧著神錫道長那已洗得發白的藍袍，瞧著那瘦削的身子，瞧著他那緊握著劍柄的枯瘦的手指……

就這樣一個人，竟使得軒轅三光連身子都不敢轉過來，這又是何等的氣概，這又是何等的威風！

小魚兒暗嘆忖道：「我就是天下第一個聰明人，我就算比你聰明百倍，但我不能令別人如此怕我麼？看來，一個人還是應該好好練成武功，否則他一輩子也休想如此威風，一輩子也休想如此神氣！」

這武林名家的風範，的確是令人羨慕，就算是他說出來的話，那份量也和普通人絕不相同。

他「正是如此」四個字說出來，軒轅三光面上已再無笑容，沉聲道：「但不知要如何賭法？」

神錫道長道：「你我俱是武林中人，要賭，自然是賭一賭武功之高下！」

軒轅三光道：「動手拚命，也算是賭麼？」

神錫道長道：「以身體爲賭具，以性命作賭注，世間之豪賭，還有什麼能與此相比，這怎能不算是賭！」

軒轅三光厲聲道：「好，你以什麼來換某家的頭顱？」

神錫道長道：「自然是貧道的頭顱。」

軒轅三光道：「不行，如此賭法，太便宜了你！」

神錫道長冷冷道：「貧道自六歲出家，至今位居當代『七大劍派』之一『峨嵋』之掌門，門下三代弟子，兩千七百三十二人，掌門銅符到處，不但本門子弟伏首聽命，便是其他的門派，也得給貧道這個面子。」

他聲色俱厲，叱道：「這樣的頭顱，還抵不過你的？」

軒轅三光道：「你頭顱雖好，只可惜某家要來無用，而你取了某家的頭顱，不但維護了你峨嵋聖地的威風，又增長了你自家的聲望！」

他縱聲大笑道：「這樣算來，某家豈非吃虧太大？這樣的賭法，某家不賭！」

神錫道長冷笑道：「閣下只怕已是不能不賭了。」

軒轅三光咯咯笑道：「這句話某家不知向別人說過多少次，不想今日竟有人來向我說，只是……你雖想要我的頭顱，我卻不想要你的，我難道不能一走了之？」

神錫道長道：「你走得了麼？」

軒轅三光道：「我走不了？」

神錫道長默然半晌，緩緩道：「你要怎樣？」

軒轅三光道：「除非你拿出一樣能抵得過某家頭顱之物，否則某家絕不和你賭。」

神錫道長道：「普天之下，要有什麼樣的東西才能抵得過軒轅三光的頭顱？」

軒轅三光道：「這樣的東西委實不多，但你身旁卻有一物，勉強也可充數了。」

神錫道長微微動容道：「那是什麼？」

軒轅三光厲聲道：「那便是你的掌門銅符！」

神錫道長聳然道：「掌門銅符？」

軒轅三光道：「不錯，你勝了我，儘管割下我的頭顱，我若勝了你，卻留下你的性命，只是你的峨嵋掌位，要讓我來過過癮。」

神錫道長面色沉重，緩緩道：「除此之外……」

軒轅三光道：「除此之外，別無他途！但某家卻還可給你個便宜。」

神錫道長道：「如何？」

軒轅三光道：「某家就這樣站在這裡，讓你砍三劍，你三劍若是傷了某家，某家自然就算輸了，某家雙腳若是離了地，移動了位置，也算輸了。」

小魚兒再也想不到他竟會想出如此狂妄的賭法，他算來算去，這樣的賭法委實連一分勝的希望都沒有。

人站在那裡，雙腳也不能動，豈非和木頭人差不多？神錫道長領袖劍法以辛辣見長的峨嵋劍派垂三十年，劍鋒之下，飛鳥難渡。

他難道竟會連個木頭人都砍不中？

小魚兒暗暗笑道：「這『惡賭鬼』提出這樣的賭法來，莫非是吃錯藥了？」

但神錫道長面上還是聲色不動，尋思半晌，道：「你還不還手？」

軒轅三光冷笑道：「自然不還手！」

到了這時，神錫道長縱然沉著，面上也不禁露出喜色，大聲道：「好，貧道賭了！」

軒轅三光道：「你的銅符在哪裡？」

神錫道長想了想，道：「銅符便在貧道腰畔，勞駕小施主取去給他瞧瞧。」

他這話自然是對小魚兒說的。要知道他此刻蓄勢已久，正如箭在弦上，滿引待發，若是鬆開手去取銅符，氣勢便衰！

何況他握著劍柄的手若是一鬆，軒轅三光立刻便要回過身來，那時情況難免又要有所變化！

他此刻腦中已有必勝之道，自然不願情況有絲毫變更。

軒轅三光大笑道：「神錫道長，果然精明，但這小鬼卻是頑皮得緊，你信得過他麼？」

神錫道長正色道：「這位小施主年紀雖輕，但來日必將爲武林放一異彩，成就必定無人能及，又怎會將區區一面銅牌放在心上？」

小魚兒忍不住大笑道：「我爲道長跑跑腿沒有關係，道長不必如此捧我。」

嘴裡雖然這麼說，其實心裡也不禁得意非常。當下從神錫道長後面繞過去，取下了他腰間的銅符。

神錫道長沉聲道：「但望小施主小心保管。」

小魚兒笑道：「道長放心，我也不必給他瞧了，反正這銅符絕不會是他的。」

軒轅三光大笑道：「受了別人幾句話，立刻就咒我輸麼？」

小魚兒笑嘻嘻道：「你反正輸定了，我咒不咒都一樣。」

軒轅三光冷笑道：「看來，只怕你要失望了。」

神錫道長叱道：「閣下可曾準備好了？」

軒轅三光道：「你還未進門時，某家已準備好了。」

神錫道長道：「既是如此，貧道這就出手！」

這句話說出口來，四下突然再無聲息，甚至連喘息的聲音都沒有，每個人唯一能聽到的，便是自己心跳的聲音。

「嗆啷」一聲，神錫道長長劍出鞘。那森森的劍氣，映得他鬚眉皆碧，映得遠處木葉都彷彿有了殺機！

軒轅三光卻仍背對著他，山嶽般峙立不動。

神錫道長誠心正意，均勻的呼吸三聲，劍鋒平平移動，突然間，劍光化爲碧綠，一劍刺了出去！

這一劍正是刺向軒轅三光兩腰之間脊椎上的「命門穴」，也正是軒轅三光全身的中樞所在！

軒轅三光無論如何閃避，身子都必定要爲之傾斜，神錫道長這一劍並非要求傷人，只不過要他身子失去均勢。

那麼，神錫道長第二劍便可盡佔先機！

小魚兒暗嘆忖道：「名家的出手，氣派果然不小，若是第一劍想傷人，豈非顯得太小家子氣！」

只見軒轅三光熊腰一擰，霍然轉過半個身子，腹部猛力收縮，這一劍便堪堪貼著他肚子刺了過來！

但這一劍含蘊不致，後力無窮。

神錫道長不等招式用老，手腕一扭，劍勢已變「刺」爲「削」，平平削向軒轅三光的胸腹！

他招式變化之間，竟無空隙，小魚兒瞧得不禁搖頭，軒轅三光只怕連這第二劍都已無法躲過了！

哪知軒轅三光的腰竟似突然斷了，他下半身好像生了根似的釘在地上，上半身卻突然倒下。

他整個人就像是根甘蔗似的被拗成兩半，神錫道長的第二劍便又貼著他的面目削過！

這一劍當真是避得險極！妙極！

小魚兒幾乎忍不住要拍起手來，誰能想到長得像巨無霸一般的軒轅三光，竟然也有如此驚人的軟功！

神錫道長微微一笑，劍鋒又一轉，突然迴旋削去，竟閃電般削向軒轅三光左腿的膝頭！

這一劍變化得更快，一霎眼功夫，三劍都已使出，當真是一氣呵成。神錫道長竟似早有成竹在胸，竟早已將劍式計算好了，軒轅三光這一擰、一折，竟早已全都在他的計算之中！

軒轅三光第二劍躲得雖妙，卻無異將自己驅入了死路。他此刻身子之變化，已至極限，已變無可變。

何況，他縱然勉強躍起避過一劍，也還是輸了——他已有言在先，只要雙腳離地就算輸！

小魚兒暗道：「惡賭鬼呀惡賭鬼，看來你此番腦袋是輸定了。」

哪知他一念尚未轉完，軒轅三光那就像條毛巾擰絞著的身子，突然鬆了回去，彈了回去。他本來臉朝上，此刻身子一轉，臉突然朝下，竟張開大嘴，一口咬在神錫道長握劍的手腕上！

神錫道長做夢也想不到他竟有這一著，手腕被咬，痛澈心骨，長劍再也把握不住，「噹」的落在地上！

軒轅三光大笑而起，道：「你輸了！」

小魚兒不禁瞧得怔了，神錫道長更是面如死灰，站在那裡，直怔了半盞茶功夫，吃吃道：「這……這算是什麼招式？普天之下，無論哪一門，哪一派的武功中，只怕也都沒有這樣的招式。」

軒轅三光道：「招式是死的，人卻是活的，活的人為什麼定要用死招式？」

神錫道長道：「但你說過絕不還手！」

軒轅三光大笑道：「不錯，我說過不還手，但卻未說過不還嘴呀！」

神錫道長默然半晌，慘然一笑，道：「是，貧道是輸了……」

軒轅三光攤開大手，笑道：「銅符拿來。」

小魚兒淡淡道：「這銅符暫時還不算是你的。」

軒轅三光獰笑道：「你這小鬼想怎樣？」

小魚兒笑道：「你不是『見人就賭』麼，為何不和我賭一賭？你若贏了我，不但銅符是你的，我的人也是你的，你若輸了，這銅符就該給我。」

軒轅三光怪笑道：「你也想賭？」

小魚兒道：「嗯。」

軒轅三光道：「你要以你的人來賭這個銅符？」

小魚兒道：「賭得過麼？」

軒轅三光道：「我贏了你又有何好處？」

小魚兒道：「好處多著哩！一時也數不盡，你無聊時，我可找人來陪你賭，你沒有酒喝時，我可替你騙酒來，只要你贏了我，包你一生受用無窮。」

軒轅三光大笑道：「我這老賭鬼有個小賭鬼陪著，倒也的確不錯。」

小魚兒道：「你賭了？」

軒轅三光道：「你要如何賭法？」

小魚兒笑嘻嘻道：「賭注是我出的，如何賭法，就該由你作主。」

軒轅三光撫掌道：「有意思有意思……」

小魚兒一隻手摸著身上的扣子，笑道：「你可要賭我身上的扣子有多少？」

軒轅三光眼睛一亮，大聲道：「好，我就賭你絕不會知道你身上的疤有多少！」

江玉郎暗嘆一聲，忖道：「小魚兒，這下你可要完了。」

他心裡雖然開心，又不免有些難受，無論如何，小魚兒究竟是和他共過生死患難的朋友。

黯然站在一邊的神錫道長，此刻神情更是黯然。

小魚兒的衣襟是敞開著的，他臉上是疤，身上更滿都是疤，大多數是他小時獅子老虎在他身上留下的傑作，還有小半是刀疤，就算讓他脫光衣服，自己去數一數，也未必就能數得清楚。

沒有九分勝算的事，軒轅三光是絕不賭的。

小魚兒也怔住了，吃吃道：「你真的要賭我身上的疤？」

軒轅三光大笑道：「自然是真的。」

小魚兒道：「好，我告訴你，我身上的疤一共有一百個。」

軒轅三光道：「整整一百個？」

小魚兒道：「不錯，整整一百個。」

他竟然說得截釘斷鐵，像是有十分把握，不但軒轅三光臉色變了，江玉郎也不禁怔在那裡。

這小妖怪難道竟真的知道自己身上的疤有多少？

軒轅三光怔了半晌，怪笑道：「好，你脫下衣服，讓我數數。」

小魚兒居然就真的脫光衣服，讓他數，自己也從地上拾起那柄解腕尖刀，陪他一起數。

軒轅三光突然大笑道：「九十一……你身上的疤只有九十一個，你輸了！」

小魚兒道：「哦，九十一個麼？只怕未必吧。」

他口中說話，手裡的刀飛快地在自己身上劃了九刀！劃得雖然不重，但鮮血仍然流了一身。

軒轅三光道：「這算什麼？」

小魚兒面不改色，道：「這就算你輸了。」

軒轅三光喝道：「放屁！你……」

小魚兒笑嘻嘻截口道：「九十一道舊疤，再加上九道新疤，正好是一百，你自然輸了！」

軒轅三光大怒道：「這也能算麼！」

小魚兒大笑道：「為何不能算？你只賭我身上的疤有多少，卻又未曾規定新疤還是舊疤，難道你還想賴麼？」

軒轅三光呆了半晌，突也大笑道：「有意思有意思，你這小鬼的確有意思……好，某家就算輸給你了。」

他轉向神錫道長招手笑道：「來來來，還不快來見過你家的新任掌門。」

神錫道長神情慘黯，卻強笑道：「峨嵋派日漸老大，正是要閣下這樣的少年英雄出來整頓整頓，貧道已老了，本已早該退位讓賢。」

小魚兒笑道：「你真要我做峨嵋掌門？」

神錫道長長髯在風中不住飄動，緩緩道：「銅符能在閣下手中，已是峨嵋之幸，貧道……」

話未說完，突然一件東西落在手裡，卻正是那掌門銅符，小魚兒的一雙眼睛，正笑嘻嘻地瞧著他，道：「做了峨嵋掌門，又要吃素，又要唸經，我可受不了，求求你，莫要害我，這玩意兒還是你拿回去吧。」

神錫道長又驚又喜，呐呐道：「但……但閣下……閣下如此大恩，卻教貧道……如何……」

小魚兒大笑道：「這又算得了什麼？我前程遠大，又豈會將這區區銅牌瞧在眼裡，這話本是你自己說的，是麼？」

神錫道長手掌緊握著那銅符，目注小魚兒，也不知瞧了多久，突然深深一揖，恭身合什道：「既然如此，貧道就此別過。」

卅六　貌合神離

他轉過身子，竟頭也不回的去了。

軒轅三光笑罵道：「這牛鼻子好沒良心，居然連謝都不謝你一聲。」

小魚兒道：「大恩不言謝，這話你都不知道！」

他一面說話，一面撕下塊衣襟，去纏肩上的新傷，只是一隻手仍和江玉郎的銬在一起，行動自然不便。

軒轅三光奇道：「你兩人爲何如此親熱……」

小魚兒笑道：「你若能叫我們不親熱，就算你有本事。」

軒轅三光又拾起那柄刀，突然一刀向那手銬上砍了下去，只聽「錚」的一聲，火星四激，尖刀竟斷成兩段！

江玉郎嘆了口氣，小魚兒笑道：「你瞧，我和他是不是非親熱不可？」

軒轅三光笑道：「那也未必，你若不願和他親熱，某家不妨砍下他一隻手來。」

江玉郎面色慘變，小魚兒已笑道：「縱然砍下他的手，這鬼玩意兒還是在我手上，倒不如留他在我身旁，還可陪我聊聊天。」

軒轅三光瞧著江玉郎的眼睛，緩緩道：「你若不砍下他的手，只怕總有一日他要砍掉你的！」

小魚兒道：「你放心，他還沒有這麼大本事。」

軒轅三光大笑道：「你這小鬼很有意思，某家本也想和你多聚聚，只是你身旁這小子一臉奸詐，某家瞧著就討厭……」

他拍了拍小魚兒肩頭，人忽然已到了門外，揮手笑道：「來日等你一個人時，某家自來尋你痛飲一場。」

小魚兒趕出去，他人竟已不見了。這時夕陽正艷，滿山風景如畫，小魚兒想起那地底宮闕，竟如做夢一般。

由這「玄壇廟」下山的路並不甚遠，兩人一口氣走了下去，天還沒有十分黑，放眼看去，燈火數點。

小魚兒長長鬆了口氣，笑道：「想不到我居然還能整個人走下山來，老天待我總算不錯。」

江玉郎一直沒有說話，此刻忽然笑道：「不知大哥要往哪裡去？」

小魚兒道：「我要去的地方，你也得去。」

江玉郎笑道：「小弟自然追隨兄長。」

小魚兒道：「其實，我也沒有什麼固定的地方要去，只不過到處逛逛。」

江玉郎喜道：「既然到處逛逛，不如先去武漢。那邊小弟有個朋友，家傳寶劍，削鐵如泥……」說到這裡，他微微一笑，頓住語聲，他知道已用不著再說下去。

小魚兒果然已大聲道：「走，咱們就去找你那朋友。」

他走了幾步，突又停下，笑道：「你身上可帶得有銀子？咱們總得先到鎮上去買幾件衣服……還得買件衣服搭在手上，否則不被別人看成逃犯才怪。」

江玉郎嘆道：「大哥若讓小弟自那庫中取些珠寶，只要一件珠寶，買來的衣服只怕已夠咱們穿一輩子了。」

小魚兒眨了眨眼睛，笑道：「既然你也沒有，看來咱們只好去騙些來了。」話剛說完，突見前面一個人提著燈籠走來，手裡提著個大包袱。

小魚兒和江玉郎使了個眼色，正想走過去，哪知這人瞧見他們，突然放下包袱，遠遠作了個揖，也不說話，轉身就走。

那包袱裡竟是四套嶄新的衣服，而且好像照著小魚兒和江玉郎的身材訂做的，兩人打開包袱都不免吃了一驚。

江玉郎道：「這……這是誰送來的？」

小魚兒皺眉道：「咱們剛下山，有誰會知道？」

兩人想來想去，也猜不透是誰，只有先換上衣服。這時那山城中已是萬家燈火，兩人將一件紫緞袍子搭在手上，大搖大擺地走上大街，樣子看來倒也神氣，肚子卻已餓得「咕咕」直叫。

小魚兒道：「那人既然送了衣服來，爲何不好人做到底，再送些銀子。」話猶未了，突見一個店家打扮的漢子奔了過來，陪笑道：「兩位可是江少爺？方才有位客官寄了五百兩銀子在櫃上，叫小人交給兩位，還替兩位訂好了房間和酒菜。」

小魚兒、江玉郎對望了一眼，江玉郎沉聲道：「那人姓什麼？叫什麼？」

店家笑道：「小人也不知道。」

江玉郎道：「他長得是何模樣？」

店家道：「小店裡一天人來人往也有不少，那位客官是何模樣，小人也記不清了。」

他連連作揖，連連陪笑，但無論江玉郎問他什麼，他只有三個字：「不知道。」

酒菜果然早已備好，而且豐盛得很。

小魚兒笑道：「這人倒是咱們肚子裡的蛔蟲，無論咱們要什麼，他居然都知道。」

他嘴裡說得雖開心，心裡卻不免有些擔憂，尤其他想到自己和那「黃牛白羊」來的時候，一路上的情況豈非也和此刻差不多？而自己此刻剛下山還不到一個時辰，怎地就有人知道？此人表面如此慇懃，暗中卻不知在打什麼鬼主意，他若真的全屬好意，又爲何不敢露臉？

江玉郎眼珠子直轉，顯然心裡也在暗暗狐疑，只是這兩人年紀雖輕，城府卻深，誰也不肯將心事說出來。

到了晚間，兩人自然非睡在一間房裡不可。

小魚兒打了個呵欠，笑道：「你知道我現在最想幹什麼？」

江玉郎笑道：「大哥莫非是想看看書？」

小魚兒大笑道：「看來你倒真是我的知己。」

他話未說完，江玉郎已將那本從蕭咪咪手裡奪回來的秘笈自懷中取出，小魚兒想看，他又何嘗不想看？

秘笈上所載，自然俱是武功中最最深奧的道理，兩人好像都看不懂，一面搖頭，一面嘆氣，但眼睛卻又都睜得大大的，像是恨不得一口就將這本秘笈吞下肚裡。小魚兒瞧了一個時辰，又打了個呵欠，笑道：「這書難看得很，我要睡了，你呢？」

江玉郎也打了個呵欠，笑道：「小弟早就想睡了。」

兩人睡在床上，睡了一個時辰，眼睛仍是瞪得大大的，也不知在想些什麼，若說他們在想那秘笈上所載的武功，他們是死也不會承認的。但到了第二天晚上，剛吃過晚飯，小魚兒就喃喃笑道：「難看的書，總比沒有書看好。」

江玉郎立刻也笑道：「眼睛看累了正好睡覺，若是看精采的書，反倒睡不著了！」

小魚兒拊掌道：「是極是極，早看早睡，早睡早起，真是再好也沒有。」其實兩人心裡都知道對方絕不會相信自己，但卻還是裝作一本正經。

尤其小魚兒，他更覺得這樣不但有趣，而且刺激──一個人若是隨時隨地，甚至連吃飯大便睡覺的時候都要提防著別人害他、騙他，這種日子自然過得既緊張，又有趣，自然過得充滿了刺激。

兩人就這樣勾心鬥角，竟不知不覺走了三天。這三天居然沒有發生什麼事，居然太平得很。

這三天裡，小魚兒時時刻刻都覺得有個人在跟蹤著他，那種感覺就好像小孩兒半夜走路時，都覺得後面有鬼跟著似的，只要他回頭，後面就沒有人了，他若倒退著走，那人忽然還是又到了他身後。

小魚兒猜不透這人是誰，更猜不透這人是何用意，反正只要他覺得缺少什麼，立刻就有人送來。

他覺得這人好像是有求於他，在拍他的馬屁。但這人究竟有什麼事要求他，他還是想不透。

兩人沿著岷江南下，這一日到了敘州，川中民豐物阜，景象自然又和貧脊的西北一帶不同。

小魚兒望著滾滾江流，更是興高采烈，笑道：「咱們坐船走一段如何？」

江玉郎拊掌道：「妙極妙極，小弟也正想坐船。」

只見一艘嶄新的烏篷船駛了過來，兩人正待呼喚，船上一個蓑衣笠帽的艄公已招手喚道：「兩位可是江少爺？有位客官已爲兩位將這船包下了。」

小魚兒瞧了江玉郎一眼，苦笑道：「這人不是我肚裡的蛔蟲才怪。」

他索性也不再問這船是誰包下的，只因他知道反正是問不出來的，索性不管三七二十一，坐上去再說。

船艙裡居然窗明几淨，除了那白髮艄翁外，船上只有個十五、六歲的小姑娘，一雙大眼睛老是往小魚兒身上瞟。但小魚兒卻懶得去瞧她。他簡直一瞧見漂亮的女人就頭疼。

到了晚上，江玉郎悄聲笑道：「那位史姑娘像是看上大哥了。」

小魚兒打了個呵欠，懶洋洋道：「你長得比我俊，她看上你才是真的。只可惜你非得跟定我不可，否則你這小色鬼倒可去勾搭勾搭。」

江玉郎臉紅了紅，道：「小……小弟沒有這意思。」

小魚兒笑道：「算了，你若沒有這意思，怎會提起她，又怎會知道她名姓？」

江玉郎臉更紅了，吃吃道：「小弟只不過偶然聽到的。」

小魚兒大笑道：「你害什麼臊，喜歡個女孩子，又不是什麼丟人的事。」拿起隻枕頭蓋住眼睛，竟似要睡了。

江玉郎道：「大哥，你不看書了麼？」

小魚兒道：「今天我睡得著，不用看了，你呢？」

江玉郎趕緊笑道：「大哥不看，小弟自然也不看。」

兩人並頭睡在一床鋪蓋上，江玉郎睜大了眼睛瞪著小魚兒，也不知過了多久，小魚兒鼻息沉沉，已睡著了。

江玉郎悄悄將那秘笈掏了出來，輕手輕腳，翻了幾頁，正想看的時候，小魚兒突然翻了個身，一隻手壓到書上，一條腿卻壓到江玉郎肚子上。江玉郎恨得直咬牙，卻又不敢吵醒他，只望他再翻個身，將手拿開。

哪知小魚兒這回卻睡得跟死豬似的，再也不動。

江玉郎氣得臉發白，眼睛裡冒出了兇光，一隻手摸摸索索，突然自被褥下摸出柄菜刀，一刀往小魚兒頭上砍下！

就在這時，只聽「嗖嗖」兩聲，接著，「噹」的一響，兩粒乾蓮子自窗外飛了進來，一粒打中菜刀，一粒打中江玉郎的手腕，無論力氣、準頭，都有兩下子，竟像暗器高手發出來的！

江玉郎手都被打歪了，咬緊牙，忍住疼，菜刀雖沒有離手，但頭上卻已不禁疼出了汗珠。小魚兒像是半睡半醒，咿唔著道：「什麼事，誰在敲鐘？」

江玉郎趕緊又將菜刀藏起來，道：「沒……沒有事。」

幸好小魚兒不再問了，鼻息更沉。

但江玉郎又怎能再睡得著覺？

這兩粒蓮子是誰打進來的？

這船上怎會有這樣的暗器高手？

那咳嗽起來，眼淚鼻涕就要一起流下的白髮艄翁，莫非也會是什麼隱跡風塵的武林異人？

那一天到晚只會亂飛媚眼的小姑娘，莫非也有如此高明的身手？竟能以兩粒輕飄飄的蓮子當做暗器？

這簡直使江玉郎無法相信！

但不是他們，又是誰？這船上並沒有別的人呀！

何況，就算是他們，他們又為何要在暗中監視？為何要在暗中保護小魚兒？看來他們和小魚兒根本素不相識。

江玉郎就這樣瞪大了眼睛，望著船頂，一夜想到了天光，還是想不通這其中究竟是何道理。

他剛想睡的時候，小魚兒已醒了，又推醒了他，笑道：「你睡得好麼？」

江玉郎強笑道：「好極了，一覺睡到大天光。」

小魚兒道：「起來吧，睡得太多不好的。」

江玉郎道：「是，是，該起來了。」

他臉上雖在笑，心裡卻恨不得一拳打過去。到了船頭，再瞧見小魚兒精神抖擻的模樣，更恨不得一腳將他踢下河裡。

那小姑娘已端了盆洗臉水過來，臉上在笑，眼睛在笑，那兩隻深深的酒渦也在笑——她在笑什麼？

江玉郎眼睛盯著這兩隻端著盆的手，只見這雙手又白又嫩，實在不像能發出那般強勁的暗器！

但一個終年勞苦的船家女兒，又怎會有這麼一雙白嫩的手？這祖孫兩人，莫非真的是喬裝改扮的？

船是新的，他們的衣裳也很新，看來，他們扮這船家勾當，還沒有多久，也許就是衝著小魚兒才改扮的。

但他們這樣做又有何用意？

小魚兒像是什麼都不知道，像是開心得很，洗完了臉，一口氣竟喝了四大碗稀飯，外加四隻荷包蛋。

江玉郎卻什麼也吃不下去，只聽小魚兒向那艄翁笑道：「老丈，你貴姓大名呀？」

那艄翁道：「老漢姓史……咳咳，人家都叫我史老頭……咳咳，我那孫女倒有個名字……咳咳，她叫史蜀雲。」

江玉郎暗中苦笑，這每說一句話就要咳嗽兩聲的糟老頭，也會是個風塵異人，武林高手？

只聽那史老頭道：「雲姑，莫要吃蓮子了，吃多了蓮子，心會苦的。」

江玉郎又是一驚，扭轉頭，雲姑那雙又白又嫩的小手裡，果然正抓著把蓮子，一面吃，一面瞧著他笑。

他的心突然「砰砰」跳了起來，扭回頭，又瞧見小魚兒手裡正拿著本書在當扇子，赫然正是那秘笈。

江玉郎這才想起，小魚兒昨夜是壓在上面的，今晨翻了個身，竟乘機將這秘笈拿走了。

他居然將這本天下武林中人，「輾轉反側，求之不得」的武功秘笈當作扇子，江玉郎又是氣又是著急。

船已駛離渡頭，突然一隻船迎面過來。史老頭用根長長的竹篙，向對面的船頭一點，兩船交錯而過，兩隻船都斜了一斜！

小魚兒驚呼一聲，道：「哎呀，不好，掉下去了！」

他手中的那本秘笈竟落在江中，江玉郎的一顆心也幾乎掉了下去。只見江水滾滾，霎眼就將秘笈沖得不見了。

小魚兒苦著臉，頓腳道：「這……這怎麼辦呢？」

江玉郎心裡恨得流血，面上卻笑道：「這些身外之物，掉下去又有何妨。」

他心裡自然知道這必定是小魚兒故意掉下去的，小魚兒想必已背熟了，小魚兒自然也知道他心裡明白。

但兩人誰都不說，這就是最有趣之處，除了他兩人自己之外，天下只怕再無人能猜得出他兩人的心意。

蒼穹湛藍，江水金黃，長江兩岸，風物如畫。

小魚兒笑道：「船慢慢走沒關係，咱們反正不著急。」

江玉郎道：「是是，一點也不著急。」

突然間，一艘快船自後面趕了上來，船頭插著面鏢旗，迎風招展，紫緞金花，繡著的是個獅子。

江玉郎面上立刻露出喜色，眼睛也亮了，突然站起來，大呼道：「金獅鏢局是哪一位鏢頭在船上？」

快船立刻慢了下來，船上精赤著上身的大漢們，顯然都是行船的高手，船艙中探出了半個身子，大聲道：「是哪一位呼喚……」

江玉郎招手道：「我，江玉郎，李大叔你還記得麼？」

船艙中那人紫面短髭，神情甚是沉猛，但瞧見了江玉郎，嚴肅的面上立刻堆滿了笑容，失聲道：「呀，這莫非是江大俠的公子，你怎地在這裡？」

史老頭像是什麼都沒瞧見，仍在駛他的船，但金獅鏢局的快船卻盪了過來，那紫面大漢竟一躍而過。

小魚兒輕笑道：「這位仁兄的輕身功夫，看來還得練練。」他說話的聲音不大，紫面大漢並未聽見，含笑走了過來。

江玉郎笑道：「這位便是江南金獅鏢局的大鏢頭，江湖人稱『紫面獅』李挺，硬功水性，江南可稱第一。」

他這句話自然是回答小魚兒「輕功不佳」那句話的，小魚兒卻故意裝作沒有聽見，轉頭喝茶去了。

只聽江玉郎與那李挺大聲寒暄了幾句，說話的聲音突然小了，像是耳語一般，竟像是不願被小魚兒聽見。

小魚兒也懶得去聽，他就算明知江玉郎要對他不利，他也不想阻攔，他正想瞧瞧江玉郎玩得出什麼花樣。

自從他三歲開始，他就沒有怕過任何人、任何事，他簡直不知道「害怕」是何物，愈是危險他愈覺得有趣。

到後來，只聽那「紫面獅」李挺道：「過了雲漢，我便要棄舟登陸，但公子你交託的事，李某決不會耽誤的，公子放心就是。」

兩人又大聲說笑了幾句，李挺便又一躍而回。

小魚兒笑道：「小心些呀，莫掉下水裡去。」

李挺回頭狠狠瞪了他一眼，嘴裡像是在說什麼：「你該小心些才是……」但話未說完，兩隻船又分開了。

江玉郎精神突然像是好起來了，笑道：「江南金獅鏢局，除了總鏢頭『金獅子』李迪之外，旗下雙獅一虎，當真也都可算得上是肝膽相照的義氣朋友。」

史老頭喃喃道：「說什麼獅虎成群，也不過是狐群狗黨而已。」這句話小魚兒聽見了，江玉郎也聽見了。但兩人卻又都像是沒有聽到。

卅七　驚險重重

船走得果然很慢，小魚兒一路不住的問：「這是什麼地方？……這裡到了什麼地方？」

過了雲漢，小魚兒眼睛更大了，像是在等著瞧有什麼趣事發生似的。船到夔州，卻早早便歇下。

小魚兒笑道：「現在睡覺，不嫌太早了麼？」

史老頭「哼」了一聲，沒有說話。

那雲姑卻眨著眼睛笑道：「前面便是巫峽，到了晚上，誰也無法渡過，是以咱們今天及早歇下，明天一早好有精神闖過去。」

小魚兒笑道：「呀，前面就是險絕天下的巫山十二峰了麼？我小時聽得『兩岸猿聲啼不住，輕舟已過萬重山』這兩句詩，一心就想到那地方瞧瞧。」

史雲姑嬌笑道：「這兩句詩雖美，那地方卻一點也不美，稍為不小心，就會把命丟在那裡，尤其是現在，只怕連兩岸的猿猴都叫不出聲來了。」

小魚兒奇道：「爲什麼？」

雲姑笑了笑，輕聲道：「有些事，你還是莫要問得太清楚的好。」

小魚兒轉頭去瞧江玉郎，只見江玉郎正垂頭在望江水，像是沒有聽見他們的話，但臉色卻已是鐵青的了。

到了第二天，他臉色更青。

小魚兒知道他心裡一緊張，臉色就會發青。但他卻在緊張什麼？難道他也算定有事要發生麼？

史老頭長篙一點，船駛了出去。雲姑換了一身青布的短衫褲，紮起了褲腳，更顯得她身材苗條。

小魚兒笑嘻嘻地瞧著，也不說話，到了前面，江流漸急，但江面上船隻卻突然多了起來。

史老頭白鬚飄拂，一心掌舵，像是什麼都沒有瞧見。雲姑兩隻大眼睛轉來轉去，卻像是高興得很。

小魚兒突然發現他們每艘船的船桅上，都掛著條黃綢，船上的人瞧見小魚兒這艘船來了，都縮回了頭。

江玉郎卻根本不讓小魚兒瞧見他的臉。

突然間，岸上有人吹響了海螺，響徹四山。

四山迴響，急流拍岸，十餘艘瓜皮快船，突然自兩旁湧了出來。每艘快艇上都有六、七個黃巾包頭的大漢，有的手持鬼頭刀，有的高舉紅纓槍，有的拿著長長的竹竿，呼嘯著直衝了過來！

雲姑嬌呼道：「爺爺，他們果然來了。」

史老頭面不改色，淡淡道：「我早知他們會來的。」

他神情居然如此鎮定，小魚兒不禁暗暗佩服。

只聽快艇上的大漢呼嘯著道：「船上的小子們，拿命來吧！」只見兩艘小艇已直衝過來，艇上大漢高舉刀槍。

雲姑突然輕笑道：「不要兇，請你吃蓮子。」

她的手一揚，當先兩條大漢，立刻狂吼一聲，撒手拋去刀槍，以手掩面，鮮血泊然自指縫間流出。

大漢們立刻大呼道：「伙伴們小心了，這姑娘暗器厲害！」

雲姑嬌笑道：「你還要吃蓮子麼?好，就給你一缸。」

她那雙又白又嫩的小手連揚，手裡的蓮子雨點般灑出去，但卻不是乾蓮子了，而是鐵蓮子。

只見那些大漢們一個個驚呼不絕，有的立刻血流滿面，有的兵刃脫手，但還是有大半人衝了上來！

聲色不動的史老頭到了此刻，突然仰天清嘯，嘯聲清朗高絕，如龍吟鳳鳴，震得人耳鼓欲裂！

嘯聲中，他掌中長竿一振，如橫掃雷霆，當先衝上來的三人，竟被他這一竿掃得飛了出去，遠遠撞上山石。另一人剛要躍上船頭，史老頭長竿一送，竟從他肚子裡直穿過去，慘呼聲中，長竿挑起那鮮血淋漓的屍身，數十條大漢哪裡還有一人敢衝上來！

這老邁衰病的史老頭，竟有如此神威，不但小魚兒吃了一驚，江玉郎更是惶然失色，滿頭冷汗。

史老頭清嘯不絕，江船已衝入快艇群中，那些大漢們鼓起勇氣，呼嘯著又衝上來，有人躍下水去，似要鑿船。

小魚兒暗道：「糟了！」船一沉，就真的糟了。

但就在這時，一條黃衣黃巾，虬髯如鐵的大漢，突然自亂石間縱躍而來，身形兔起鶻落，口中厲聲喝道：「住手！快住手！」

數十條大漢一聽得這喝聲，立刻全退了下去。

只見這黃衫客站在一堆亂石上，自水中抓起一條大漢，正正反反摑了七、八個耳刮子，頓足怒罵道：「你們這些蠢才都瞎了眼麼？也不瞧清是誰在船上，就敢動手。」

史老頭長篙一點，江船竟在這急流中頓住！

黃衫大漢立刻躬身陪笑道：「在下實在不知道是史老前輩和姑娘在船上，否則天膽也不敢動手的！這長江一路上，誰不是史老前輩的後生晚輩。」

史老頭冷冷道：「足下太客氣了，老漢擔當不起。老漢已不中用了，這長江上已是你們的天下，你們若要老漢的命，老漢也只有送給你。」

黃衫大漢頭上汗如雨下，連連道：「晚輩該死，晚輩也瞎了眼，晚輩實未想到史老前輩的俠駕又會在長江出現，否則晚輩又怎敢在這裡討飯吃？」

史老頭冷笑道：「討飯吃這三字未免太謙了。江湖中誰不知道『橫江一窩黃花蜂』做的全是大生意，大買賣。」

他眼睛一瞪，厲聲道：「但老漢這一艘破船，幾個窮人，又怎會被足下看上，這倒奇怪得很，莫非足下是受人所託而來麼？」

水上的黃花蜂滿頭大汗，船上的江玉郎也滿頭大汗。只聽黃花蜂連連陪笑道：「前輩千萬原諒，晚輩實在不知。」

史老頭道：「你不肯說，你倒很夠義氣。好，衝你這一點，老漢也不能難爲你。」長竿一揚，江船箭一般順流衝了下去。

那黃花蜂長長鬆了口氣，望著史老頭的背影，喃喃道：「你們知道麼，二十年前，不但長江一路全是他的天下，就算是天下三十六水路的英雄，又有誰不怕他！咱們今天遇著他，算咱們命大，若是換了二十年前，這一帶江裡的水，只怕都要變紅的了。」

那大漢機伶伶的打了個冷戰，道：「他莫非是……」

黃花蜂大喝道：「住口，我不要聽見他的名字，也但願莫要再見著他，老天若保佑我不再和他沾上任何關係，那就謝天謝地了。」

江上生風，船已出巫峽。

史老頭手掌著舵，又不住咳嗽起來。

江玉郎瞧著他那在風中飛舞的白鬍子，終於忍不住囁嚅著問道：「老前輩莫非是……是昔日名動天下的……」

史老頭冷冷道：「你能不能閉上嘴！」

小魚兒突然笑道：「史老頭，我雖然不知道你是誰，但想來你必定是個了不起的人物，你居然會爲我撐船，我不但要謝謝你，實在也有些受寵若驚。」

他居然還是叫他「史老頭」，江玉郎眼睛都嚇直了。

哪知道史老頭反而向他笑了笑，道：「你莫要謝我，也不必謝我。」

小魚兒眨了眨眼睛，笑道：「那麼我又該謝誰呢？是不是有人求你送我這一程，求你保護我……你年高德重，我若猜對了，你可不能騙我。」

史老頭彎下腰去，不住咳嗽。

小魚兒笑道：「你不說話，就是承認了。」

史老頭臉色突然一沉，瞪著他道：「你小小年紀就學得如此伶牙利嘴，將來長大如何得了？」

小魚兒也瞪起眼睛，大聲道：「我長大了如何得了，都是我的事，與你無關。你莫要以爲是你救了我，我就該怕你，沒有你送我，我照樣死不了，何況我又沒有叫你送我。」

史老頭瞪了他半晌，突又展顏一笑，道：「像你這樣的孩子，老漢倒從未見過。」

小魚兒道：「像我這樣的人，天下本來就只有我一個。」他賭氣扭轉了頭，但心頭還是在想：「這老頭必定大有來歷，如今竟降尊紆貴，來做我的船伕，那麼，託他來送我的那人，面子必定不小。這人處處爲我著想，卻又爲的是什麼？他既然能請得動像這老人般的高手，想來也不致有什麼事要求我。」

小魚兒實在想不到這人是誰，索性不想了，轉首去看江玉郎，江玉郎竟似不敢面對著他。

小魚兒突然笑道：「你那位紫獅子聽說在雲漢就上岸了，是麼？」

江玉郎道：「大……大概是吧。」

小魚兒笑道：「保鏢的勾結強盜，你卻勾結了保鏢的，叫保鏢的通知強盜，來搶這艘船，否則那些強盜又怎會將別的船都掛上黃帶子，只等著咱們這艘船過去？否則那些強盜又怎會只要我的命，不要銀子？」

江玉郎汗流浹背，擦也擦不乾了，咯咯笑道：「大哥莫非是在說笑麼？」

小魚兒大笑道：「不錯，我正是在說笑，你也覺得好笑麼，哈哈，實在好笑。」他大笑著躺了下去，又喃喃笑道：「奇怪，這麼涼快的天氣，怎麼有人會出汗？」

雲姑一直在旁邊笑瞇瞇地瞧著他。江風，吹著他零亂的頭髮，他臉上的刀疤在陽光下顯得微微有些發紅。

順風順水，未到黃昏，船已到了宜昌！

大小船隻無論由川入鄂，或是自鄂入川，到了這裡，都必定要停泊些時，加水添柴，採購伙食。

一入鄂境，江玉郎眼睛又亮了起來，像是想說什麼，卻又在考慮著該怎麼才能說出口。

小魚兒笑嘻嘻瞧著他，突然跳起來，道：「咱們就在這裡上岸吧，坐船坐久了，有些頭暈。」

他話未完，江玉郎已掩不住滿面的喜色。

小魚兒大聲道：「史老頭，多謝相送，將船靠岸吧。你雖然有些倚老賣老，但到底還是個好人，我不會忘記你的。」

史老頭凝目瞧了他許久，突然大笑道：「很好，你去吧，你若死不了，不妨到……」

小魚兒擺手笑道：「你不必告訴我住的地方，也不必告訴我名字，因為我既不會去找你，也不想以你的名字去嚇唬別人。」

船還未靠岸，江玉郎已在東張西望。

史老頭喃喃道：「要尋找危險的，就快快上岸去吧，你絕不會失望的。」

渡頭岸邊，人來人往，穿著各色的衣裳，有的光鮮，有的襤褸，有的紅光滿面，有的愁眉苦臉，有的剛上船，有的正下船。

空氣裡有雞羊的臭味、木材的潮氣、桐油的氣味、榨菜的辣味、茶葉的清香、藥材的怪味……

再加上男人嘴裡的酒臭，女人頭上刨花油的香氣，便混合成一種唯有在碼頭上才能嗅得到的特異氣息。

小魚兒走在人叢中，東瞧瞧，西聞聞，瞧見這樣的熱鬧，他簡直開心極了，就連這氣味他都覺得動人得很。江玉郎卻仍在直著脖子，東張西望。

突聽人叢外有人呼道：「江兄……江玉郎……」

江玉郎大喜道：「在這裡……在這裡……」

他分開人叢，大步奔出去，小魚兒也只得跟著他。

只見渡頭外，一座茶棚下，停著三輛華麗的大車，幾匹鞍轡鮮明的健馬，幾個錦衣華服的少年，正在招手。

江玉郎歡呼著奔了過去，那幾個少年也大笑著奔了過來，腰畔的佩劍，叮叮噹噹地直響。

小魚兒冷眼瞧著這幾人又說又笑，卻沒有人理他，他卻像是毫無所謂，等到他們笑過了，他也笑道：「奇怪，你的朋友怎會知道你要來的？」

江玉郎臉一板，冷冷道：「這好像不關你的事吧？」

他非但稱呼改了，神情也變了，方才還是滿嘴「大哥小弟」，此刻卻像是主子對傭人說話。

一個臉色慘白的綠衫少年，皺眉瞧著小魚兒，就好像瞧著一條癩皮狗似的，滿臉厭惡之色，道：「江兄，這人是誰？」

江玉郎道：「這人就是世上第一個風流才子，第一個聰明人，女孩子見了他都要發狂的，你看他像麼？」

少年們一起大笑起來，像是世上再沒有比這更可笑的事了。小魚兒卻仍然聲色不動，笑嘻嘻道：「你的朋友，也該給我介紹介紹呀！」

江玉郎眼珠子一轉，指著那綠衫少年道：「這位便是荆州總鎮將軍的公子，白凌霄白小俠，人稱『綠袍靈劍客』，三十六路迴風劍，神鬼莫測。」

小魚兒笑道：「果然是人如其名，美得很。不知道白公子可不可以將臉上的粉刮下來一點讓我也美一美。」

白凌霄笑聲戛地突止，一張白臉變得發青。

江玉郎指著另一位又高又大的黑大漢道：「這位乃是江南第一家鏢局，金獅鏢局總鏢頭的長公子李明生，江湖人稱『紅衫金刀』，掌中一柄紫金刀，萬夫莫敵。」

小魚兒拊掌道：「果然是像貌堂堂，威風凜凜。但幸好你解釋得清楚，否則我難免要誤會這位李公子是殺豬的。」

李明生兩隻銅鈴般的眼睛，像是要凸了出來。

另一個珠冠花衫，眉清目秀，倒有七分像是女子的少年，咯咯笑道：「我叫花惜香，家父人稱『玉面神判』，若是沒有聽過家父的名字，耳朵一定不大好。」

小魚兒瞧了他半晌，突然搖頭道：「可惜可惜。花公子沒有去扮花旦唱戲，實在是梨園的一大損失。」

花惜香怔了怔，再也笑不出來。

還有個又高又瘦，竹竿般的少年，叫「輕煙上九霄」何冠軍，乃是輕功江南第一的「鬼影子」何無雙之子。

最後一個矮矮胖胖，嘻嘻哈哈，但雙目神光充足，看來竟是這五人中武功最強的一人，小魚兒不免特別留意。

江玉郎介紹他時，神情也特別鄭重，道：「這位梅秋湖兄，便是當今『崆峒』掌門人一帆大師關山門的弟子，他武功如何，我不說你也該知道。」

梅秋湖哈哈一笑道：「過獎過獎，不敢當不敢當。」

小魚兒想說什麼，但瞧他眼睛裡似無惡意，竟只是拱了拱手，笑道：「久仰久仰。」

他目光一掃，就知道這幾個名人之子雖然油頭粉臉，一面孔紈袴子弟的樣子，叫人瞧著就討厭，但瞧他們的眼神步法，卻又發現他們的武功竟都不弱，五人只有三人聯手，自己只怕就不是對手。

這幾人瞧著小魚兒，眼睛裡卻像是要冒出火來。

忽聽一人嬌聲道：「好個沒良心的江玉郎，知道我在這裡，也不過來。」

車廂中走下個十來歲的女孩子，嚴格說來，這少女並不難看，只是小魚兒一瞧就要噁心，但江玉郎瞧了卻是眉開眼笑，大笑道：「孫小妹，我若知道你也來了，我早就過去了，只怕連李兄也拉不住我。」

那孫小妹就像是唱戲似的，張開雙臂，撲了過來，一頭撲入江玉郎懷裡，嘴裡哼哼嗯嗯，道：「你這死鬼到哪裡去了?我真想死你了。」

少年們拍手大笑，小魚兒實在忍不住嘆起氣來，他若不是還沒有吃晚飯，只怕此刻早已吐了一身一地。

孫小妹眼睛一瞪，手叉著腰，大聲道：「喂!你這人怎麼這樣討厭，還不快走開。」

小魚兒嘆道：「我若能走開，真是謝天謝地了。」

小魚兒伏在車窗上，頭幾乎已伸在車窗外，那位「孫小妹」就坐在江玉郎懷裡，小魚兒實在受不了她那香氣。

奸狡深沉的江玉郎，怎會也變得這麼淺薄，這麼俗？小魚兒忍不住去瞧他一眼，只見他面上雖笑得像是隻鳥，但一雙眼睛卻仍閃動著鷙鷹般的光芒！

他哪裡是真的這麼淺薄，他原來只不過是裝出來的。他若不裝得和這些不知天多高地多厚的紈袴子弟一樣，他們又怎會將他當做自己的好朋友？

小魚兒笑了，頭又伸出窗外，那「紅衫金刀」李明生正在那裡得意洋洋地打著馬，烏油油的鞭子，「劈啪」直響。街道上的人瞧見這一群人馬走過來，遠遠就避開了，尤其是大姑娘小媳婦們，更像是瞧見瘟神惡煞一樣。

這澡盆看來就像是個特大的木桶，比人還高，桶下面，居然還有生火的地方，桶裡的水熱騰騰的冒著氣。

江玉郎整個人就泡在這個大木桶裡，他瞇著眼睛，嘴裡還不斷發出舒服的呻吟，而小魚兒呢？小魚兒卻只有站在桶外，眼巴巴地瞧著，一隻手還得吊在木桶旁邊，簡直是不舒服已極。

那位總鎮之子，「綠袍美劍客」白淩霄就坐在對面，兩條腿高高蹺在個黃銅衣架上，摸著還未長出鬍子的下巴笑道：「這澡盆乃是我家老頭子屬下的一個悍將，自東瀛三島帶回來的，叫做『風呂』。據說東瀛島上的人不講究吃，也不講究穿，就是喜歡洗澡，只有洗澡是他們生活中的最大享受，一個澡最少要洗上半個時辰。」

江玉郎笑道：「我這澡卻洗了有一個時辰了。」

他終於爬了起來，嬌笑聲中，兩個胴體健美，赤著雙足的短衫少女，已拿了塊乾布過來，替他擦身子。纖柔的玉手，隔著薄薄的輕布，摩擦著他發紅的身子，那滋味簡直妙不可言。

少女們嬌笑著，替他穿上了雪白中衣，輕柔的錦袍。江玉郎但覺滿身舒暢，長長伸了個懶腰，大笑道：「這樣洗澡，我也願意每天洗上一次……洗了這澡，我全身骨頭都好像散了，人也好像輕了十斤似的。」

小魚兒嘆道：「我卻像是重了十斤。」

江玉郎冷冷道：「抱歉得很，此間主人，並沒有招待你的意思，你要洗澡，不妨到外面去洗，但在下卻不能奉陪。」

小魚兒道：「自然自然，我要洗澡，就得將手砍斷，自己出去洗，是麼？」

江玉郎道：「你總算明白了。」

只聽孫小妹在門外嬌笑道：「江玉郎，你淹死在澡盆裡了麼？還不快些出來，我等你吃飯哩，今天花惜香在『玉樓東』爲你洗塵接風。」

江玉郎笑道：「玉樓東，可是長沙那玉樓東的分店？」

孫小妹道：「誰說不是。」

江玉郎拊掌道：「想起玉樓東的『蜜汁火腿』，我口水都要流下來了。」

玉樓東的「蜜汁火腿」，果然不愧是名菜，在燈下看來，那就像是盆水晶瑪瑙似的，閃動著令人愉快的光芒。

但小魚兒卻不愉快極了。他剛伸筷子，就被白凌霄打了回去。

花惜香咯咯笑道：「我根本不認識你，所以也用不著爲你洗塵接風，是麼？」

小魚兒道：「是極是極，我若要吃，就得割下隻手，自己出去吃……」

白凌霄大笑道：「你真是愈來愈聰明了。」

於是小魚兒就只得看著他們開懷暢飲，看著他們狼吞虎咽，他臉上雖還在笑，肚子卻不覺在叫救命了。

突聽一陣樓梯響動，幾個人大步走上樓來。這幾人年紀俱在四、五十歲，穿著俱都十分體面，顧盼之間，也都有些威稜，顯然不是等閒角色。

花惜香、李明生、何冠軍……這些眼睛長在頭頂上的少年們，瞧見這幾人，竟全都站了起來，一個個都垂著頭低著眉，突然變得老實得很，有的恭聲喚道：「師父。」有的垂首喚道：「爹爹。」

小魚兒不覺皺了眉頭，哪知道這幾人卻瞧也不瞧他們的徒弟兒子們一眼，反而都走到小魚兒面前，齊地抱拳笑道：「這位莫非就是江魚江小俠麼？」

這一來，小魚兒更覺奇怪，眨著眼睛道：「我就是。」

當先一條白面微鬚的中年漢子立刻招手道：「店家，快擺上一桌酒菜，我等爲江小俠接風。」

花惜香、白凌霄，一個個怔在那裡，像是呆了。

非但「玉面神判」來了，「鬼影子」何無雙、「金獅」李迪，這城裡的武林大豪，居然來的一個不漏。

小魚兒吃完了整整一盆蜜汁火腿，終於忍不住笑道：「兒子們拿我當狗屁，老子們卻對我客客氣氣，這究竟是怎麼回事，你們可不可以說給我聽聽？」

玉面神判笑道：「犬子無禮，江小俠卻莫見怪。」

又瘦又長，面色鐵青的「鬼影子」何無雙接口笑道：「我等受了一位武林前輩所託，要我們對江小俠務必要盡到地主之誼，這位武林前輩德高望重……」

小魚兒道：「他究竟是誰？」

玉面神判想了想，笑道：「那位前輩本令我等守秘，爲的自然是不願江小俠回報於他。」

小魚兒笑道：「你放心，我向來不懂得報恩的，報仇麼，也許還可能，但報起仇來若太麻煩，我也就算了。」

玉面神判拊掌道：「江湖中人若都有江小俠這樣的心胸，爲武林開此古來未有的新風氣，倒真的是人群之福……」

小魚兒道：「現在，你可以說出他是誰了麼？」

玉面神判緩緩道：「峨嵋掌門，神錫道長！」

小魚兒拍案道：「原來是他……這一路上原來都是他，他倒沒有忘記我……」

數日疑惑，一旦恍然，於是開懷暢飲，大吃大喝。玉面神判、鬼影子等人只是含笑望著他，誰也沒有動筷子。

卅八　江南大俠

小魚兒埋頭苦吃了半個時辰，才總算放下筷子，摸著肚子笑道：「肚兒肚兒，今日我總算對得起你了吧！」

玉面神判笑道：「酒菜都已夠了麼？可要再用些瓜果？」

小魚兒笑道：「我很想，只是肚子卻不答應。」

玉面神判微微一笑，道：「既是如此，我等總算不負神錫道長之託，已盡過地主之誼了。」

小魚兒眨了眨眼睛，道：「你話裡好像有話……」

玉面神判霍然長身而起，緩緩道：「閣下不妨先推開窗子看看。」

小魚兒推開窗子一瞧，只見這一段街道上，竟已全無燈火行人，卻有數十條勁裝大漢，將酒樓團團圍住。

再瞧這酒樓之上，也再無別的食客，只有個店小二站在樓梯口，面上滿是恐怖之色，兩條腿不停地抖。

小魚兒歪著頭想了想，笑道：「這算什麼？」

玉面神判臉色一沉，冷冷道：「受人之託，忠人之事，神錫道長託我好生招待於你，我等便盡了地主之誼。但還有一人，卻託我等來取你的頭顱，你看怎樣？」

小魚兒哈哈大笑道：「我這顆腦袋居然還有人要，這倒真是榮幸之至，但要我腦袋的這人又是誰？你總該說來聽聽。」

玉面神判冷笑道：「你只需知道他有一個鼻子兩隻眼睛已足夠了。」

小魚兒目光轉處，只見江玉郎等人俱是滿面喜色，鬼影子等人卻是面色凝重，滿臉殺氣。

這些人早已將他圍住，這許多武林高手將他圍在中央，他簡直連出手的機會都沒有。更何況他還有隻手是和江玉郎連著的，他根本連逃都不能逃。

小魚兒長嘆一聲，苦笑道：「看來，今天我只得將腦袋送給你們了……一盆蜜汁火腿就換去了我的腦袋，這豈非太便宜了些！」

「金獅」李迪「嗆」的拔出了腰畔紫金刀，厲聲道：「你還要我等動手麼？」

小魚兒笑道：「用不著了，只是不知道你的刀快不快？若是一刀包險可以切下腦袋，我倒想借來用用。」

「金獅」李迪狂笑道：「好，念你死到臨頭，還有談笑的本事，某家就把這柄刀借給你！」

手揚處，紫金刀「奪」的釘在桌子上！小魚兒緩緩伸出手，去拿這柄刀，無數道比刀光更冷、更亮的眼睛，都在瞧著他這隻手。

玉面神判冷冷地瞧著他，突然自懷中摸出了對判官筆，那是對十分精巧的兵器，發亮的筆桿上雕著精緻的花紋。

小魚兒的指尖停留在刀柄上，沒有拔。

玉面神判緩緩道：「你爲何不拔？你拔出這柄刀來，就可以一刀砍向我，或是別的人，或是將刀架在江玉郎的脖子上，逼我們放走你。」

小魚兒的手指輕點著刀柄，沒有說話。

玉面神判道：「你不敢拔這柄刀的，是嗎？只因爲你自己也知道，只要你拔出這柄刀，只有死得更慘。」

小魚兒覺得自己的手很冷，而且在流汗。

玉面神判叱道：「念你是個聰明人，且給你個速死，咄，去吧！」

手腕一抖，判官筆閃電般向咽喉「天突」穴點了出去。這「天突」乃是人身必死大穴之一，縱然被常人拳腳打中，也是難以救治，何況是這等點穴名家掌中的純鋼判官筆，小魚兒歷經大難不死，豈知竟要死在這裡！

眼看這發亮的筆尖已到了咽喉，他竟躲都懶得躲了，躲開這一招，第二招反正還是要來的，既然要死，何不死得痛快些。

哪知就在這時，突聽「叮」的一聲，一隻酒杯自窗外直飛進來，不偏不倚套住了判官筆的筆尖。

那判官筆去勢是何等凌厲，酒杯又是何等容易破碎，奇怪的是，酒杯遠遠飛來，套住筆尖，居然還是完整的。

玉面神判手腕反似被震得麻了麻，大驚之下，後退三步，厲喝道：「什麼人？」

這時新月方自升起，淡淡的月光下，只見對街「老介福綢緞莊」的招牌上赫然坐著一個人。

這人滿頭蓬髮，敞著衣襟，手裡提著個特大的酒葫蘆，正在嘴對嘴地狂飲。酒葫蘆遮去了他的面目，也看不出他是誰。

但小魚兒卻已瞧出來了，暗道：「此人來了，又有好戲瞧了。」

玉面神判手腕一震，筆尖上的酒杯直飛出去，直打對街那人的胸膛，他自信手上勁力，無論是誰，只要被這酒杯擊中，身上必定要多個窟窿。只聽又是「叮」的一聲，酒杯打在那人身上，片片粉碎。

那人卻竟似全無感覺！

玉面神判面色更變了，花惜香、白凌霄、李明生等人，拔刀的拔刀，拔劍的拔劍，一時之間刀光劍影大作。

「鬼影子」何無雙身子也不見動彈，人突然飛了出去。此人號稱輕功江南第一，身手之輕捷，果然不同凡俗。

只見他人在空中，手裡已有十餘點寒光暴射而出。對街那人突然哈哈一笑，一股閃亮的銀光，自口中射了出來，暗器立刻被打飛，銀光直射到何無雙身上。

這輕功第一的鬼影子竟也被打得飛了回來，回時比去時更快，直飛入窗子，飛過桌面「砰」的撞在牆上。

那股銀光到這時才四濺散開，玉面神判遠遠便覺得酒氣撲鼻，那人嘴裡噴出來的，竟只不過是口酒！

他一口酒竟然就將何無雙擊退，眾人不禁都變了顏色。白凌霄等人初生之犢不怕虎，各展刀劍，便要撲過去。

只聽「呼」的一聲，接著「劈啪劈啪」一連串聲響，白凌霄等人手裡刀劍已全不見了，一個個捂著臉，半邊臉色紅得像是茄子，就在這剎那之間，這幾個人竟已每人重重挨了個耳摑子。

再瞧對街那人，不知何時已端端正正坐在何無雙方才坐過的位上，左手仍拿著那酒葫蘆，右手卻雜七雜八拿了一大把刀劍。白凌霄等人認得，這些刀劍正是自己的，但若問他們怎會到別人手上？他們只怕誰也回答不出。

江玉郎瞧見這人，面色變得毫無人色，玉面神判心計最深，在未知道這人來歷之前，生怕李迪等人魯莽闖禍，當下搶先一步，乾笑道：「這位兄台貴姓大名？爲何無端出手傷人？」

那人眼睛一斜，冷冷道：「誰是你的兄台，你是什麼玩意兒？」

玉面神判勉強忍住怒氣，鐵青著臉道：「在下蕭子春，江湖人稱玉面神判。」

那人哈哈大笑道：「好個響亮的名頭，你配麼？」

笑聲中手一送，將一大把刀劍全送到蕭子春面前。雪亮的刀頭劍尖，在燈光下像是猛虎的獠牙。

玉面神判一驚之下，不由得伸手去接，再看自己手裡那對判官筆不知何時已到了對方手裡。

那「金獅」李迪沒有吃過苦頭，濃眉一軒，便待發作。江玉郎在桌下扯了扯他袖子，悄悄說了句話。

李迪面色立刻也變得全無人色，失聲道：「你……你便是『惡賭鬼』軒轅三光！」

軒轅三光冷笑一聲，也不說話，卻自桌上拔起了那柄紫金刀，反手一刀，向旁邊一個茶几砍了下去。那茶几上點著隻兒臂般粗的蠟燭。

軒轅三光這一刀砍下，蠟燭仍是蠟燭，燭台仍是燭台，茶几仍然是茶几，他這一刀像是根本砍空了。

但突然間，燭光竟緩緩分了開來，接著蠟燭、燭台、茶几，全都分成了兩半，向兩邊直倒下去。這一刀出手，眾人更是面如死灰。

軒轅三光一揚紫金刀，「奪」的釘入樑上。樑上積塵，簌簌而落，他再也不瞧一眼，一屁股坐下，冷冷道：「兒子們眼見老子來了，怎地還不快擺上酒菜！」

他這句話說的雖然無理，但聽在眾人耳裡，再也無人敢頂撞於他。

李迪「砰」的一拍桌子，大喝道：「小二，瞧見老子來了，爲何還不擺上菜來！」他看來人雖最是粗豪，但做保鏢的人，究竟能屈能伸。

那店伙魂魄早已駭飛了，此刻哪裡還禁得起這一聲大喝？口中剛說了聲「是」，人已直滾下樓去。

少時酒菜擺上，蕭子春、李迪搶著要來斟酒。

軒轅三光眼睛一瞪，道：「誰要你斟酒？除了對面兩個姓江的娃兒，全給老子遠遠站開。」

他居然拿起酒壺，替小魚兒倒了杯酒，又替江玉郎倒了一杯。小魚兒滿懷歡喜，江玉郎卻已駭破苦膽。

軒轅三光端起酒杯，道：「喝！」

小魚兒一飲而盡，江玉郎也不敢怠慢，他剛放下杯子，只見軒轅三光眼睛已在盯著他，咯咯笑道：「你可知道這酒叫什麼酒？」

江玉郎道：「弟……弟子愚昧，實在不懂。」

軒轅三光大聲道：「這一杯叫賭酒，無論誰喝了老子倒的酒，都得和老子賭一賭。」

江玉郎駭得手一抖，酒杯也摔在地上。

軒轅三光眼睛一瞪，道：「怎麼？你不賭？」

江玉郎道：「吐……吐……吐……」

他駭得舌頭都麻了，竟將「賭」字說成了「吐」。

軒轅三光大笑道：「好，你龜兒要賭啥？」

江玉郎道：「吐……吐什麼……都可以。」

軒轅三光道：「好，老子就賭你這條手臂。」

江玉郎兩腿一軟，從椅子上滑了下去。小魚兒笑嘻嘻將他拉了起來，道：「你怕什麼？反正也未必一定輸的。」

軒轅三光厲聲道：「坐直了，說，你要怎樣賭？」

江玉郎目中竟流下淚來，轉眼去瞧蕭子春等人，但這些人此刻哪裡還敢替他出頭？

突然間，一人朗聲笑道：「軒轅先生若要賭，在下可以奉陪，尋這等黃口孺子來賭，豈非無趣麼？」

小魚兒轉眼望去，但覺眼睛一亮。

一個青衫秀士已飄飄走上樓來。

燈光下，只見此人眉清目亮，面如冠玉，他含笑走過來，風神更是瀟灑已極。小魚兒自出道江湖以來，除了那無缺公子外，就再未見過如此令人著迷的人物。

蕭子春等人見到他來了，都不禁在暗中長長鬆了口氣，喜動顏色，江玉郎更是歡喜得幾乎要跳了起來。

軒轅三光目光閃電般在他身上一轉，也不禁爲之動容道：「你是誰？」

這人微笑一揖，道：「在下江別鶴。」

軒轅三光目光閃動，厲聲道：「江湖傳言，江南一帶，出了個了不起的英雄，乃是燕南天之後第一個當得起『大俠』兩字的人物，莫非就是你？」

江別鶴笑道：「那只是江湖朋友抬愛，在下怎擔當得起！」

軒轅三光指著江玉郎搖頭嘆道：「虎父犬子……虎父犬子……」

突又一拍桌子，大喝道：「他既是你兒子，你莫非要代他與我賭一賭？」

江別鶴道：「軒轅先生若有興致，在下自當奉陪。不知軒轅先生賭注如何？」

軒轅三光微一思索，濃眉軒起，大聲道：「你我兩人無論誰輸了，便任憑對方處置！」

這賭注說出來，眾人不禁俱都失色。這「任憑對方處置」，委實令人心驚，勝的一方若令敗的一方去做件絕不可能，甚至丟人現眼之事，那豈非比「死」更痛苦百倍？尤其以江別鶴這樣的身分，他若輸了，就算想死，也先得做了對方要求之事才能死的。他就算死也不能食言背信。

眾人只道江別鶴絕不會答應，哪知他只是淡淡一笑，道：「就是這樣也好，但如何賭法，還請見告。」

軒轅三光見他如此輕易便答應了這賭注，也不禁爲之動容，端起面前酒杯，一飲而盡，大笑道：「好，江南大俠果然豪氣干雲，我定了賭注，如何賭法便由得你，這是我的規矩。」

江別鶴笑道：「既是如此，在下恭敬不如從命了。」

他走過去，搬了張小圓桌來，又將一大碗滿滿的魚翅羹放在桌子中央。軒轅三光瞧得奇怪，道：「這又算什麼？」

江別鶴緩緩道：「你我依次往桌上擊一掌，誰若將這碗魚翅震得濺出，或是使得碗落下去，那人便算輸了。」

他口中說話，一掌向那桌面拍了下去。

他這一掌似乎也未用什麼氣力，但那堅硬的梨木桌面在他掌下，竟像是突然變成了豆腐似的。

他一掌切下，竟穿透了桌面，桌上那碗盛得滿滿的魚翅羹，果然還是紋風不動，沒有濺出一滴。

江別鶴微微笑道：「你我一掌擊下，必定穿透桌面，是以就算你我兩人都未將這碗魚翅羹震倒，到了後來，桌面上俱是掌痕，那中央一塊，總要落下去的，誰擊下最後一掌，誰就輸了，是以桌子愈小，勝負便愈早。」

眾人都已被這種掌力驚得呆了，直到此刻才喝出采來，就連小魚兒也不能例外，他實在也未見過這種掌力。

軒轅三光面色也已變了，站在那裡，怔了許久，喃喃道：「這樣的賭法，倒真連我也未曾見過。」

江別鶴笑道：「在下已擊下了第一掌，此刻該輪到軒轅先生了。」

軒轅三光突然仰首狂笑道：「我『惡賭鬼』平生與人大賭小賭，不下萬次，從未有一次還未賭時，便已先認輸了……」

他突又頓住笑聲，目光凝注江別鶴，道：「但這次，我不必賭，已認輸了……我掌力縱能穿透桌面，卻萬萬不能令這碗見鬼的魚翅羹一滴也不濺出來。」

眾人長長噓了口氣，大喜欲狂。

軒轅三光慘然一笑，背負雙手，道：「現在，你要我怎樣，只管說吧！」

江別鶴微一沉吟，走過去倒了兩杯酒，笑道：「在下且敬軒轅先生一杯。」

軒轅三光仰首一飲而盡，「砰」地放下酒杯，厲聲道：「現在軒轅三光是生是死，往東往西，但憑閣下吩咐！」

卅九　將計就計

江別鶴微笑道：「在下要軒轅先生做的事，方才不是已做過了麼？軒轅先生的賭注既已付清，爲何還要說這樣的話？」

軒轅三光又怔住了，吶吶道：「你……你說什麼？」

江別鶴笑道：「輸的一方，既是任憑勝方處置，在下就罰軒轅先生一杯酒，此刻軒轅先生酒已飲下，正是銀貨兩訖，各無賒欠了。」

軒轅三光木立當地，喃喃道：「你若能殺了我，江湖中人誰不欽服，你若要我做件事，無論奇珍異寶，名馬靈犬，我也可爲你取來，但……但……」

他長嘆一聲，苦笑道：「但你卻只是要我喝一杯酒。」

江別鶴笑道：「若不是在下量小，少不得還得多敬幾杯。」

軒轅三光突然舉起那酒葫蘆，一口氣喝了十幾口，伸手抹了抹嘴唇，仰天長笑起來，道：「好！果然不愧是『江南大俠』！我軒轅三光平生未曾服人，今日卻真的服了你江別鶴了！」

大步走過去，拍了拍小魚兒肩頭，道：「小兄弟，你的事我已管不了啦，但有『江南大俠』在此，你再也不必怕那些鼠輩欺負了，我且去了……再見！」

說到「再見」兩字，人已出窗，霎眼便消失在夜色中。窗外涼風習習，一彎新月正在中天。

江別鶴目送他去，喃喃嘆道：「此人倒不愧是條好漢！」

「玉面神判」蕭子春陪笑道：「此人名叫『十大惡人』，江兄不乘機將之除去，豈非太可惜了？」

他口中雖以兄弟相稱，但神情卻比弟子待師長還要恭敬。

江別鶴正色道：「這樣的英雄人物，世上有幾個？蕭兄怎能輕言『除去』兩字，何況，此人除了好賭之外，並無別的惡跡。」

蕭子春垂首笑道：「是，小弟錯了。」

江別鶴笑道：「更何況他只要賭輸，便絕不抵賴，縱然輸掉頭顱，也不會皺一皺眉頭，試問當今天下，有他這樣賭品的人，能有幾個！」

小魚兒突然嘆了口氣，道：「只可惜軒轅三光沒有聽見你這番話，否則他真要感激得眼淚直流了。」

江別鶴目光上下瞧了他一眼，展顏笑道：「這位小兄莫非也是犬子好友？」

小魚兒道：「『好友』兩字，我可實在不敢當。」

江別鶴目光一閃，已瞧見了他們手上的「情鎖」，微微笑道：「這旁門左道的區區之物，我自信還能將之解開，小兄你只管隨我回去……」

小魚兒笑道：「我也實在很想隨你回去，只是這裡還有人等著宰我，怎麼辦呢？」

江別鶴皺眉道：「誰？」

小魚兒道：「自然都是些威名赫赫的英雄豪傑。七、八個成名的大英雄等著宰我一個人，這豈非光榮之至。」

江別鶴目光一轉，滿屋子的人俱都垂下了頭，蕭子春、李迪等人更是面紅耳赤，江別鶴緩緩道：「我可保證，這種事以後絕不會發生了。」

突聽窗外遠處黑暗中有人高歌。歌聲隨風傳來，唱的竟是：「江南大俠手段高，蜜糖來把毒藥包，吃在嘴裡甜如蜜，吞下肚裡似火燒，糟！糟！糟！天下英雄俱都著了道……」

江別鶴神色不變，微微笑道：「得名之人，謗必隨之，我既不幸得名，挨些罵也是應當的，此等小人，你若去追他，豈非反令他得意？」

小魚兒笑眯眯瞧著他，道：「我小魚兒也很少服人，今天也倒有些服你了……」

若沒有自己去看，誰也不會相信「江南大俠」住的竟是這樣的屋子。那只是三五間破舊的屋子，收拾得雖然乾乾淨淨，一塵不染，但陳設卻極爲簡陋，也沒有姬妾奴僕，只有個又聾又啞的老頭子，蹣跚地爲他做些雜事。

小魚兒隨著他走了兩天，才走到這裡。

這兩天小魚兒更覺得這「江南大俠」實非常人，一個在武林中有如此大名的人，對人竟會如此客氣，這大概除了江別鶴外，再沒有人能做到了，和他走在一起，就如同沐浴春風一般，無論是誰，都會覺得很舒服、很開心的。

走進了這間屋子，小魚兒更不免驚奇。

江別鶴微笑道：「這莊院昔日本是我一個好友諸葛雲的，他舉家遷往魯東，就將莊院送給了我，只可惜我卻無法保持它昔日的風貌，想起來未免愧對故人。」

小魚兒嘆道：「名震天下的『江南大俠』，過的竟是如此簡樸的生活，千百年來，武林中只怕沒有第三個了。」

江別鶴正色道：「古人說：由儉入奢易，由奢入儉難，這句話我從未忘記。」

小魚兒嘆道：「你真是個君子。」

少時菜飯端來，也只是極爲清淡的三四樣菜蔬，端菜添飯擺桌子，竟都是這領袖江南武林的盟主自己動手的。這樣的生活，與他那炫目的名聲委實太不相稱。

小魚兒喃喃道：「難怪天下江湖中人都對你如此尊敬，一個人能忍別人之所不能忍，自然是應當成大事的。」

江別鶴閃亮的目光轉注著他，忽然道：「我看來看去，愈看愈覺得你像我昔日一位恩兄。」

小魚兒道：「哦，那是誰？」

江別鶴嘆道：「他如不是昔日江湖人中溫文風雅的典型，也是千百年來江湖中最著名的美男子，我爲小兒取『玉郎』這名字，正也是爲了紀念他的。」

小魚兒笑道：「你看我像個美男子？我這人若也可被稱爲『溫文風雅』，那麼天下的男子就沒有一個不是溫文風雅的了。」

江別鶴微笑道：「你也許並不十分溫文風雅，但你的確有他那種無法形容的魅力。尤其是你笑的時候，我不相信世上有任何少女能抗拒你微笑時瞧著她的眼睛。」

小魚兒大笑道：「我但願能有你說的這麼好，也但願能就是你說的那人的兒子。只可惜我爹爹也和我一樣，縱然是個聰明人，但絕不是什麼美男子，而且他現在也正活得好好的，也許正在他那張逍遙椅上抽著旱煙哩。」

他大笑著站了起來，走了出去。江玉郎也只有跟著他。

小魚兒又笑道：「我實在想陪你多聊聊，卻又實在忍不住要去睡了……希望你明天能找幾個有用的鎖匠來，能將這見鬼的『情鎖』打開。」

江別鶴嘆道：「這一路上我幾乎已將鄂中一帶有名的巧手鎖匠都找過了，我實在想不到這『情鎖』的機簧竟造得如此妙。」

他一笑又道：「但你只管放心，就在這兩天我必定能尋得一柄削鐵如泥的寶劍……

到了我這裡，你什麼事都不必再煩心了。」

小魚兒笑道：「所以我現在只要一沾著枕頭，立刻就會睡得像死人似的。」

江玉郎現在就像是已突然變成了一個世上最聽話、最老實的孩子，老老實實的隨他走了出去。

江別鶴溫柔地瞧著他們的背影消失，緩緩在袖中摸索著，竟摸著了一柄長不過一尺的短劍。

這短劍的劍鞘黑黝黝的，看來毫不起眼，但等到江別鶴抽出這口劍來，屋子裡卻像是有電光一閃。森冷的劍氣，立刻使燭火失去了光采。

那又聾又啞的老頭子，遠遠站在門口，此刻也不禁打了個冷戰，他瞪大了眼睛，像是在說：「你手裡的明明已是口削鐵如泥的寶劍，卻又爲什麼不爲他們將那見鬼的『情鎖』削斷？」

江別鶴抬起頭，瞧見他這充滿驚疑的目光，像是已瞧破了他的心意，微微一笑，緩緩道：「我此刻自然還不能將那『情鎖』削斷，那孩子一肚子鬼主意，誰也猜不到他要幹什麼，我只有叫玉郎時時刻刻地監視著他……有了那『情鎖』，他就是想溜想跑，卻也是跑不走的了。」

可惜他說話的對象只不過是個又聾又啞的老頭子，他無論說什麼，這老頭子都是聽不見的。

走廊上，有個小小的燈籠。昏黃的燈光，照著荒涼的庭園，一隻黑貓蹲踞在黑暗裡，只有眼睛閃著碧綠的光。

小魚兒和江玉郎走在這曲廊上，腳下的地板吱吱直響，遠遠有風吹著樹葉，小魚兒縮起了脖子，苦笑道：「任何人若在這種地方住上十年，不變成瘋子才怪。」

江玉郎道：「你放心，你用不著住十年的。」

小魚兒笑道：「你終於說話了……方才在你爹爹面前，我還以爲你變成了啞巴哩。」

江玉郎道：「在我爹爹面前敢像你那樣說話的人，世上只怕也沒幾個。」

小魚兒瞧著那黑黝黝的後園，笑笑道：「這後園你去過麼？」

江玉郎道：「去過一次。」

小魚兒道：「你在這裡也住了許久，只去過一次？」

江玉郎道：「去過一次的人，你用鞭子抽他，他也不會去第二次了。」

小魚兒笑道：「那裡面難道有鬼？」

江玉郎道：「那種地方，鬼也不敢去的。」

他打開一扇門，懸起了一盞燈，小小的屋子裡，有幾柄刀劍，一大堆書，自然，還有張床。

小魚兒眼珠一轉，道：「這就是你的臥房？」

江玉郎長長嘆了口氣，道：「一年多沒有回來，此刻看見這張床，也不覺親熱得很。」

小魚兒笑道：「瞧見你那些寶貝朋友之後，打死我也不相信你以前會老老實實睡在這張床上，你難道真的憋得住？」

江玉郎突然一笑，道：「半夜我不會溜出去麼？」

小魚兒道：「我自然知道大戶人家的子弟，都有半夜溜出去的雅癖，但你爹爹可與別人不同，你怎能逃得過他的耳目？」

江玉郎眨了眨眼睛，道：「你可知道我為什麼要住在這屋子裡？」

小魚兒道：「不知道。」

江玉郎道：「只因這屋子距離我爹爹的臥房最遠，而且窗子最多……這本來應該是傭人住的地方，但我卻搶著來睡了。」

小魚兒笑道：「據我所知，這只怕是你最聰明的選擇了！」

回到了自己的臥房，江玉郎終於也放下了心，睡到床上，還沒有多久，便已真的睡著，而且睡得很沉。他也用不著再去提防小魚兒，他也實在累了。小魚兒也像是睡得很沉。

也不知過了多久，有一陣輕輕的腳步聲走了過來，走到了門外，停了停，輕輕敲了敲房門。門裡沒有應聲，這人將門推開一線，瞧了瞧，然後這腳步聲又走了回去，竟像是走入了那荒涼可怖的後園。

這連鬼都不敢去的地方，他三更半夜走去作什麼？

小魚兒突然張開了眼睛，自頭髮裡摸出了根很細很細的銅絲，竟將這銅絲刺入那「情鎖」上的一個小洞裡。他耳朵貼在這「情鎖」上，將那銅絲輕輕撥動著——他瞇著眼睛，聚精會神地，就像是在聽著什麼動人的音樂。

突然，輕輕「喀」的一響，那鄂中所有的巧匠都打不開的「情鎖」，居然被他以一根細細銅絲撥開了。

他面上不禁露出得意的笑容，揮動著那隻失去自由已久的手，隨手點了江玉郎的「睡穴」。

江玉郎睡得更不會醒了。

小魚兒瞧著他，得意地笑道：「你自以爲聰明，其實卻是個呆子，竟一直以爲我真的弄不開這見鬼的『情鎖』，你也不想想，我是在什麼地方長大的。」

「惡人谷」中既然有最出色的強盜，自然也有最出色的小偷，在最出色的小偷手下，世上哪有打不開的鎖？

但他爲什麼卻又一直寧願和江玉郎鎖在一起？寧願受各種氣？他心裡究竟又在打著什麼主意？莫非他早已猜到江玉郎的父親必定是個神秘的人物？莫非他早已猜到這地方

必定有一些驚人的秘密?

他要和江玉郎鎖在一起,莫非只不過就是要到這裡來!而且還可令別人都因此而不再防備著他?任何人都以為他是常常擺不脫江玉郎的,有江玉郎時時刻刻,寸步不離跟著他,別人自然都放心得很。

但這時,小魚兒已溜出了窗子。他竟向那連鬼都不敢去的後園掠了過去。這時,那腳步聲入園已有許久了。

小魚兒掠入那圓月形的門時,只瞧見遠處有燈火閃了閃,然後,便是一片黑暗,燈火竟似熄滅。

黑暗中,樹木在風中搖舞,彷彿是許許多多不知名的妖魔,正待擇人而噬。天上雖然有黯淡的星光,但星光卻更增加了這園林的神秘與恐怖。風很冷,但小魚兒掌心卻是濕濕的,已沁出了冷汗。

假如是別人,此刻早已退回去了。但小魚兒卻不是「別人」,小魚兒就是小魚兒,天下獨一無二的小魚兒,他若要前進,世上再無任何事能令他後退。

他早已認準了方才那燈火閃動之處,他就直掠過去。但園林中只有枯萎了的樹木、頹敗了的山石小亭,方才那一點燈火,早已不知到哪裡去了。

走著走著,小魚兒突然迷失了方向。一陣風吹過,他忍不住機伶伶打了個寒噤,他忽然發覺自己根本不知道該走到哪裡去？該找些什麼？

就在這時，一條黑影自黑暗中竄了出來！小魚兒魂都幾乎被駭飛了，黑影竄過去，竟是條黑貓！但這黑貓又怎會入了這後園？又怎會突然竄出來？

小魚兒心念一轉，絕不再多猜，立刻伏到地上，前面有一堆碎石瓦礫，還有一片枯萎的菊花。

他身子剛伏下來，十餘丈外，突然有一扇窗子亮起了燈火。接著，一條人影緩步走了出來。這人手掌著燈，燈光照著他的臉，赫然正是江別鶴！

只聽「咪嗚」一聲，那黑貓便向他竄了過去，竄入他懷裡，他反手扣起了門，抱著黑貓走了回去。

小魚兒伏在地上，連大氣都不敢出。燈火，剛剛去遠，園林中像是更黑、更冷。小魚兒又等了許久，才悄悄爬了出來，悄悄走過去，走到前面，才瞧出那裡有間小小的花房。

門，已鎖上了。

於是小魚兒又有了機會施展他開鎖的本事。

他輕輕推開了門，點著了他方才從桌子上偷來的火摺子。花房裡蛛網密佈，角落裡堆著些破爛的花盆、枯葉，此外就什麼也沒有了——半夜三更，江別鶴跑到這什麼也沒有的破屋子裡來作什麼？

風吹著窗戶，吱吱作響，風從破了的窗紙裡吹進來，就像是一隻冰冷的鬼爪子，在摸小魚兒的背脊。小魚兒真想逃去，逃回床上，用棉被蓋住頭，這種地方，真是連鬼也不會願意來的。

但連鬼也不來的地方，豈非最好隱藏秘密！

他目光四下轉動，瞧了半晌，也瞧不出這屋子裡有什麼可疑之處。屋子裡到處都積著灰塵，像是已有許久沒有人來過！但江別鶴方才明明來過，灰塵上怎會沒有他的腳印？小魚兒心一動，俯身摸了摸，那灰塵竟是黏在地上的，除非你用力去搓，否則什麼痕跡也不會留下。

小魚兒幾乎跳了起來，他知道這屋子必有地道，但他將每個角落都找遍了，還是找不出有什麼機關消息。

他幾乎絕望了，仰面長長嘆息了一聲。蛛網，在風中飄搖，有些蛛網已被風吹斷了，蜘蛛正忙著在重新結起。但有一張蛛網，任憑風怎麼吹，卻動也不動。

這種事別人也不會注意，但世上再也沒有一件事能逃過小魚兒的眼睛，他立刻竄了過去！

只聽「格」的一聲，接著，又是一連串「格格」聲響，蛛網下的一堆枯柴突然緩緩移動，露出一個洞來！小魚兒也曾見過許多設計巧妙的秘密機關，但卻從未見過有任何一處比這更巧妙、更秘密。

除了沒有窗子，這一間最標準的書房，就和世上大多數讀書人讀書的地方完全一樣。

書房的左右兩壁，是排滿了書的書櫥書架，中間是一張精雅的大理石書桌，桌上整齊地排列著文房四寶。

除此之外，自然還有盞銅燈，小魚兒點燃了它，然後，便坐在那張舒服的大椅子上，他開始靜靜地想：「我若是江別鶴，我會將秘密藏在什麼地方？」

任何一間書房裡，可以收藏秘密的地方都很多，但假如那秘密是一些紙張，最好是藏在什麼地方？

最好自然是藏在書裡！但這裡有成千成百本書，他又會藏在哪本書裡？

自然要藏在別人最不會翻閱的一本書裡——雖然，這裡絕不會有人走來翻他的書，但他卻也會習慣地這樣做的。

小魚兒站了起來，仔細去瞧那書架。他一本本地瞧，書架上有石刻的史記、漢書，還有些手抄的珍本雜記，每本書上都已積著灰塵。

江別鶴到這裡，自然不會是爲了看書，這些書上自有積塵，但這裡……就在這裡，卻有本書非常乾淨。

這本書不算薄，小魚兒抽下來，書皮上寫的是：「本草」。

小魚兒笑了，他知道這必定就是他要找的書。

他翻開了它，就發現這本書中間已被挖去了一塊，四邊卻黏在一起，就像是個盒子。

書中被挖去的地方，竟放著幾張精巧的人皮面具，還有三兩個小瓶子，這顯然是易容的工具。

但小魚兒卻對這些完全沒有興趣，他再找，又找出個同樣的「書盒子」，這裡面也有幾隻小木瓶。瓶子裡裝的竟是非常珍貴的毒藥！

小魚兒嘆了口氣，再找他又找出了一疊數目大得駭死人的銀票，還有張很長的名單。他也懶得去瞧那些名字，只瞧見每個名字下都有個括弧，括弧裡有的寫著「少林」，有的寫著「武當」，每一個都寫的是名門大派，也許，這些雖然都是驚人的秘密，但卻不是小魚兒所要找的，他失望地在椅子上坐了下來。

突然，他瞧見書桌旁有些矮几，矮几上堆滿了紙，各色各樣的紙，他眼睛像是一亮，抓起了一疊紙。

紙質很輕、很薄，卻帶著韌性，這種紙，在當時是非常特殊的，小魚兒也不過只見過一次。但他卻知道這種紙的味道！只因他曾經將一張同樣的紙吞入肚裡。

這疊紙，正和他從鐵心蘭處得來的那「燕南天藏寶圖」的紙質是完全一樣的，他再也不會忘記。

他仔細地刮了一小撮塵土，輕輕抹在最上面一張紙上，紙上便現出了花紋，果然正是那藏寶圖的圖形。

要知那藏寶圖爲了要求逼真，是用木炭條畫的，在上面的一張紙上畫圖，下面的紙上自然難免留下痕跡。

此刻小魚兒用灰塵一抹，這些痕跡自然就現了出來，而江別鶴在畫過最後一張圖後，又恰巧沒有再動過這疊紙。

小魚兒長長嘆了口氣，喃喃道：「僞造那藏寶圖的人，果然就是他！要害得天下英雄自相殘殺的人，果然就是他！」

他冷笑道：「好一個大仁大義的『江南大俠』！我早知道你有不可告人的野心，否則你又怎會如此矯情，如此做作？……你不但想將天下英雄俱都瞞在鼓裡，竟還想將不易收服的人俱都用計除去，好讓你獨霸天下！」

他小心地將一切又重歸原位，喃喃道：「你若不惹我，你的事我本也懶得管的，但誰叫你害得我也上了次大當，我若不教訓教訓你，豈非對不住自己？」

他吹熄了燈，退了出去！將機關也回復原狀。

只因他知道此刻就算要揭破江別鶴的陰謀，別人也不會相信的，江別鶴實在裝得太好了。所以他只有再等，反正江別鶴是跑不了的！

江玉郎還在沉沉的睡著，甚至連姿勢都沒有變，他的頭埋在枕頭裡，那副已打開了的「情鎖」也仍掛在手上。

小魚兒不動聲色地上了床，又將手套入「情鎖」裡，「格」的鎖上，此刻他什麼都不再想。

他要舒服地睡一覺，養足精神好對付明天的事。但他眼睛還沒有閉上，屋子裡突然有火光亮起。

小魚兒一驚，張開眼，便瞧見一個人笑嘻嘻站在床頭。閃動的火光，照著他蒼白的臉，照著他詭秘的笑容……

這人竟赫然是江玉郎！但江玉郎不是明明睡在他旁邊麼？又怎會站到了床頭？小魚兒跳了起來，再看他身旁的人。

他身旁那人也抬頭向他笑，卻是那又聾又啞的殘廢老人……小魚兒怔了半晌，突然大笑道：「我明明知道江別鶴是個厲害人物，怎地還是小估了他？」

江玉郎冷冷道：「這也很好笑麼？以我看來，你本該痛哭才是。」

只見江別鶴緩緩走了進來，含笑瞧著他，柔聲道：「你發現了那麼重要的秘密本該快快逃走才是，但你居然還能不動聲色地回來，你的確有驚人的膽子。」

小魚兒道：「你明明知道我已發現了你的秘密，居然還能不動聲色地等我回來，等我再將自己鎖起……唉，你的確了不起。」

江別鶴道：「你小小年紀，居然能騙過了我，居然能找出我的秘密，這實在是我絕未想到的事，的確令人佩服。」

小魚兒道：「你竟能令天下人都相信你是個大仁大義的英雄，竟能令每個人都對你如此尊敬，當真不愧爲一代梟雄。」

兩人你一言我一語，竟互相推崇起來，假如有不相干的人在旁邊聽著，誰也不會猜到他們心裡在打什麼主意。

江別鶴嘆道：「我實在很愛惜你的才智，但你爲什麼偏偏要來和我作對，你既然知道了那些秘密，我縱然愛惜你，也只有忍痛割愛了。」

小魚兒嘆道：「我實在也很愛惜你的才智，很願意見到你大事成功，但你爲什麼偏偏要做出那些見鬼的藏寶圖來，害得我也上了次當。」

江別鶴面上突然微微變了顏色，失聲道：「你怎知道那藏寶圖與我有關？」

小魚兒道：「若不是那藏寶圖，我又怎會來到這裡？我又怎會辛辛苦苦地來發掘你的秘密？只要你不惹到我，你的秘密關我屁事？」

江別鶴瞧了江玉郎一眼，道：「你什麼時候知道的？」

小魚兒笑道：「我瞧見你這『犬子』身上居然也有張藏寶圖，我就問他是從哪裡得來的，他說是從你書房偷來的，那時，我就想，如此重要的藏寶秘圖，你怎能隨便放在

書房裡？那時我心裡就已有些疑心。」

江別鶴道：「你疑心得很好。」

小魚兒道：「我又聽人說，這『犬子』的父親乃是一代大俠，我又想，常言道：龍生龍，鳳生鳳，一代大俠怎會養得出如此卑鄙無恥的兒子。」

江別鶴微笑道：「你罵得也很好。」

小魚兒道：「後來我瞧見你，居然住在這種地方，居然自己搬桌子端菜，身旁只用了又聾又啞的老頭子，我又想，這人若不是聖賢，就必定是我從未見過的大奸大惡之徒，因為世上只有這兩種人能做出這樣的事。」

江別鶴笑道：「我自然不太像是聖賢。」

小魚兒道：「所以我就一心探一探你的秘密。」

江別鶴嘆道：「你實在太聰明了，這實在是你的不幸……」

小魚兒道：「我若老些，只怕就能學會裝傻了。」

江別鶴道：「只可惜你只怕永遠學不會了。你可知道今天晚上你並不是唯一想害我的人？」

小魚兒道：「還有誰想害你？」

江別鶴道：「昨夜已有人到我臥房裡去過了，他先將迷香吹進來，再撬開窗子，顯然是要來殺我，只可惜我昨夜並未睡在這裡。」

小魚兒道：「不錯，你昨夜是和我一起睡在新灘口的客棧裡的……但你又怎會知道有人曾經進去過你的屋子？」

江別鶴笑道：「今天我回來時，那屋子裡還有殘餘的迷香氣味，窗台上也還留著個淺淺的足印，昨夜想來殺我的人，並不是老手。」

小魚兒嘆道：「他若是老手，今夜就不會來了。」

江別鶴拊掌道：「不錯，只因他不是老手，所以今夜還會來的。」

小魚兒苦笑道：「所以你就要我睡在你屋子裡，代替你被人殺死，你不但可藉此殺了我，還可藉此捉住那人。那麼，你殺他時，還可說是爲我報仇，別的人若是知道此事，少不得又要稱讚你的仁義。」

江別鶴大笑道：「和你這樣聰明的孩子說話，當真有趣得很……我甚至根本不必說出來，你便已知道我的心意。」

四十 冤家路窄

小魚兒果然被送到江別鶴臥房的床上。

「情鎖」還是他自己打開的，但鎖一開，他身上「肺俞」、「心俞」、「督俞」、「膈俞」、「肝俞」、「膽俞」、「脾俞」、「三焦俞」等八處穴道，立刻就被江別鶴一一點遍。

現在，他睡在床上，眼睜睜瞪著屋頂，心理索性什麼也不去想，反而在數著綿羊，一隻、兩隻……但他直數到八千六百五十四隻，眼睛還是睜得大大的。

他數著綿羊，心裡不由得就想到桃花，想到桃花那紅紅的、像是蘋果般的臉，於是他立刻又想到了鐵心蘭。他從來不知道人類的聯想力竟是如此奇怪，你愈是不願意去想一個人，那人總是偏偏會闖入你心裡來。

「鐵心蘭此刻在哪裡？也許正在和那溫文風雅的無缺公子開心地談著話，但我卻在這裡等死。」

小魚兒閉上眼睛，拚命令自己不要去想她，但鐵心蘭偏偏還似在他眼前，穿著一身雪白的衣服，站在燦爛的陽光下。這就是他第一眼瞧見她時的模樣。

若不是鐵心蘭，他又怎會得到那見鬼的「藏寶圖」，若不是那「藏寶圖」，他又怎會來到這裡？

他再去數綿羊……八千六百五十五……八千六百五十六……但一隻隻綿羊的頭，竟都變成了鐵心蘭的。

突然間，窗外輕輕一響。接著，便有一陣淡淡的香氣飄了進來。

小魚兒立刻屏住了呼吸，暗道：「來了，終於來了，江別鶴果然算得不錯……唉，我連手指都不能動，屏住呼吸又有什麼用？」

他大半個臉都埋在枕頭裡，只露出半隻眼睛。他就用這半隻眼睛往外瞧。

只見窗子輕輕開了一線，接著，一條人影閃身而入。這人穿著一身黑色的緊身衣，手上拿著柄閃亮的柳葉刀，行動顯得十分輕靈矯健，而且膽子也真不小。

刀光忽然閃亮了她的臉。小魚兒恰巧瞧見了她的臉，他立刻駭呆了。這大膽的黑衣刺客，竟是鐵心蘭！

世上怎會有這樣巧的事？莫非是小魚兒看花了眼？但他看的實在不錯，這人的確是鐵心蘭。

她一閃進屋子，瞧見床上有人，就也不瞧第二眼，一步竄到對前，一刀向床上的頭顱砍了下來。小魚兒既不能動，也不能喊，心裡更不知是什麼滋味，他竟要死在鐵心蘭手裡，這豈非是老天的惡作劇！

江別鶴父子就在門外偷偷瞧著，只待她這一刀砍下，他們立刻就要衝進去——這一刀眼見已砍下去了！小魚兒的頭眼見已要離開脖子！

哪知就在這時，突聽「格」的一聲，鐵心蘭手裡高舉著的柳葉刀，竟突然奇蹟般一斷爲二！

江別鶴父子俱都吃了一驚，「是誰有這等身手？」

鐵心蘭更是面無人色，後退兩步，似待覓路而逃。這時窗外已飄入了一條人影，就像是被風吹進來的一朵雲。淡淡的星光照進窗戶。

星光下，只見這人身上穿著件輕柔的白麻長衫，面上帶著絲平和的微笑，在淡淡的星光下，看來彷彿是天上的神仙，從頭到腳，都帶著種無法形容的懾人魅力，但誰也說不出他這種魅力是從哪裡來的。

江別鶴竟也不覺被他這種風雅而華貴的氣質所懾，竟怔在門外，再也想不起武林中哪有這樣的少年。小魚兒卻一眼便認出了他，更幾乎暈了過去。

他自然就是世上所有人類最完美的典型——無缺公子。

鐵心蘭又不禁後退兩步，嘶聲道：「是你？你……你怎會來的？」

無缺公子微微笑道：「自從前天你苦心討來了『雞鳴五鼓返魂香』，我就覺得有些懷疑，所以這兩天來，我一直在暗中跟著你。」

鐵心蘭輕輕跺腳道：「你為什麼要跟著我？你為什麼要阻攔我殺他？」

無缺公子柔聲道：「江湖中人人都說『江南大俠』是位仁義的英雄，你縱然對他有些氣惱，也不該如此殺了他。」

鐵心蘭顫聲道：「你……你知道什麼？你可知道……他殺死了我爹爹？」

這時，江別鶴終於推門走了進去，滿面俱是驚奇之色，像是對什麼事都不知道似的，抱拳笑道：「兩位是誰？……在下平生從未妄殺一人，又怎會殺死姑娘的爹爹？姑娘只怕是對在下有所誤會了。」

鐵心蘭眼睛都紅了，厲聲道：「我爹爹明明留下暗號，告訴我他要來尋你，但到了這裡後，便未曾再出去，難道不是被你害死在這裡！」

江別鶴道：「這位姑娘是……」

鐵心蘭大聲道：「我姓鐵，我爹爹便是『狂獅』鐵戰！」

江別鶴笑道：「原來是鐵姑娘，但在下可以名譽擔保，鐵老先生確未來過此間，姑娘不妨仔細想想，在下若真的殺了鐵老先生，那是何等大事，在下縱待隱瞞，江湖中也必定有人知道的，何況，在下也未必就想隱瞞的。」

「狂獅」鐵戰乃是「十大惡人」之一，江湖中想殺他的人，本就不只一個，若有人殺了他，非但人人稱快，而且人人都要稱讚幾句，江別鶴這番話雖然說的話中帶刺，但卻大有道理。

鐵心蘭正和她爹爹一樣，是個毛栗火爆的脾氣，雖然尋來拚命，但她爹爹究竟是否死在這裡，她卻根本未弄清楚。此刻她聽了這番話，心中雖然氣惱，卻也反駁不得。

江別鶴已向無缺公子抱拳笑道：「公子人中龍鳳，在下走動江湖數十年，卻也從未見過公子這樣的人物，不知可否請教尊姓大名？」

無缺公子微笑道：「在下花無缺，閣下……」

江別鶴長揖道：「在下便是江別鶴。」

鐵心蘭突又跳了起來，大聲道：「你是江別鶴，那麼床上的又是誰？」

江別鶴暗笑道：「這女子看來秀氣，其實卻只怕是個魯莽張飛，竟直到此刻才問床上的是誰……」心念轉動，人已走到床邊，拍著小魚兒道：「此乃在下故人之子，今日遠道而來，是以在下便將臥榻讓給了他……賢侄快快醒來，見過花公子。」

手掌拍動間，他已解開了小魚兒的穴道，但卻又輕輕按在死穴之上，只要小魚兒說出一個字對他不利，他手掌一用力，小魚兒第二個字便再也說不出了。

小魚兒頭仍埋在枕頭裡，突然憋著喉嚨道：「我早已醒了，只是懶得和他們說話而已。」

江別鶴故意皺眉：「你怎可如此無禮？」

小魚兒道：「江湖中誰不知道你老人家是大仁大義的英雄，但他們卻要賴你老人家胡亂殺人，這種不明是非的人，我和他有什麼好說的？」

江別鶴本道小魚兒縱然被脅，最好也不過不開口而已，哪知小魚兒竟爲他辯駁起來，這倒是他未曾想到的事。

突聽鐵心蘭失聲道：「你……你……」瞧了無缺公子一眼，突然一笑，柔聲道：「你既然沒有殺死我爹爹，也就算了，我們走吧。」

江別鶴又是一怔：「這女子神態怎地轉變得如此之快？」

卻不知小魚兒雖然憋住嗓子，但鐵心蘭對他朝思夜想，時刻未忘，又怎會聽不出他的聲音？

她心中正自驚喜交集，突又想到無缺公子若是知道小魚兒在這裡，小魚兒還會有命麼？是以立刻拉著無缺公子就走。

這幾人關係當真是複雜已極，江別鶴縱然是個聰明人，一時之間，卻也難以弄得清，反而笑道：「花公子既來寒舍，怎可如此匆匆而去……」

花無缺笑道：「在下也久聞江南大俠俠名，正也要多領教益，只是……」

小魚兒見他要走，本已在暗中謝天謝地，此刻突又聽他有留下來的意思，一急之下，忍不住又大聲道：「只是你若真的要見我江老伯，本該等到明日清晨，再登門拜訪，三更半夜的越窗而來，成何體統？」

花無缺面色突然一變，道：「你究竟是什麼人？」

鐵心蘭拚命拉他袖子，道：「管他是誰，咱們快走吧。」

她直將花無缺拉出窗子，才鬆了口氣，哪知眼前人影一花，花無缺已不見了，再瞧他人已到了小魚兒的床頭。

小魚兒整個頭都埋進枕頭裡，心裡不住罵自己該死。江別鶴見到花無缺去而復返，更是莫名其妙。

只見花無缺面沉如水，一字字道：「此人可是江魚？」

江別鶴怔了怔，強笑道：「公子可是認得我這位賢侄？」

花無缺長長吐了口氣，展顏笑道：「很好，好極了，你居然沒有死。」

江別鶴見他如此歡愉，再也想不到歡喜的只是爲了可以親手殺死小魚兒，還當他必是小魚兒的好友，當下笑道：「他自然不會死的，誰若要害他，在下也不會答應。」

花無缺悠悠道：「你不答應？」

江別鶴見他神色有異，心裡正在奇怪，小魚兒已跳了起來，躲在他背後，向花無缺做了個鬼臉，笑道：「誰若想殺死『江南大俠』的賢侄，豈非做夢。」

花無缺緩緩道：「在下對『江南大俠』雖然素來崇敬，但卻勢必要殺此人，別無選擇！」

江別鶴又是一怔，失聲道：「你……你要殺他？」

花無缺嘆了口氣，道：「在下委實不得不殺。」

江別鶴瞧了瞧小魚兒，不禁暗道一聲：「糟！我終於還是上了這小鬼的當了。」要知他話既已說到如此地步，以他的身分地位，那是無論如何也不能眼看別人在他面前殺死他「賢侄」的。

小魚兒瞧他神色，心裡真是開心得要命，口中卻嘆道：「江老伯，你就讓他殺死我吧，這人武功高得很，反正你老人家也不是他的敵手，江湖中人也不會恥笑你老人家的。」

江別鶴暗中幾乎氣破了肚子，面上卻微笑道：「花公子當真要令在下為難麼？」

花無缺沉聲道：「閣下但請三思。」

突然間，江玉郎捂著肚子衝進來，面色蒼白得可怕，身子也不住顫抖，指著小魚兒道：「他……他送來的酒中有毒！」

江別鶴面色也立刻慘變，回身瞪著小魚兒，厲聲道：「我父子待你不薄，你……你為何要來害我……難怪你自己一滴不嚐，原來你竟在酒中下了毒！」

這變化不但大出花無缺意料之外，連小魚兒也怔住了。

但他立刻便又恍然，不禁暗罵道：「好個小賊，好陰損的主意……」

這主意的確是個高招，情況一變，變得連江別鶴父子自己都要殺他了，自然再也用不著阻攔花無缺。

只見江別鶴突然自懷中拔出了那柄寶劍，怒罵道：「我待你如子如侄，不想你竟爲了這區區一柄劍便要置我於死，你……你這種忘恩負義全無天良之人，若是容你活下去，還不知有多少人要死在你手裡，我豈能不爲世人除害！」手腕一抖，短劍直刺小魚兒的胸膛。

哪知他劍方刺出，花無缺已輕輕托住了他的手腕。

江別鶴又是一驚，既驚於這少年出手之快，更不知道少年爲何又反過頭來阻攔於他，失聲道：「公子你……你爲何……？」

花無缺道：「抱歉得很，在下必須親自動手！」

他突聽江玉郎慘呼一聲，倒在地上。

江別鶴也立刻捂住肚子，慘笑道：「既是如此，在下……在下……」

話未說完，倒退幾步「噗」地坐倒椅上。

花無缺嘆了口氣，自懷中取出個小小的玉瓶，送到江別鶴手裡，道：「這仙子香與素女丹一外敷，一內服，可解世間萬毒，閣下但請自用，恕在下不能親自爲賢父子效勞了。」

他雖有行動，雖在和別人說話，但目光卻始終瞬也不瞬地盯在小魚兒身上，他已嘗過小魚兒鬼計的滋味，這一次哪敢有絲毫大意？

小魚兒也知道自己這一次只怕是休想再能跑得脫的了，索性盤起雙腿，坐在床上，笑嘻嘻地瞧著他道：「我居然沒有死，真該恭喜你才是。」

花無缺一笑道：「不錯，你居然未死，實乃我之大幸。」

小魚兒笑道：「你自信這一次真的必定能殺死我？」

花無缺道：「這一次你縱然再想自殺，也是絕不可能的了。」

小魚兒揚了揚眉，道：「哦？」

花無缺緩緩道：「在這樣的距離之內，無論任何人的手只要一動，我便可先點下他左右雙臂一十八處穴道。」

他淡淡說來，就像是在說一件最簡單最輕易的事，但小魚兒卻知道他說的絕沒有半句假話。

窗外，鐵心蘭突然將柳葉刀彈得「叮叮」作響，她這柳葉刀本是鴛鴦兩柄，斷了一柄還剩下一柄。

小魚兒眼珠子一轉，笑道：「你可敢讓我自己走出去？」

花無缺微微一笑，道：「你想你能逃得了麼？」

小魚兒笑道：「你何必多心，我只不過是不願意被你抱出去而已。」

他一躍下床，瞧了江別鶴父子一眼，若是別人，此刻少不得要大聲揭破這父子兩人的奸謀。但小魚兒卻知道那不過是白費氣力，他說的話花無缺根本連一個字也不會相信。

那是個很老式的窗子，窗台很低，就像門檻一樣。

小魚兒搖搖擺擺地一腳跨了出去，他瞧著鐵心蘭，鐵心蘭也在瞧著他，那雙美麗的眼睛裡究竟含蘊著多麼複雜的情感？這只怕誰也分不清。

柳葉刀仍被她彈得「叮叮」直響。夜風中已頗有寒意。

小魚兒筆直向前走，也不回頭去瞧花無缺，他知道花無缺必定不會離他很遠的，他再瞧也是沒有用。他搖搖擺擺走過鐵心蘭身旁。

突然間，刀光一閃，柳葉刀向小魚兒身後直劈過去。

小魚兒自然知道這一刀是劈向花無缺的，花無缺就算有天大的本事，也得先閃避——鐵心蘭刀法也算一流高手。刀光閃處，小魚兒已向前一躍而出。

只聽鐵心蘭叱道：「接住……」

哪知刀在半空突聽「叮」一聲，剩下的這柄柳葉刀也突然奇蹟般折為兩段，自空中直跌下來。

花無缺已又到了小魚兒身後，道：「你還要往前走麼？」

他語聲仍是那麼平和，面上也仍然帶著微笑，就像什麼事都沒有發生過似的，更絕不去瞧鐵心蘭一眼。他若去瞧鐵心蘭，鐵心蘭怎有顏面見他？他一生中絕不會傷害任何一個女孩子，何況這女孩子是鐵心蘭。

小魚兒嘆了口氣，只得再往前走。

他走了幾步，忽然嘆道：「你對女孩子可真不錯。」

花無缺笑道：「這是我從小的習慣。」

小魚兒道：「假如那女孩子很醜哩？」

花無缺道：「只要是女孩子，就全是一樣。」

小魚兒笑道：「我真想找個很醜很醜的女孩子來……癩痢頭，掃把眉，葡萄眼，塌鼻子，缺嘴巴，再加上大痲子……我倒要瞧你對她如何？」

花無缺道：「抱歉得很，你只怕沒有這機會了。」

小魚兒忽又嘆了口氣，道：「這實在是件令人很難想像的事，你要殺一個人時，居然還能不慌不忙地和他談笑聊天，這……這簡直不可思議。」

花無缺淡淡笑道：「聊天和殺人，完全是……」

小魚兒苦笑道：「完全是兩回事，是麼？」

花無缺道：「不錯，我自己要和你聊天，但我得的命令卻要我殺了你，所以這完全是兩回事，互相絕沒有關係。」

小魚兒嘆道：「我真不懂，你怎能將這兩件事分開的？」

花無缺道：「這是我從小所得的教訓。」

小魚兒長嘆道：「你真是個聽話的孩子。」

花無缺笑了笑，道：「你還要往前走麼？」

小魚兒苦笑道：「是你要殺我，不是我要殺你，你並不需要徵求我的意見。」

花無缺緩緩道：「那麼……就在這裡停下吧。」

小魚兒四望一眼，淡淡的星光下，遠處龜山巨大的山影朦朧，近處垂楊的枝條已枯萎……

小魚兒喃喃道：「奇怪，江南的秋，怎會來得這麼早，我江魚又怎會死得這麼早？……」

直到花無缺等人俱已去遠，江玉郎才跳了起來。

江別鶴也坐直了，瞧著他笑道：「想不到你應變的急智，竟還在我之上。」

江玉郎垂首道：「孩兒怎及爹爹，孩兒只不過是……」

江別鶴嘆道：「你在你自己爹爹的面前，並不需要太用心計，就算你智計強勝於我，我難道還會對你怎樣不成？」

江玉郎道：「是。」

江別鶴撫摸著那玉瓶，皺眉道：「仙子香，素女丹……想不到那花無缺竟是『移花宮』的弟子，此人出現江湖，我倒要留意些才是。」

江玉郎道：「他武功雖高，但卻完全不懂事，又有何可怕？」

江別鶴嘆道：「此人大智若愚，又豈是你所能揣測。」

江玉郎笑道：「但那位鐵姑娘，卻的確有些大愚若智，不過……她爹爹是否真的沒有來過這裡？你老人家是否真的沒有殺他？」

江別鶴冷冷一笑，道：「我雖然真的沒有見到過『狂獅』鐵戰，但像她那樣的女孩子，說出來的話卻很少會有假的。」

江玉郎皺眉道：「她既然沒有說假話，而你老人家又真的沒有見過『狂獅』鐵戰，那麼，這究竟是怎麼回事？」

江別鶴嘆聲道：「這就是說，『狂獅』鐵戰雖然來過，但卻改扮成另一種模樣，而我竟一時疏忽，沒有認出他來。」

江玉郎道：「但……但那女子又說她爹爹到了這裡後，便未曾出去。」

江別鶴悠悠道：「不錯，他此刻或許還在這裡。」

江玉郎動容道：「在這裡？」

江別鶴冷笑一聲，長身而起，冷冷道：「你莫要忘記，此間除了我父子之外，還有一個人的。」

江玉郎失聲道：「你老人家是說那老聾子？」

江別鶴冷笑道：「他難道不能裝得又聾又啞麼？」

江玉郎道：「但你老人家曾經偷偷從他背後走過去，在他耳畔把那面大鑼敲得山響，我從前面看，他真的連眼睛都沒有眨一眨。」

江別鶴道：「有定力的人，縱然山崩於前，也不會眨一眨眼睛的。」

江玉郎立刻放低了語聲，道：「你老人家可知道此刻他在哪裡？說不定已經逃走了也未可知。」

江別鶴卻放大了聲音，厲聲道：「他以為我不會懷疑到他，所以必定尚未逃走，此刻我父子只要瞧見了他，就立刻將他殺死，絕不要再給他說話的機會，『寧可錯殺一百好人，也不要漏掉一個奸細！』這句話你切切不可忘記！」

江玉郎聽他聲音說得這麼響，心裡不禁大是奇怪！

「那老頭若非聾子，聽見這話豈非要跑了麼？」

但轉念一想，立刻又恍然！

「爹爹想已知道他就在附近不遠，他若駭得跑了，豈非便可證明他就是『狂獅』鐵戰，那時再追也不遲。」

只見江別鶴「砰」的一聲，推開了門！

四一 流浪江湖

門外是條走廊，走廊的盡頭有間小屋，屋裡有爐火，火上燒著壺水，老人正蹲在壺邊，等著水沸。他動也不動地蹲在那裡，顯得那麼安詳，那麼寧靜。

他這一生中已「等」了多久？還要「等」多久？對於「等」他自然比少年人有更多的忍耐。

江別鶴厲聲道：「很好，你裝得很像，但無論如何，我還是要你的命！」他一步竄過去，手掌向老人頂門直擊而下。

老人卻抬起頭來，向他一笑，指著爐子上的水壺，像是在說：「水開了，我就替您沏茶。」

江別鶴這隻手掌終於只輕輕落在他肩上。這老人若是聽見他說的一個字，笑容又怎會如此安詳？

淡淡的星光，照在花無缺臉上，真是張毫無瑕疵的臉。天下少女們在夢裡所幻想的白馬王子，就該是這模樣。

小魚兒瞧著他，忽然笑道：「你知道麼？你『無缺』這名兒的確取得很好，你的確沒有什麼缺憾……你出身於世上名聲最響的武林聖地，你少年英俊，不慮錢財，你的武功可使江湖中每一個人都對你恭恭敬敬，你的美貌、談吐和風神，又可使天下每一個少女都爲你著迷，你的名譽也無懈可擊，令人甚至在背後都不能罵你。」

他搖著頭笑道：「天下若真有一個完美無缺的人，那人就是你。」

花無缺微微笑道：「多謝誇獎。」

小魚兒悠悠道：「但我卻忽然發覺，你還是少了樣情感。你徹頭徹尾是個沒有情感的人，你身上流的血，只怕都是冷的。」

花無缺淡淡一笑，道：「是麼？」

小魚兒大聲道：「你不服麼？好，我問你，你可真的懂得什麼叫愛，什麼叫恨？你可曾嚐過愛的滋味？恨的滋味？」

他一步步往前走，接道：「你甚至連煩惱都沒有，老、病、愁悶、貧苦、失望、悲傷、羞侮、惱怒……這些本是全人類都不能避免的痛苦！但你卻一樣也沒有……一個完全沒有痛苦的人，又怎能真正領略到歡樂的滋味？」

他長嘆了一聲，緩緩接道：「你既沒有真正愛過一個人，也沒有真正恨過一個人，你沒有痛苦，也沒有歡樂……別人也許都羨慕你，我卻覺得你活著實在沒有什麼意思。」

花無缺默然半晌，神色竟還是那麼安詳，絕沒有任何變化，他只不過是淡淡笑了笑，道：「也許你說得不錯，這只怕也是我從小的環境造成的。」

小魚兒苦笑道：「不錯，只有『移花宮』才能造出你這樣的人，使你變成一個活動的木頭人。你雖然對每個人都謙恭有禮，但心裡卻絕不會認爲他們值得尊敬，你雖然對每個女孩子都溫柔體貼，但也絕不是真的喜歡她們。」

花無缺嘆道：「這的確是遺憾得很。」

他又長嘆一聲，道：「就算你要殺人，你心裡都未必認爲他是該殺的。」

小魚兒仰天一笑，道：「好，現在我話已說完了，你只管動手吧，我倒要看看，你到底能在幾招內將我殺死！」

花無缺道：「你可要使用兵器？」

小魚兒道：「我沒有兵器。」

花無缺柔聲道：「你若願使用兵器，我可以陪你到有兵器的地方，讓你選擇一樣。」

小魚兒苦笑道：「你明明知道我縱有武器，也非你敵手，你明明要殺死我，卻還要對我如此客氣，若是別人，必定要認爲你是個陰險毒辣的人，但我卻知道你不是，因爲你連虛僞作假都不會，因爲你根本不必作假。」

花無缺道：「你實在很了解我。」

小魚兒道：「你再想找一個這麼了解你的人，只怕很難了。」

花無缺嘆道：「不錯。」

小魚兒抹了抹發乾的嘴唇，道：「我不要用兵器，你動手吧。」

花無缺仰頭瞧了一眼。秋風吹過，一片枯葉飄飄落了下來，星光更淡了，大地充滿了蕭瑟之意。

他嘆了一聲，悠悠道：「這樣的天氣……」

小魚兒接道：「這樣的天氣，的確很適於殺人。」

突聽鐵心蘭冷冷道：「這樣的天氣，只令我覺得冷得很……」

她突然走過來，身上竟已是完全赤裸著的！

星光，柔和地灑了她全身。

世上絕對無法再找出一樣比這赤裸的少女胴體更美、更眩目的東西來，簡直美得令人窒息。一瞬間，小魚兒和花無缺呼吸都爲之停頓。

花無缺顫聲道：「你……你……」

鐵心蘭轉身面對著他，悠悠道：「你看我美麼？」她起伏著的胸膛，在月光下看來是那麼蒼白。

花無缺不由自主地閉起了眼睛，道：「你……你為什麼要……」他剛閉起眼睛，鐵心蘭已撲上去緊緊抱住了他。

花無缺只覺得一個冰冷的、柔滑的身子，纏住他的身子，他的心房突然猛烈地跳動，手足也顫抖起來。

他一生中從未有這種感覺，他彷彿要暈迷、爆裂……他根本不知該如何是好。

鐵心蘭顫聲道：「死人，你……你還站在這裡？」

小魚兒站在那裡，像是已發了呆。

鐵心蘭嘶聲道：「你這樣……你還不走？」

小魚兒目中突然流下淚來。

這幾乎是他平生第一次流淚，他也不知道這是感激的淚？是悲傷的淚？是憤怒的淚？還是羞愧的淚？

花無缺的手根本不敢去碰鐵心蘭的身子，自然也掙不脫她，額上已有了汗珠，只有連聲道：「放手……放手……」

鐵心蘭也是流淚滿面，道：「你……你再不走，我就死在你面前！」

小魚兒道：「我……我……」

他最後瞧了鐵心蘭一眼——那無辜而純潔的胴體，已滿臉晶瑩的淚珠，這必將令他永生不能忘懷。他狂吼一聲，發瘋似的轉頭奔了出去。

小魚兒像一條負傷的野獸，在這秋夜中的原野裡狂奔著，也不知究竟奔出了多遠，更不知已奔到何處？

他已再沒有眼淚可流，他的心亂得就像是他的頭髮。他一生中從沒有這樣痛苦，這麼心亂過。

水田裡的稻穗已成長，在晚風中像是大海的波浪。小魚兒奔入一塊稻田中央，在星光下躺了下來。

積水的污泥，浸著他的身子，星光自稻穗間望出去，顯得更遙遠、更飄忽，更不可捉摸。

他暗問自己：「我能算是個人麼？」

「我自以爲誰都比不上我，我瞧不起任何人，但別人要殺我時，我卻連一點法子也沒有。」

「我瞧不起女人，尤其是鐵心蘭，只因我知道她愛我，所以就拚命令她傷心，但到頭來，卻要她犧牲自己來救我！」

「我自以爲是天下第一個聰明人，但此刻卻像條狗似的被人追逐，像條狗似的夾著尾巴逃。」

「我這次雖然逃脫了，但我這一生中難道都要這樣逃麼？我這一生中難道都要等別人來救我？」

「不錯，花無缺的計謀也許不如我，但像他這樣的人，又何必再用什麼計謀？只因他真實的本事。」

「而我……我卻只想靠聰明，靠運氣……一個人若只有聰明，而沒有本事，那又有什麼用？」

「我自以為連『惡人谷』裡的人都怕我，所以覺得很了不起，卻不知他們怕我，只不過是像父母怕一個頑皮的孩子似的，若是真的動手，我能強得過屠嬌嬌？李大嘴？『血手』杜殺？……」

小魚兒就這樣躺在水田裡，反反覆覆地想著。

小魚兒終於爬了起來，他身上滿是污泥，臉上也滿是污泥，他也不管，只是沿著田埂往前走。

前面有煙火點點，彷彿是個村鎮市集。一家小客棧旁的空地上，團聚著一群人，裡面鑼鼓聲打得「叮咚」直響，紅紙大燈籠也在風中直晃。

這自然是個走江湖的戲班子。

小魚兒走到前面，蹲下來。一個穿著紅衣服，紮著兩根小辮子，眼睛大大的女孩子正在那裡走繩索。另外還有大大小小、老老少少幾個人，有的在旁邊舞刀，有的在翻觔斗，有的在打鑼，有的在敲鼓。

小魚兒只是蹲在那裡，眼前演著什麼，他根本沒有看，他只覺得很蕭索，只是想看看人們的笑容。也不知過了多久，他模模糊糊感覺到有人歡呼，有人拍手，還有銅錢落在地上的叮叮聲響。

然後人群散去了，走江湖的在收拾著傢伙，那個穿紅衣服的女孩子卻像是個公主似的，只是坐在那裡喝水。她皺著眉瞧了小魚兒一眼，那雙大眼睛裡閃著光，突然從懷裡摸出了個銅板，拋在小魚兒面前，立刻又扭轉了頭。

戲班子也走了，穿紅衣的小姑娘昂著頭走過小魚兒旁邊，像是沒有在意，伸腳輕輕踢了踢，將那銅板踢到小魚兒腳下。

這是多麼善良的人們，瞧見了別人的窮困，就忘記了自己的。大人們在笑著，討論著今天的收穫可以買多少肉，打多少酒，至於明天——明天是另一個日子，他們用不著去為明天煩惱，明天縱有不幸的事，縱然沒飯吃，且等到明天再去煩惱，今天先喝了酒再說。

這又是多麼豁達的人們——小魚兒此刻想過的，正是這種只有「今天」，沒有「明天」的日子。

他撿起了那銅錢，跟在他們後面走。前面不遠，就是江岸，江岸旁停著的一艘船，這就是他們的家。

一個藍布衣褲，敞著衣襟，露著紫銅的胸膛的虯髯老人正在指揮著將兵刃傢伙搬上船去。

他年紀雖已必在六十開外，但身子卻仍像少年般健壯，他生活雖然落魄，但神情間卻自有一股威嚴。

這想來必是戲班子的主人了。

小魚兒突然趕過去，恭恭敬敬作了個揖，道：「老爺子，我也跟著你走江湖好麼？」

那老人瞧了他一眼，笑了，搖頭道：「走江湖可不是好玩的，要有本事，還得不怕吃苦。」

小魚兒想了想，道：「我不怕吃苦，我會翻觔斗。」

老人大笑道：「翻觔斗？幹咱們這行的誰不會翻觔斗，翻觔斗原是最簡單的玩意兒……野犢子，你就翻幾個讓他瞧瞧。」

一個濃眉大眼的結實少年笑嘻嘻走了出來，一挽袖子，也沒擺什麼姿勢，就一連翻了七、八個觔斗。

小魚兒眨了眨眼睛，道：「你最多能翻幾個？」

那野犢子笑道：「大概二、三十個吧。」

小魚兒道：「但我卻可以翻一、兩百個。」

那老人笑道：「哦！能一口氣翻八十個觔斗的人，我少年時倒見著一個，那就是李家班李老大，自從他挨了一刀後，就再沒有別人了。」

小魚兒道：「但我卻能翻一百六十個。」

老人大笑道：「你若真能翻一百六十個……不，只要能翻八十個觔斗，這行飯就能吃上個一輩子了，雖沒有什麼好的吃，但也有酒有肉。」

他話未說完，小魚兒已翻起觔斗來。

他一身銅筋鐵骨，武功雖不能和絕頂高手相比，但翻起觔斗來，那可當真比吃豆子還容易。

等他翻到三十個，大家都已圍了過來，他翻到六十個時，大家都已喝采，在為他打氣。

等他翻到八十個時，大家都已瞪大了眼珠，連喝采都忘了，那穿紅衣服的少女大眼睛的光也就更亮。

小魚兒直翻了一百多個，才算停住，笑道：「夠了沒有？」

老人拊掌大笑道：「夠了，夠了……太夠了，快跟著野犢子上船去，洗個臉，換件衣裳，等著吃宵夜吧。從今天起，你就是咱們海家班的人了。」

小魚兒垂頭道：「我爹爹媽媽剛死沒多久，我在他們墳前發過誓，為他們守三年喪，我……我發誓說這三年絕不洗臉。」

老人嘆了口氣，道：「可憐的孩子，想不到你還這麼孝順……我的孩子們叫我四爹，以後，你也叫我四爹吧。」

於是小魚兒就在這走江湖，玩雜耍的「海家班」留了下來，每天翻觔斗，過著新奇，卻又平凡的日子。

他現在已知道這班子裡的人差不多都是海四爹的子侄兒女，野犢子是他的六兒子，也是功夫最好的一個。那穿紅衣裳的小姑娘，卻是這班子的台柱，她叫海紅珠，是海四爹在五十大慶那天生的小女兒。

除此之外，他知道的就不多了。

除了翻觔斗外，別的事他幾乎全都不管，每天除了吃飯、睡覺、翻觔斗外，他就是坐在那裡發愣。

誰也不知道他發愣的時候，正是在尋思著武功中最最奧秘的竅要，普天之下幾乎沒有幾個人懂得的武功竅要。

那本犧牲了無數人命才換得的武功秘笈，他早已背得滾瓜爛熟，他想通了一點，等到晚上別人都睡著了時，就偷偷在江岸無人處去練，別人只覺得他有些奇怪，有些傻，但也沒有人去管他。

他翻觔斗的玩意兒既十分叫座，又從不想分銀子，他就算有點奇怪，有些傻，甚至有些懶，別人也都可原諒了。

現在，他不再是天下第一個聰明人，現在，別人都叫他海小呆。

飄泊的人們，終年都在飄泊，從長江這頭到那頭，從東到西，從南到北，小魚兒也不知道究竟到過些什麼地方。

這一天，船又靠岸了。他正坐在船舷洗腳，背後突然伸過來一隻白白的、小小的手遞給他一個橘子。

他接過來剝了就吃，也不回頭。海紅珠站在他身後，等了很久，他不回頭，她只有走過來，在他旁邊坐下，也脫了鞋子，在江水中洗腳。

那是雙白白的、小小的腳，腳踢起了水花，濺了小魚兒一身，但小魚兒卻動也不動，也不說話。

海紅珠瞟了他一眼，突然「噗哧」一笑，道：「你既然不理我，爲何又吃了我的橘子？」

小魚兒道：「我不會說話。」

海紅珠笑道：「你不會說話？你難道是啞巴？」

小魚兒冷冷道：「我不配和你說話。」

海紅珠柔聲道：「你不配，誰說你不配？……」

她靈活的大眼睛俏巧地轉動著，抿著嘴一笑，道：「別人都叫你小呆，但我卻知道你是聰明人。不但聰明，而且比別人都要聰明得多，是麼？」

小魚兒現在最怕聽的，就是別人說他聰明。

他一皺眉站起來，轉頭就要走，但這時他突然瞧見了一群人，他立刻怔住，就像是被釘子釘在地上，整個人都不能動！

江岸上，正有一群人，踏著青青的草地，談笑著走了過來。他們穿著鮮艷的、輕柔的春衣，他們面上的笑容是那麼開朗而歡愉，春風輕撫著他們的春衣，陽光是那麼溫暖，而他們正年少！

生命是可愛的，有什麼事能令他們憂慮？

這歡樂的一群，正有著小魚兒最不願見到的人，那正是花無缺、鐵心蘭、慕容九和江玉郎。

江玉郎居然和他們在一起！

此刻，一群衣著鮮明的人正圍著花無缺，陪著笑，獻著殷懃，他無疑正是一群人的中心。

但他的笑，卻多半是爲他身旁兩個嬌艷的少女而發的——鐵心蘭也在笑著，面上似乎充滿了幸福的光彩。

小魚兒的心，火一般燃燒起來。

他平生第一次真正感覺到嫉妒的痛苦，他如今才知道這痛苦竟是如此強烈，竟似要將他的心都揉碎。

海紅珠奇怪地瞧著他，再瞧瞧這群人，她似乎已感覺到小魚兒的悲哀與痛苦，幽幽嘆道：「我知道你的身世一定有很多秘密，是麼？」

小魚兒根本沒有聽到她的話。

現在，他又瞧見了一身淡綠衣衫的白凌霄。白凌霄正和花無缺低聲談笑，笑得很愉快。

奇怪，花無缺怎麼能忍受如此庸俗淺薄的人？……唉！花無缺原是什麼人都能忍受的，因為他根本未將任何人瞧在眼裡，對他說來，世上所有的人全都差不多，他根本不必為他們生氣。

海紅珠咬著嘴唇，低聲道：「你認得他們？……我知道，你原來是屬於他們那一群人的，絕不會屬於我們……我們，只不過是一群卑賤而可憐的人。」

小魚兒漸漸往後退，退入了船艙簷下的陰影。

他發現鐵心蘭似乎正在瞧他。

但這只不過是她不經心的一眼而已，她又怎會真的注意一個如此齷齪、如此卑賤的少年？

但小魚兒卻不能不注意她，她已長大了些，就像是朵含苞待放的牡丹，既華貴，又嬌艷。

而慕容九卻更清瘦，瘦得就像朵菊花，雖然沒有牡丹的嬌麗，卻另有一種淡淡的幽香，令人沉醉。

她的眼睛也更大了，但眼睛裡已失去了往昔那種銳利的光芒，卻換了種朦朧的憂鬱，她在爲什麼憂鬱？

海紅珠輕輕走到小魚兒面前，目中的憂鬱也正和慕容九一樣，她幽怨地瞧著小魚兒，輕輕道：「我現在才知道你爲什麼不理我，只因我不配和你說話，是麼？我又怎比得上那兩個女孩子，她們是那麼高貴，而我……」

小魚兒突然一把將她摟過來，將灼熱的嘴唇重重印在她的嘴唇上。他的血已沸騰，他需要發洩！

在這一刹那間，海紅珠只覺天地都已在她面前崩裂。她閉起眼睛，什麼都感覺不到了。

她只覺自己似已投身於一團灼熱的火焰中，全身也已燃燒起來，她全身都已融化，靈魂也已融化。這一刹那，已將她生命全都改變。

但這在別人眼中看來，又是多麼不值得重視的小事。岸上的人指點談笑著，漸漸遠去了。小魚兒突然推開她，躍下了船艙！

她癡癡地怔在那裡，似已永遠不能動了，春風仍然吹得很暖，但她的心卻開始一寸寸結成冰。

她仍然閉著眼，不敢睜開，她怕那令人迷亂狂醉的美夢在她眼前粉碎，但是她長長的睫毛上，已出現了一滴晶瑩的眼淚。

夜已深了，誰也不知道夜是何時來的。海紅珠更不知道，她幾乎什麼都不知道了。燈籠已亮起，人群已聚攏，海四爹已開始用他那獨特的豪爽笑聲，在大聲說著一些吸引人群的話。

無論她有了多大的改變，但生活卻必須繼續。於是，海紅珠又躍上了繩索。她麻木地在繩索上走著，人群的歡笑聲、拍掌聲，都似乎已距離她十分遙遠，十分遙遠……只因她的心，已飛馳到遠方。

那地方永遠春光明媚，在那地方，人們永遠能和自己心愛的人廝守在一起，永遠不必再裝出卑賤的笑臉。

小魚兒蹲在兵器架後，他的心也已飛馳到遠方，眼前所有的事，他也是什麼都瞧不見……

突然，人群中一聲驚叫。海紅珠竟自高高繩索上跌下去！

海四爹、野犢子面色立刻慘變，但卻仍要強笑著大聲道：「人有失手，馬有失蹄，這算不得什麼……小姑娘，站起來吧，再露兩手給爺兒們瞧瞧！」

但這時人們的驚呼已變為喧笑！

有人大笑道：「還瞧什麼，這小妞兒今天心不在焉，只怕已在想漢子了！」

「喂，小姑娘想誰呀，是在想我？」

於是人們笑得更開心，也更低賤。

小魚兒的血又開始沸騰！

但這時，人叢中已有個綠衫少年一躍而出，卻正是白凌霄。他凌厲的目光四下一轉，冷冷道：「誰若再對這位姑娘說出一個無禮的字，我就割下他的舌頭！」

另一人厲聲道：「老子就挖出他的眼睛！」

這人也隨之躍出，竟是那「紅衫金刀」李明生。人群立刻靜了下來，惡人，永遠有人怕的。

海四爹走過來，打著揖笑道：「多謝少爺仗義。」

白凌霄冷冷道：「這也沒什麼！」

自懷中摸出錠大銀錁，隨手拋在地上，道：「今天眼見你們要白辛苦了，這就給你們買酒喝吧。」

李明生大聲道：「這可足夠買幾十罈酒了，爺兒爲什麼賞你銀子，你總該明白。」

海四爹面色變了變，但瞬即笑道：「紅丫頭，還不快過來道謝。」

海紅珠垂著頭走過來，臉上像是發了燒，輕輕道：「謝謝少爺……」

白凌霄倨傲的面上露出了笑容，李明生突然拉住海紅珠的手，瞇著眼笑道：「咱們的大哥喜歡你，你陪他去喝兩杯吧。」

海紅珠臉色慘白，全身都顫抖起來。

海四爹強笑道：「咱們這孩子年紀還小，等過兩年再讓她陪少爺喝酒去。」

李明生怪笑道：「過兩年？大爺已等不及了。」

野犢子衝過來，大聲道：「你放開她！」

話未說完，就被李明生反手一個耳光摑在臉上，他半邊臉立刻腫了起來，人也被打得直跌出去。

白凌霄背負著雙手，皮笑肉不笑地道：「我看你還是乖乖地跟我走吧。」背負著的雙手突然伸出去摸海紅珠的臉。

海紅珠已駭得啼哭起來。

突然間，一個人大步走出，一字字道：「誰也不能將她帶走！」

海紅珠眼睛立刻發了亮——小魚兒終於出來了！小魚兒竟會爲她出頭，她就是死了，也沒什麼了。

李明生濃眉揚起，獰笑道：「你這髒小子，想找死麼！」

反手又是一個耳光摑出去。但這耳光卻永遠也不會摑在小魚兒臉上。

他的手不知怎地已被小魚兒捉住，就像上了副鐵夾子，骨頭都斷了，疼得眼淚都流了出來。

小魚兒厲聲道：「去吧！」

喝聲出口，手一揚，李明生那好幾百斤重的身子，竟被他直摔出去，跌在幾丈外，縱然不死，也去了半條命！

人群又驚呼起來，白凌霄面色大變，反手拔劍，「嗆」的，長劍出鞘，毒蛇般直刺小魚兒胸膛！

小魚兒身子一偏，竟搶入劍光，一掌拍在白凌霄胸膛上，他並未用出全力，但白凌霄卻慘呼一聲，口中鮮血狂噴而出，整個人就像是一棵草似的軟軟地倒了下去。淡綠的衣衫上，染滿了鮮血畫成的桃花！

人群四散而奔，驚呼道：「不好了，殺人了！」

小魚兒呆了呆，他自己實在也未想到自己的武功竟如此精進，但驚呼聲卻使他回過神來。

現在，這裡再也不能藏身了！他轉身狂奔而出。

海紅珠已掙扎著奔出去，嘶聲道：「小呆……小呆……等等我……等等我……」

小魚兒卻頭也不回，走得人影不見了。

海紅珠踉蹌跌在地上，滿臉俱是眼淚，痛哭著道：「他走了……我知道他永遠也不會回來了。」

海四爹趕過來，扶起了她。他飽經世故的蒼老的臉上，也交織著許多複雜的情感，是驚奇，是欣喜，也是不可避免的悲哀。

他輕撫著他愛女的頭髮，喃喃嘆道：「他雖然不會回來了，但這也是沒法子的……他本就不屬於這一群，你又有什麼法子拉住他……」

海紅珠悲嘶道：「但我……我不能……求求你老人家……」

海四爹長嘆道：「你只有忍耐，像這樣的人，非但我拉不住他，世上……世上只怕沒有任何人能拉住他的……你只怕是永遠再也見不著他了。」

海紅珠突然暈倒在她爹爹懷裡，永遠再不能和自己所愛的人相見，這無論對誰說來，都是不能忍受的痛苦！又何況這情竇初開的女孩子！

四二 巧識陰謀

小魚兒一口氣奔出數里，在荒涼的江岸倒臥下來。今夜，又是滿天星光。

他做了這件事，總算出了口氣，心裡似已覺得輕鬆了些，但卻又有另一個沉重的擔子加了上去。

他知道自己這一走，海紅珠心必定已碎了，他並未存心傷害這純潔的女孩子，但確已傷害了她。

他仰天笑道：「你莫要怪我，這也是沒法子的事……我雖然也不願意走，但我的行蹤已露，再也沒法子耽在你那裡了。」

天上的繁星，就像是海紅珠的眼睛，每一隻眼睛，都在流著淚，向小魚兒流著淚，小魚兒眼睛卻閉起了。

黎明時，小魚兒已遠遠離開了這地方。他茫無目的的向前走，更窮、更髒，他都根本不放在心上。

這天，他來到個不算很小的城鎮——城鎮的大小，其實也和他沒什麼關係，他根本就遠離了人群。

他不走大街，只走陋巷，他不知不覺在一家廚房的後門外停了下來，這對他說來，真是種譏刺——所有高貴的香氣，都不能令他動心，但這世上最庸俗、最平凡的味道，卻誘惑了他。

這廚房最大，香氣也最濃，他呆呆地站在那裡，也不知過了多久，突然一桶洗碗水倒了出來，倒了他一身。

他既不生氣，也不動。現在，他已懂得什麼事才值得他生氣，像這種事你請他生氣，他也不會生氣的。

廚房後門裡，卻探出張圓圓胖臉來，陪笑道：「對不起，我沒有看見你。」

小魚兒笑了笑道：「沒關係。」

那張圓臉一笑，縮回了頭，過了兩盞茶工夫，又探出頭來，瞧見小魚兒還站在那裡，竟笑道：「我這裡還有些飯，你要是不嫌髒，就進來吃吧。」

小魚兒又笑了笑，道：「好，謝謝你。」

他既沒有覺得有什麼不好意思，也不客氣，走進去就吃，一吃就吃了八碗，吃完了就站起來再笑了笑，道：「多謝。」

那圓臉一直在瞧著他，像是覺得這小伙子很有趣，小魚兒拱了拱手就要走，這圓臉漢子竟笑道：「我那裡還少個洗碗的人，你要是願意做，每天少不了有你吃的。」

小魚兒想了想，笑道：「我吃得很多。」

那圓臉笑道：「開飯館的，還怕大肚漢麼？」

小魚兒想也不想了，一伸手就提起水桶，道：「要洗的碗在哪裡？」

第二天，小魚兒就知道這裡原來是「四海春飯館」的廚房，那圓臉漢子自然就是大師傅，名字叫張長貴。

於是小魚兒就開始每天洗碗。他發覺一個人若是躲在飯館的廚房裡，那當真是誰也不會認出他來。

這飯館生意並不好，客人散得很早，收了爐子，張長貴常會拉小魚兒陪他喝兩杯，聊聊天。

小魚兒喝的酒雖不少，但說的話卻絕不超過三句。

有一天，鍋裡的油已熱了，張長貴突然肚子痛，拋下鍋鏟就跑，小魚兒接著鍋鏟，替他炒了兩樣菜。

張長貴回來，不免有些擔心，怕炒菜炒得不好。

卻不知天下第一名廚也在「惡人谷」裡，小魚兒從小就跟他學了不少手藝，像小魚兒這樣的人，有什麼學不好的？

過了半晌，外面的堂倌突然喚道：「方才炒的羊肚絲和麻辣雞，照樣再來兩盤。」

這一次，張長貴自然不會再讓小魚兒動手了，但又過了半晌，四海春的彭老闆突然走進廚房來，瞪著眼道：「方才有兩盤羊肚絲和麻辣雞是誰做的？」

老闆居然走進廚房，張長貴心裡已在打鼓，硬著頭皮笑道：「自然是我做的。」

彭老闆道：「那味道不對，不是你的手藝。」

張長貴只得從實說了。彭老闆走到小魚兒面前，左瞧右瞧，瞧了半天，突然挑起大拇指，笑道：「佩服，佩服，瞧不出你小小年紀，竟能做出那樣的菜，連熊老闆吃了都拍手叫好，從今天起，你來掌杓吧。」

小魚兒垂著頭，道：「我不會。」

彭老闆拍著他肩頭，柔聲道：「你就幫我個忙吧，從今以後，四海春就得靠你了。」

小魚兒掌杓之後，四海春的生意奇蹟般好了起來，遠在幾百里外的人，都聽到四海春有位名廚。

彭老闆已將旁邊的鋪面都買了下來，加設了房間雅座，廚房裡自然也添了人，小魚兒每天只要動動鍋鏟。

他甚至連在動鍋鏟時，心裡也在想著那本秘笈上的武功奧秘，他簡直就像是個得了相思病的少年，晝夜想個不停。

現在，別人都喚他俞大師傅，他說的話就是權威，他不准外人進廚房，就連彭老闆都不敢進來。

但有一天，彭老闆還是進來了。

他滿臉興奮之色，搓著手笑道：「俞老弟，今天你可得分外賣力才是——你猜今天有些什麼人來了？」

小魚兒淡淡道：「誰？」

彭老闆大笑道：「三湘地方的一條英雄好漢今天居然賞光來到這裡，這不但是我的面子，更是你老弟的光彩。」

小魚兒心一動，道：「他又是誰？」

彭老闆挑起大拇指，道：「鐵無雙鐵老爺子，江湖人稱『愛才如命』，三湘子弟只要提起這名字，誰人不知，哪個不曉。」

小魚兒道：「哦，是麼？」

他面色仍是淡淡的，像是絲毫無動於衷，但等到菜炒完，他竟悄悄走出去，竟第一次走出了廚房。

三湘武林盟主，「愛才如命」鐵無雙，這名字對他的誘惑實在太大，他實在想瞧瞧這竟爲了愛才，而敢將李大嘴收爲女婿的人，究竟長得是何模樣。一個人居然敢將自己的獨生女嫁給李大嘴，這種人連小魚兒也不得不佩服的。

高高的木屏風，圍成一間間雅座。小魚兒從屏風的縫裡瞧出去，只見一個鬚髮皆白，滿面紅光的錦袍老人，高踞在酒筵的主座上。

他面上笑容雖然可親，但神情中自有一種尊嚴氣概，那正是慣於發號施令的人所獨有的氣概，別人再也僞裝不得。

小魚兒只瞧了一眼，便已猜出他必定就是鐵無雙。

鐵無雙右面座上，坐著個高顴鷹鼻的中年大漢，目光顧盼之間，也正像是隻兀鷹一樣。

鐵無雙的左面座上，卻赫然坐著那兩河十七家鏢局的總鏢頭「氣拔山河，銅拳鐵掌震中州」趙全海。

小魚兒想到此人在那峨嵋後山六洞中，口口聲聲將自己喚作「玉老前輩」的神情，險些忍不住笑出聲來。

除了這三人外，酒筵上還坐著八、九個衣著鮮明，神情雄壯的漢子，看來也都是江湖中有頭有臉的人物。但這其中最令小魚兒觸目的，卻是垂手站在鐵無雙身後的兩個紫衣少年。

左面的紫衣少年濃眉大眼，紫黑面膛，就像是條黑豹似的，全身都充滿了勁力，不發則已，一發必定驚人。

右面的紫衣少年卻是面清目秀，溫文有禮，看來就像是個循規蹈矩的書香子弟，但他偶爾一抬眼，那目光卻如刀鋒般銳利！

這兩人手持酒壺，代表著鐵無雙，頻頻向座上的人勸酒，看來縱非鐵無雙的子侄，也必是他的弟子。

酒過三巡，趙全海突然長身而起，四下作了個羅圈揖，仰首先喝乾了杯酒，然後清了清嗓子大聲道：「今日兄弟應鐵老前輩之召而來，本該老老實實坐在這裡喝得大醉而歸，但在未醉之前，兄弟心裡卻有幾句話，實在不能不說。」

鐵無雙捋鬚笑道：「說，你只管說，不說話怎麼喝得下酒？」

趙全海瞪著眼睛，大聲道：「段合肥要運往關外的那批鏢銀，本是咱們『兩河聯鏢』先派人到合肥去接下來的，江湖中人人都知道此事。」

鷹鼻大漢微笑道：「不錯，在下也聽說過。」

趙全海厲聲道：「厲總鏢頭既然知道此事，便不該再派人到合肥去，將這筆生意搶下來，兄弟久聞『衡山鷹』厲峰乃是仁義英雄，誰知……哼！」

「啵」的一聲，他手裡酒杯竟被捏得粉碎。

「衡山鷹」厲峰神色不動，淡淡笑道：「做買賣講究貨比貨，這和江湖道義並沒有什麼關係，段合肥既然要找『三湘鏢聯』，在下也沒得法子。」

趙全海怒道：「如此說來，你是說咱們『兩河聯鏢』比不上你們『三湘鏢聯』了？」

厲峰冷冷道：「在下並未如此說，這全要看別人的意思。」

趙全海胸膛起伏，咬牙道：「好……很好！……」突然轉向鐵無雙，抱拳道：「兄弟今日雖然應召而來，但也知道鐵老爺子與『三湘鏢聯』關係深厚，也不想求鐵老爺子爲兄弟主持公道，只是……」他「砰」的一拍桌子，大喝道：「只是『三湘鏢聯』既然如此瞧不起『兩河聯鏢』，咱們少不得要和他們鬥一鬥，尤其是姓厲的……」

鐵無雙突然長身而起，縱聲大笑起來，舉杯笑道：「趙老弟，我先敬你一杯如何！」

趙全海舉杯一飲而盡，道：「鐵老爺子……」

鐵無雙截口笑道：「兄弟你說得不錯，老夫世居湘潭，三湘武林中人，可說大多與老夫有些關係，厲峰算起來更可說老夫的師侄！既然如此，老夫今日若是讓老弟你就此負氣而去，豈非白混了幾十年江湖？」

趙全海的手不知不覺已握緊了刀柄，他身旁的四條大漢也變色離座而起。厲峰面帶冷笑，目光卻冷銳如刀。

趙全海一字字道：「鐵老爺子莫非要將兄弟留在這裡？」

鐵無雙縱聲笑道：「正是要將你留在這裡，聽老夫說幾句話！」

他面色突然一沉，目光轉向厲峰，沉聲道：「老夫若要你將這票生意讓給『兩河聯鏢』，你意下如何？」

厲峰面色也大變，道：「這……這……」

鐵無雙道：「老夫決不會勉強於你，但這件事老夫已調查清楚，確實是你理虧。你今日若肯接納老夫之言，老夫便將衡山那片茶林，讓作『三湘鏢聯』屬下的公益……江湖之中，仁義爲先，你還好再思、三思！」

厲峰默然半晌，長嘆一聲，垂首道：「老爺子的話，弟子怎敢不聽？但那茶林乃是老爺子所剩下的少數產業之一，弟子怎敢接受……」

鐵無雙拊掌大笑道：「只要你肯顧念武林道義，莫教我三湘子弟在江湖中被人背後指罵，我老頭子那區區產業，又算得什麼！」

趙全海默然半晌，滿面愧色，垂首道：「鐵老爺子如此大仁大義，而弟子卻……卻……弟子實在慚愧，這票生意，還是由『三湘鏢聯』承保吧。」

厲峰笑道：「在下不敢，這票生意是『兩河聯鏢』先接手的，自然還是讓兩河承保，趙總鏢頭若再謙謝，反令在下慚愧。」

這兩人方才爭得面紅耳赤，劍拔弩張，恨不得立刻就拚個你死我活，此刻卻居然互相謙讓起來。

小魚兒在外面瞧得也不禁大爲感嘆，暗道：「好個鐵無雙，果然不愧爲領袖武林的人物，非但將一場爭殺輕易地消弭於無形，居然還能將別人感化得也變成謙謙君子。」

只聽鐵無雙拊掌大笑道：「兩位既然如此謙讓，這趟鏢不如就由『兩河聯鏢』與『三湘鏢聯』聯保，豈非更是皆大歡喜？」

眾人一起鼓掌稱喜，於是干戈化爲玉帛。小魚兒也想走了。

哪知就在這時，趙全海方自舉杯笑道：「厲兄，但望此次你我能同心合力，從今以後……」

他說到「我」字，面上肌肉已突然起了陣抽搐，說到「從今以後」手掌也爲之抽搐，杯中酒俱已濺出，濺得他一身。

他話未說完，「嘩啦啦」，面前碗盞俱都被掃落在地。他人竟也倒了下去！

酒筵前立刻大亂！隨他前來的四條大漢，有的失聲驚呼，有的趕上去扶起他，突然齊地嘶聲道：「不好，中毒……總鏢頭中毒了！」

鐵無雙面色大變，道：「這……這是怎麼回事？」

「兩河」屬下一條大漢滿面悲憤，大喝道：「這是怎麼回事，該問你才是！」

厲峰拍案怒道：「你這是在說誰？他吃過的酒菜咱們也吃過，難道……」

他話未說完，突然也四肢抽搐，跌倒地上，竟也和趙全海同樣的中了毒！

眾人更是驚惶大亂，人人自危，每個人都吃了桌上的酒菜，豈非每個人都有中毒的理，這毒又是從哪裡來的？

小魚兒雖然旁觀者清，一時間卻也猜不出這道理。

驚惶大慌之中，小魚兒忽然瞥見那白面紫衣少年竟悄悄溜了出來，小魚兒身形一閃，立刻退入了廚房。

此刻廚中的人也都已驚動而出，再無別人，小魚兒剛退進去，那紫衣少年竟也悄悄走了進來。

外面正有大事發生，他走進廚房裡來作什麼？小魚兒蹲了下去，假裝往灶裡添柴。

那紫衣白面少年根本沒有留意到他——像他們這樣的人，又怎會去留意一個添火的廚子？

他匆匆穿過廚房，走到後門，輕輕道：「殘雲。」

門外一人應聲道：「風捲殘雲。」

小魚兒眼角一瞟，只見這白面少年後退兩步，門外一條人影一撞而入，滿身黑衣，黑巾蒙面，啞聲道：「事成了麼？」

白面少年道：「成了。」

黑衣人道：「好。」

他前後三句話一共加起來才說了九個字，但小魚兒心頭一動，只覺這語聲熟悉得很，頭埋得更低，幾乎要鑽進灶裡。

黑衣人還是瞧見了他，沉聲道：「這人是誰？」

白面少年道：「只不過一個廚子。」

黑衣人道：「留他不得！」

兩人身形一閃，黑衣人並指急點小魚兒背後「神樞」穴。這「神樞」位在「脊中」穴上，乃人身死穴之一。

但小魚兒卻連閃也不閃，只是暗中運氣一轉，穴道的位置，便向旁滑開了半寸，用的正是武功中最最深奧的「移穴大法」，小魚兒雖還未練到爐火純青，但用來對付這種情況，卻已綽綽有餘。

那黑衣人一指明明點在他「神樞」穴上，眼看他連聲都未出便跌倒下去，算定此人已必死無疑，冷笑一聲，道：「誰叫你耽在這裡，你自尋死路，卻怨不得我！」

黑衣人又道：「快出去，莫要被人猜疑。」

白面少年道：「是！」

兩人再也想不到一個廚子竟身懷絕傳已久的武功奧秘，自以爲此事做得神不知，鬼不覺，再也不瞧小魚兒一眼，一個向前，一個向後，急掠而出。

小魚兒還是伏在地上，就好像真死了似的動也不動，只是他的心念，卻一直在轉個不停。這黑衣人的語聲，竟和江玉郎有八分相似！

此人若真的是江玉郎，那麼，鐵無雙的弟子，又和江玉郎有什麼關係？他們進行的究竟是什麼陰謀？

小魚兒心念一轉，又想到那日在江別鶴的秘室中，所瞧見的那裝著一瓶瓶珍貴毒藥的「書匣」。

他那時雖然只匆匆瞧了一遍，但那匣子裡的每瓶毒藥都未逃過他的眼睛，到如今他還是記得清清楚楚：「銷魂散……美人淚……七步斷腸……奪命丹……一滴封喉……散魂水……雪魄精……」

小魚兒突然失聲道：「雪魄精……不錯，必定就是它！瞧那趙全海中毒時的模樣，豈非好像連肌肉都凍僵了？」

他立刻跳起來，扯下身上的圍裙，用焦炭在圍裙上寫下副藥方——在「惡人谷」長大的人，實在有許多好處。

趙全海、厲峰的臉，已變成一種奇異的死灰色，他們的身子本在顫抖抽搐著，此刻卻連動也不會動了。

別的人身子卻都在不停地顫抖著，也不知自己是否也中了毒？更不知這毒性要到什麼時候才發作。

他們就好像待決之囚般坐在那裡，也不敢跑——他們自然知道只要一走動，毒性就發作得更快。

鐵無雙面上的笑容也已不見，不停地踱著方步，搓著手，這縱橫數十年的老江湖，此刻也已全失了主意。

他仰天長嘆一聲，喃喃道：「這究竟是什麼毒？是誰下的毒？」

那紫衣白面少年又已站在他身後，道：「莫非是這菜館裡的人？……」

鐵無雙道：「依我看來，這毒藥斷非中土所有，否則我行走江湖數十年，怎會連見都未曾見過？若是我猜得不錯，這……」

突聽一人大聲道：「你猜得的確不錯，這毒藥確非中土所有，乃是天山『雪魄精』！」

語聲中，一人燕子般自屏風上飛掠而過，身子凌空後，拋下了樣東西，口中大聲接著道：「圍裙上所寫的藥方，可解雪魄精毒，快去配藥，還有可救！」

他話說得很快，身形卻更快，話說到一半時，人已不見，最後那兩句話，已是自十餘丈外傳來的！

鐵無雙失聲道：「好快的身手！」

他一把攫取了那人拋下來的東西，只不過是條油膩的圍裙，上面果然寫著副奇異的藥方。

鐵無雙瞧了兩眼，喃喃道：「雪魄精，居然是雪魄精……難怪我猜不到！」

眾人喜動顏色，齊聲道：「如此說來，總鏢頭豈非有救！」

白面少年面上也已微微變色，口中卻冷冷道：「說不定這也是那惡人的詭計！」

有人伸手一探趙全海的手，失聲道：「不錯，那廝必定又是要來害人的，中了雪魄精毒的人，本該全身凍僵而死才是，但他……他身上卻似火熱的。」

鐵無雙沉聲道：「你可知道，凍死的人在臨死之前，非但不會覺得寒冷，反會覺得如同被烈火焚燒一般，這種感覺若非身歷其境，別人永遠不會想到的。」

紫衣白面少年忍不住道：「那麼你老人家又怎會知道？」

鐵無雙緩緩道：「只因我也險些被凍死過一次。」

紫衣白面少年垂下頭，再也不敢說話。但他的眼角，還是盯著那條油膩的圍裙。

小魚兒已出了城鎮。他自然知道那「四海春飯館」再也不是他藏身之地了，但是他還不想露面，他還要等！

他要等到自己一露面便已轟動江湖的那一天，他才大搖大擺地走出來，讓別人瞧瞧小魚兒究竟是怎麼樣的人！

現在，他還是不想管閒事，雖然他明知「四海春」的這件奇案在江湖中必將成爲一個謎。

只因他知道以自己此刻的力量，就算去管這件事，也還是沒有什麼用的，說不定反而要賠上自己一條命。

他又茫無目的地向前走，還是那麼髒、那麼窮。但此刻，他的心情、他的武功，卻已和往昔不可同日而語了。

絕代之英雄，終於已將長成！

這一日他又走到江岸，望著那滾滾江水，他腳步竟不知不覺間放緩了下來，他可是希望再瞧瞧那艘烏篷破船？

他可是希望再瞧瞧破船上那些生活雖然卑賤，但人格卻毫不卑賤的人？他可是希望再瞧瞧那雙明亮的大眼睛？

江上船來船去，卻再也找不到那艘破船的影子。他們到哪裡去了？還不是在流浪，在飄泊……

小魚兒站在江岸旁，癡癡的出了半天神。

突聽身後衣袂帶風之聲響動，一人道：「有勞閣下久候，抱歉得很。」

小魚兒心裡雖然奇怪，但也不回頭，也不說話。

那人又道：「閣下怎地只有一人前來？還有兩位呢？」

小魚兒還是不說話。

那人怒道：「在下等遵囑而來，閣下為何全不理睬？」

小魚兒終於回頭一笑，道：「你們只怕找錯人了吧。」

他話未說完，已瞧清了面前的三個人。

天上星光與江上漁火高映下，只見左面一人生得又高又大，身上穿件發亮的紅衣服，卻赫然正是那「紅衫金刀」李明生！

中央那人氣概軒昂，自然正是他爹爹「金獅」李迪，還有一人紫面短髭，卻是那

「紫面獅」李挺。

小魚兒瞧見了這三人，還真是吃了一驚，臉上的笑容都險些僵住了，幸好這三人竟未認出他來。

「金獅」李迪皺眉道：「原來是個小叫化子。」

李明生喝道：「你站在這裡幹什麼？」

小魚兒垂頭道：「小人無地可去，所以才站在這裡。」

李明生道：「你還不快滾，少時只怕……」

話猶未了，「紫面獅」李挺已低叱道：「來了！」

江面上，已盪來一葉輕舟。

輕舟上果然有三條人影，黑衣人影！

四三　峰迴路轉

小魚兒遠遠在江岸旁的草叢中蹲了下來，但卻不肯走。他實在窮極無聊，實在想瞧瞧熱鬧。

輕舟還未靠岸，三條黑衣人影已一掠而來，居然俱都是身手矯健，輕功不弱的武林高手！

當先一人身材魁偉，後面一人矮小精悍，最後的那人腰肢纖細，看來竟彷彿是個女子。

三人俱是滿身黑衣，黑巾蒙面，幾乎連眼睛都掩住，手裡都提個長長的黑包袱，包袱裡顯然是兵器。

他們的兵器為何也要用黑布包著？難道他們連兵器都有秘密？

李家父子已迎了上去，但兩方人中間還隔著七、八尺，便已停下腳步，面面相對凝神戒備。

「金獅」李迪厲聲道：「三位可就是自稱『仁義三俠』的麼？」

那高大的黑衣人冷冷道：「不錯！」

李迪道：「敝鏢局的鏢車，近年來數次失手，都是三位做的手腳？」

李迪冷笑道：「三位既然連連得手，我等又查不出三位的來歷，三位便該好生躲藏才是，卻又爲何要下書將我兄弟約來這裡？」

黑衣人緩緩道：「江湖中都已知道，趙全海與厲峰已雙雙中毒，他們的人雖未死，但『兩河聯鏢』與『三湘鏢聯』的威信卻已大傷。」

李迪面色微變，李挺卻冷笑道：「這與我等又有何關係？」

黑衣人道：「三湘與兩河威信受損，『雙獅鏢局』自然可乘機竄起，段合肥那批鏢銀，自然要著落在你身上了。」

聽到這裡，小魚兒心才動了。雙獅父子也已爲之動容。

黑衣人緩緩又道：「這趟鏢關係非淺，『雙獅鏢局』想也不敢自力承擔，必定請得有旁人從中保證，以我三人之力，只怕也動不了它。」

「紫面獅」冷笑道：「你倒也聰明！」

黑衣人厲喝道：「所以我今日就要叫你們也保不了這趟鏢，『三湘鏢聯』與『兩河聯鏢』就算倒了楣，你們也休想佔便宜！」

喝聲中，手腕一抖，黑色包袱布抖落在地，露出了三件青光閃閃兵刃，乍看似鈎，但鈎頭卻是朵梅花。

「金獅」李迪失聲道：「梅花鉤！」

黑衣人道：「你們居然還認得這件兵刃，總算不錯！」

李挺冷笑道：「你們居然敢將這兵刃亮出來，更可算膽子不小，你們難道就不怕你家仇人不聲不響的摘走你們的腦袋！」

黑衣人道：「沒有人會知道『梅花鉤』又已重現江湖的！」話聲中，三人已直撲上來。

那矮壯的黑衣人當先撲向李明生，此人身法最猛，招式也最猛，看來竟似與李明生有著什麼仇恨！

那黑衣女子卻掠向「紫面獅」李挺。她身法輕靈巧快，掌中梅花鉤的招式卻是迅急狠毒，刺、奪、絞、削，新奇的兵刃，新奇的招式。

「紫面獅」李挺武功雖然老練，但遇著這門兵刃迅急的招式，一時間竟被逼得手忙腳亂。那邊「金獅」李迪也已和那高大的黑衣人交上了手。

這一戰已可說是十分激烈，但小魚兒卻瞧得甚是無趣，除了這「梅花鉤」有些新奇的招式還勉強值得他一瞧，要知他所練的那武功秘笈，正是天下武功之精華，那和李迪等人的武功，實在連比都無法比的。

這其中最慘的就是李明生，四十招下來，他連刀法都未施展開，額頭鼻窪都已沁出汗珠。

那矮壯的黑衣人卻是愈戰愈勇，突然間擰身錯步，青光如落花般灑下，梅花鈎已鎖住了刀鋒。

李明生心膽皆喪，只因他此刻前胸空門已大露，對方只要迎胸一拳擊來，他縱然不死，也去了半條命！

哪知這黑衣人卻只是反手給了他個耳刮子，沉聲道：「這是先還你的！」

李明生被打得踉蹌跌倒，再一躍而起，失聲道：「還我的？」

突然間，只聽一聲長笑，一條人影閃入了鈎光。接著，只聽「嗖！嗖！嗖！」三響，三柄梅花鈎俱都已沖天飛起，兩柄落在地上，一柄落入江裡。

三條黑衣人只覺手腕一震，兵刃已脫手，對方用的是什麼招式，是如何出手的，這三人竟全不知道。

三人大驚之下，齊地縱身後退，只見面前不知何時已多了個少年，輕衫飄飄，面白如玉。小魚兒瞧見這少年，也不免有些吃驚——江玉郎，這面色慘白的，笑容陰森的少年卻不是江玉郎是誰？但江玉郎的武功又怎會如此精進？

這問題小魚兒自然能回答的，江玉郎也背過那武功秘笈，兩年來他武功若不精進，那他簡直就不是人了。

雙獅父子俱都面現喜色。

黑衣人卻是又驚又怒，黑衣人頓了頓腳，想是想走，但江玉郎身子一閃，已到了他們面前，擋住了他們去路，笑道：「這位姑娘也用布蒙住臉，是因爲生得太醜？還是太美呢？」

那矮壯的黑衣人怒吼一聲，揮拳直撲上來。他武功的確不弱，李明生絕不是他的敵手，但此刻到了江玉郎的面前，卻半點用也沒有了。

他一拳還未擊出，手腕已被江玉郎擒住，輕輕一笑，他身子便飛了出去，險些落入江裡。

江玉郎笑道：「你們既不願說，在下也只有自己來瞧了。」笑聲中，他已閃過那高大的黑衣人，到了那少女面前。

黑衣少女的雙掌齊出，但兩隻手不知怎地竟被江玉郎那一隻手捉住，她伸腿要踢，膝蓋卻也麻了。

江玉郎笑道：「但願姑娘生得美些，否則在下就失望了。」他手掌一揚，黑衣少女的臉拚命向後退，但她面上的黑巾，還是被揭了下來。

於是星光就照上了她的臉，也照著她的眼睛。她眼睛就如同星光般明亮。

小魚兒目光動處，幾乎叫出聲來，海紅珠，這黑衣少女竟是海紅珠！

李明生失聲道：「是她！原來是她！」

江玉郎道：「你認得她？」

李明生嘶聲道：「她就是那賣藝的女子，白凌霄大哥就是爲她死的……那矮子想必就是那天被我摑了一掌的人，難怪他要找我報仇！」

江玉郎笑道：「更妙了，更妙了，梅花門下，居然做了江湖賣藝的，你們爲了避仇，居然不惜做如此低賤之事，這點我倒也佩服。」

那高大的黑衣人也撕下黑巾，果然正是海四爹！他咬緊鋼牙，厲聲道：「你放開她的手！」

江玉郎道：「放開她的手也可以，但我卻要先問你，那日一掌就打死白凌霄白公子的人究竟是誰？此刻在哪裡？」

海紅珠嬌呼道：「你想找他，你這是在做夢！」

江玉郎微笑道：「哦，做夢？……」

他手掌一緊，海紅珠立刻疼出了眼淚，卻仍然咬牙呼道：「像你這樣的人和他比起來，連提鞋都不配。」說到後來，她聲音已顫抖，顯然已疼徹心骨，但她死也不肯住口。

海四爹怒吼一聲，鐵拳直擊江玉郎背脊。江玉郎頭也不回，身子也像是沒有動，海四爹的手臂卻已被他夾在脅下，再也動彈不得。

海四爹面上青筋暴現，冷汗迸出，手臂似已將折斷。他昔日本也是叱咤一時的風雲人物，但此刻到這少年面前，武功竟連一成也施展不出，長嘆一聲，頓足道：「罷了！

……」

突聽一人淒聲道：「我的『神樞』穴疼呀，江玉郎，你還我命來！」呼聲尖銳淒厲，實在不像是人的聲音。接著，一條人影自江岸旁的草叢裡飄了出來。

夜色中，只見他披頭散髮，滿身油污，七分像鬼，卻連三分也不像人。身子飄飄盪盪，宛如乘風。

他呼聲淒厲，模樣像鬼，身形更如鬼魅，深夜荒江畔，驟然瞧著這樣的「人」，誰能不被駭出冷汗！

小魚兒格格笑道：「黑心賊，我與你無冤無仇，你卻在『四海春』的廚房裡，下毒手害死了我，你賠命來吧。」

江玉郎的手已鬆開，身子後退，嘶聲道：「你……你……」

像他這樣的人，本不會相信鬼魅之事，但此刻卻又實在不能不信。只因他確信自己點著那人死穴時，那人是萬萬活不成的，而那日在「四海春」廚房裡的事，天下誰也不知道，此「人」不是鬼是什麼？

他牙齒打戰，連話竟也說不出來。雙獅父子瞧見他怕成如此模樣，也不由自主隨著他往後退。

小魚兒道：「你想跑？你跑不了的……跑不了的，快拿命來吧！」他齜牙笑著，一

步步往前走，身子搖搖蕩蕩，似將隨風而倒！

海紅珠也瞪眼瞧著他，突然脫口大呼道：「是你！小呆，是你麼？」

小魚兒形狀雖然又改變了，但那雙眼睛，那雙令海紅珠刻骨銘心，永生難忘的眼睛，她又怎會認不出？她呼聲出口，才想起自己錯了，但已來不及。

小魚兒暗暗頓足道：「該死……」

江玉郎果然已瞧出其中有詭，身形動處，直撲過來，輕風般拍出七掌，如落花繽紛，滿天飛舞。

海四爹等人瞧見變幻如此奇妙，出手如此輕靈的掌法，都不禁爲之失色，海紅珠更是爲她的「小呆」擔心。

小魚兒卻陰森笑道：「你還想殺我？你已殺死過我一次，再也殺不死我了！」

他身子飄飄站在那裡，像是根本沒有閃避，但江玉郎七掌拍過，他還是好生生的站在那裡，這輕靈迅急的七掌竟似沒有沾著他一片衣袂。

別的人瞧得目定口呆，江玉郎更是心驚膽戰，狂吼一聲，又是七掌拍出，掌勢更急、更狠！但小魚兒還是動也未動，這七掌還是沾不到他的邊。

小魚兒齜牙笑道：「你再也殺不死我了，此刻你難道還不信？」

江玉郎身子顫抖，額上已迸出一粒粒冷汗。別的人瞧見這種不可思議的事，也是手足冰冷。

江玉郎的十四掌竟真的像是打在虛無縹渺的鬼魂身上，他們親眼瞧見怎能不信？怎能不怕？

海紅珠瞪大了眼睛，眼裡已滿是淚水，但這已不再是悲傷的淚，而是驚喜的淚、興奮的淚。

只見小魚兒一步步往前逼，江玉郎一步步往後退，他手腳都已似有些軟了，竟再無出手的勇氣。

雙獅父子自然已退得更遠了，退著退著，轉頭就跑，江玉郎也突然全力躍起，凌空一個翻身，逃得比他們還快一倍。

小魚兒也不追趕，瞧著他的背影，喃喃笑道：「我不想殺你……實在不想殺你！」

海紅珠已撲了過來，顫聲呼道：「小呆，我知道還能見著你的，我知道……」

小魚兒咯咯一笑，道：「誰是小呆……我是鬼……鬼……」

海紅珠剛撲過來，他身子已旗花火箭般斜斜掠過三丈，凌空再一轉折，「噗咚」，落入了江心。

海紅珠撲到江邊，又痛哭起來，嘶聲道：「你若不想見我，為什麼要到這江邊來……你若想見我，為什麼見了我又要走？為什麼……為什麼？……」

小魚兒儘量放鬆了四肢，漂浮在水面上。冰冷的江水，就像是一張床，天上繁星點點，他覺得舒服得很。

他總算已瞧過了他想見的人，雖然他們的變化不免令他驚奇，雖然他只瞧了一會兒，但這已足夠了。

這幾天來他懷疑不解的事，此刻總算也恍然大悟。那紫衣白面少年的確是和江玉郎在暗中勾結，而江玉郎卻顯然是「雙獅」鏢局的幕後主人。

那麼，趙全海與厲峰的被毒，就一點也不奇怪了——他們杯中的酒，正是那白面少年倒的。他想著想著，突然幾根竹篙向他點了過來。

他先不免吃了一驚，但立刻想到：「他們必定以爲我是快淹死的人，所以要來救我的。」

他暗中好笑，索性閉起了眼睛。只覺幾個人七手八腳地將他拉上了一條船。一人摸了摸他心口，笑道：「這小子命長，幸好遇見我們，還沒淹死。」又有人替他灌了碗熱湯，替他揉著四肢。

突聽一個洪亮的語聲道：「這人是死的？還是活的？」

小魚兒突然睜開眼睛，笑道：「活的！」

他張開眼睛，就瞧見一條大漢站在眼前，半敞著衣襟，歪戴著帽子，一條腿高跨在凳子上，手裡拿著又粗又長的旱煙。

此刻他以旱煙指著小魚兒，大聲道：「你既是活的，爲何要裝死？」

小魚兒還未說話，忽然發現這「大漢」胸脯高聳，腰肢很細，雖然濃眉大眼但卻並不難看。

小魚兒笑了笑，笑道：「你既是女人，爲何又要裝成男的？」

那大姑娘瞪起了眼睛，怒道：「你知道我是誰？」

小魚兒笑道：「不管你是男的還是女的，你反正是個人，你已經快嫁不出去，再這麼兇，還有誰敢娶你！」

他說話本來尖刻，這兩年來雖已極力收斂，但憋了兩年多，此刻又不禁故態復萌，這正是江山易改，本性難移。

那大姑娘拍案道：「你敢對我這樣說話？」

將小魚兒抬進來的幾個少年，此刻面前都變了顏色，幾個人在後面直戳他的背樑，小魚兒假裝不知道，還是笑道：「爲什麼不敢？只要你是人，我就不……」

他話未說完，那幾個少年已搶著笑道：「這位就是段合肥段老太爺的女公子，江湖人稱『女孟嘗』，你總該聽過，說話就該小心些。」

小魚兒笑道：「呀，原來你就是段合肥的女兒，你爹爹可是有一批銀子要運到關外去？」

小魚兒聳了聳鼻子，又道：「這船藥材，是你從關外運來的麼？」

女孟嘗眼睛瞪得更大，道：「你怎知道這是船藥材？」

小魚兒笑道：「我不但知道這是船藥材，還知道這些藥材是人參、桂皮、鹿角、五加子……」他一連說一大串藥名，果然正是這船下所載的藥材，說得絲毫不差。

莫說這幾種普通的藥草，就算將天下各種藥草都混在一起，他也是照樣可以嗅得出的。此刻他一口氣說完了，這些人都不禁驚奇得張大了嘴。

女孟嘗眼睛裡有了笑意，抽了口旱煙，「呼」的將一口煙霧噴在小魚兒臉上，悠悠道：「想不到你這小子對藥材還內行得很。」

小魚兒差點被煙嗆出了眼淚，揉著眼笑道：「我對藥材非但內行，而且敢說很少有人比我再內行的！你若真的是女孟嘗，就該好生將我禮聘到你家的藥舖裡去。」

女孟嘗又抽了口旱煙，這次未噴到小魚兒臉上，而是一絲絲吐出來的，等到煙吐完了，她突然轉身走了進去，口中卻道：「替他換件衣服，送他到慶餘堂去。」

安慶「慶餘堂」，可算是皖北一帶最大的藥舖，小魚兒在這裡，居然做了管藥庫的頭兒。他根本用不著到櫃上去，所以也不怕人認出他，每天就配配藥方，查查藥庫，日子過得更清閒了。

這時他才知道，那位「段合肥」，正是長江流域一帶最大的財閥，這一帶最賺錢的生意，差不多都被他壟斷了。那「女孟嘗」，就是他獨生女兒，她據說還有兩個哥哥，但卻已死了，所以別人都稱她「三姑娘」。

這位三姑娘時常到慶餘堂來，但她不理小魚兒，小魚兒也不理她，雖然小魚兒已知道她看來雖兇，心卻不錯。小魚兒愈不理她，她到的次數愈勤了，有時一天會來上兩三次，但眼睛還是連瞧也不瞧小魚兒一眼。

這一天小魚兒正躺在椅子上曬太陽，初冬的太陽，曬在他身上，他覺得舒服得很，幾乎要睡著了。

那位段三姑娘突然走到他面前，用旱煙袋敲了敲椅子背，道：「喂，起來。」

小魚兒笑道：「我的名字可不叫『喂』。」

三姑娘眼睛又瞪了起來，大笑道：「喂，我問你，上次你說的那批要送到關外的鏢銀，你怎會知道的？」

小魚兒道：「那批鏢銀怎樣？」

三姑娘冷冷道：「那批銀子已被人劫走了。」

小魚兒眼睛亮了，翻身坐了起來，喃喃道：「奇怪！既是『雙獅鏢局』接的鏢，怎麼還會被人劫走呢？……」

三姑娘冷冷道：「雙獅鏢局保的鏢，怎麼就不能被人劫走？……哼，我瞧那兩個姓李的，根本就是飯桶！」

小魚兒想了想，又道：「劫鏢的是些什麼人，你可知道？」

三姑娘道：「那批鏢銀乃是半夜中忽然失蹤的，門未開，窗未動，看守鏢銀的人連屁都未聽見，鏢銀就好像生了翅膀飛了。」

小魚兒笑道：「這倒是奇案……除非那劫鏢銀的人會五鬼搬運法，否則就是『雙獅鏢局』的人眼睛耳朵有了毛病。」

三姑娘道：「那他們就活該自己倒楣！」

小魚兒道：「難道他們要賠？」

三姑娘冷笑道：「當褲子也得賠的。」

小魚兒又去手摸鼻子，喃喃道：「這要怪了……我本來還以爲這是『雙獅鏢局』監守自盜，但他們既然要賠，這又是爲了什麼呢？」

三姑娘道：「只因爲他們都是飯桶，所以鏢銀就被人劫走，這道理豈非簡單得很。」

小魚兒緩緩道：「看來愈是簡單的事，說不定其中內幕愈是複雜。」

三姑娘瞧著他，瞧著他的微笑，瞧了許久，突然大聲道：「你究竟是個聰明人？還是個呆子？」

小魚兒長長嘆了口氣，翻過身，把頭埋在手彎裡，悠悠道：「我若是呆子，日子就會過得快活多了。」

請續看【絕代雙驕】第三部

古龍精品集 07

絕代雙驕（二）

作者： 古龍
發行人：陳曉林
出版所：風雲時代出版股份有限公司
地址：10576台北市民生東路五段178號7樓之3
電話：(02) 2756-0949　　傳真：(02) 2765-3799
封面原圖：明人出警圖（原圖爲國立故宮博物館典藏）
封面影像處理：風雲編輯小組
執行主編：劉宇青
行銷企劃：林安莉
業務總監：張瑋鳳
出版日期：古龍80週年紀念版2019年1月
ISBN：986-146-287-2

風雲書網：http://www.eastbooks.com.tw
官方部落格：http://eastbooks.pixnet.net/blog
Facebook：http://www.facebook.com/h7560949
E-mail：h7560949@ms15.hinet.net
劃撥帳號：12043291
戶名：風雲時代出版股份有限公司

風雲發行所：33373桃園市龜山區公西村2鄰復興街304巷96號
電話：(03) 318-1378　　傳真：(03) 318-1378
法律顧問：永然法律事務所 李永然律師
　　　　　北辰著作權事務所 蕭雄淋律師

行政院新聞局局版台業字第3595號 營利事業統一編號22759935

定價：240元

國家圖書館出版品預行編目資料

絕代雙驕／古龍作.　--　再版.　--　臺北
市：風雲時代，2006〔民95〕
冊；　公分.　--（古龍武俠名著經典系列）
ISBN 986-146-286-4（第一冊：平裝）
ISBN 986-146-287-2（第二冊：平裝）
ISBN 986-146-288-0（第三冊：平裝）
ISBN 986-146-289-9（第四冊：平裝）
ISBN 986-146-290-2（第五冊：平裝）
857.9　　95008882